LA CHICA QUE NOS DEVOLVIÓ EL MAR

LA CHICA QUE NOS

QUE NOS

DEVOLVIÓ

EL

MAR

ADRIENNE YOUNG

Traducción de Estíbaliz Montero Iniesta

Argentina – Chile – Colombia – España
Estados Unidos – México – Perú – Uruguay

Título original: *The Girl The Sea Gave Back*
Editor original: Wednesday Books, an imprint of St. Martin's Publishing Group
Traducción: Estíbaliz Montero Iniesta

1.ª edición: noviembre 2022

Copyright © 2018 *by* Adrienne Young
All Rights Reserved
Published in agreement with the author, c/o BAROR INTERNATIONAL, INC.
Armonk, New York, USA
© de la traducción 2022 *by* Estíbaliz Montero Iniesta
© 2022 *by* Ediciones Urano, S.A.U.
Plaza de los Reyes Magos, 8, piso 1.º C y D – 28007 Madrid
www.mundopuck.com

ISBN: 978-84-17854-80-5
E-ISBN: 978-84-19251-87-9
Depósito legal: B-17.037-2022

Fotocomposición: Ediciones Urano, S.A.U.

Impreso por: Rodesa, S.A. – Polígono Industrial San Miguel
Parcelas E7-E8 – 31132 Villatuerta (Navarra)

Impreso en España – *Printed in Spain*

Para Finley,
me alegro muchísimo de que el mar
te haya traído hasta mí.

HACE TRECE AÑOS

Los promontorios, territorio Kyrr

—Dame a la niña.

Turonn alargó las manos hacia la niña acunada en los brazos de su esposa, que levantó la mirada, con los ojos hinchados y brillantes.

—Están esperando, Svanhild.

Ella le tocó la cara a su hija, trazando la curva de su frente con la yema del dedo.

—Yo la llevaré —susurró.

El cabello negro le cayó sobre el rostro como un velo mientras apoyaba los pies desnudos en el frío suelo de piedra y se incorporaba sobre sus débiles piernas. Cuando Torunn dio un paso hacia ella, se alejó de su alcance. El consuelo de su esposo solo convertiría el río de dolor de su pecho en un océano enfurecido. Así que él la dejó ir y la observó pisar la gélida luz azulada del amanecer que se derramaba a través de la puerta abierta. Tomó el arco de donde colgaba en la pared y la siguió, con la mirada clavada en el dobladillo de su vestido blanco de lino.

Abajo, hasta la última alma de Fjarra aguardaba al borde del agua para presenciar los ritos funerarios. Los promontorios extremadamente yermos que habían sido el hogar de los Kyrrs durante generaciones estaban recubiertos de hielo, aunque el invierno ya había pasado, y Svanhild no pudo evitar pensar que su hija tendría frío, aunque estuviera muerta.

El viento tiró de la fina tela que rodeaba su cuerpo delgado mientras avanzaba por el sinuoso sendero que descendía por la empinada pendiente hasta las violentas olas que rompían en la playa. Allí la esperaba su gente. Miró al frente, apretando los brazos alrededor del cuerpo de la niña, y una fría gota de lluvia impactó en su mejilla. Las nubes se agitaban en lo alto, el estruendo del trueno se hacía eco de los latidos del corazón que albergaba su pecho.

Echó un vistazo a las nubes cada vez más negras, donde el halcón nocturno estaba dando vueltas, y soltó un juramento para sí misma. Había consultado a las Hilanderas del Destino antes del nacimiento de su hija, seis años atrás, y le habían contado el futuro que tenía por delante. Pero seguía odiándolas por ello. Las tres Hilanderas que se sentaban al pie del árbol de Urðr tejiendo el destino de los mortales eran tan crueles como las aguas frías que habían arrastrado a la hija de Svanhild bajo las olas. Sus súplicas para salvar a la niña no habían sido escuchadas, el mar embravecido que rodeaba los promontorios se las había tragado.

El bote aguardaba ya en las aguas poco profundas. Su proa tallada se inclinaba sobre la playa en forma de cabeza de serpiente, y varias guirnaldas de hojas de sauce colgaban por los lados, donde un laberinto de runas y alas de cuervo había sido grabado a fuego en el casco. En el interior, se veían largos tallos de orejuela de arroyo y altramuz, en una pila que constituía una ofrenda a su diosa, Naðr.

La gente guardaba silencio, con los ojos fijos en Svanhild mientras ella se quedaba de pie en la playa y bajaba la mirada a la cara de la niña. A su piel lechosa, a su pelo, que parecía tinta. A las marcas negras que cubrían su piel y le rodeaban los brazos y las piernas en patrones que la propia Svanhild le había dibujado hacía tan solo un año. Eran las mismas que cubrían la piel de cada Kyrr presente en la playa, un laberinto de antiguas oraciones que había pasado de una generación a la siguiente y que la identificaba como hija de Naðr. Pero ni siquiera los dioses podían salvar a los mortales de las manos de las Hilanderas.

Turonn apoyó una mano sobre el hombro de Svanhild y ella parpadeó, enviando lágrimas calientes hacia el fino lino. Se metió en el agua helada, con el vestido pegado a las caderas y las piernas, y la lluvia comenzó a caer con más fuerza cuando se inclinó sobre el lateral del bote para depositar con cuidado a la niña y acurrucarla entre las flores de un suave tono violeta y rosado.

Turonn agarró la proa y empujó el bote hacia el agua, y Svanhild se tragó el sollozo que retenía en el pecho hasta que se convirtió en una pesada piedra en su estómago. Después de todo, ¿qué derecho tenía ella a llorar? Las Hilanderas la habían advertido que ese día llegaría. Lo había sabido en el momento en que la comadrona le había puesto a la pequeña bebé en brazos. Y ahora que había llegado, enviaría a su hija al más allá con fuerza, no con fragilidad. Y cuando la volviera a ver, estaría orgullosa de su madre.

La esquina del bote se deslizó entre sus manos temblorosas mientras la suave corriente se lo llevaba, y Svanhild se quedó allí hasta que el frío del agua la caló hasta la médula. Hasta que no pudo sentir nada que no fuera el viento cortante en la cara.

Oyó el sonido del pedernal a su espalda y miró por encima del hombro hacia donde Turonn se preparaba para disparar una flecha en llamas, su rostro surcado por líneas profundas y sus ojos oscuros reflejando la tormenta de arriba. Él le devolvió la mirada a Svanhild, de pie como un fantasma en el agua gris.

Ella asintió con brusquedad y él levantó el arco, tensando la cuerda con los dedos. Tomó una bocanada profunda y tranquilizadora de aire que bajó por su garganta hinchada y dejó que la cuerda crujiera antes de soltar la flecha y que esta volara. Trazó un arco sobre la cabeza de Svanhild y todos los ojos de la playa la vieron desaparecer en las nubes antes de que reapareciera, cayendo desde el cielo como una estrella fugaz.

Golpeó el bote con un crujido y Svanhild se envolvió a sí misma con los brazos mientras la llama hambrienta prendía y se extendía. El olor a olmo quemado llegó hasta ellos en una columna de humo mientras el bote empequeñecía e iba a la deriva en la espesa niebla hasta que acabó por desaparecer.

Y cuando Svanhild volvió a parpadear, ya no estaba.

Las costas de Liera, territorio Svell

La noche seguía siendo oscura cuando Jorrund abrió la puerta de su pequeña casa en el pueblo Svell de Liera, lejos de las heladas orillas de los promontorios.

Solo se vislumbraban los contornos de los árboles más altos, pero él conocía el camino lo bastante bien como para recorrerlo en la oscuridad. Se colgó el morral de un hombro y se colocó el manojo de ramas bajo el brazo antes de partir, serpenteando a través de la aldea dormida. Se frotó las manos frías para contrarrestar el dolor, las agujas de pino que cubrían el camino desgastado crujían bajo sus botas, y miró hacia las ramas oscuras, donde incluso los pájaros se habían quedado en silencio.

En tan solo unos minutos, el sol se elevaría sobre el fiordo, más allá de los árboles, y despertaría al mundo. Pero Jorrund no deseaba estar allí cuando el jefe Svell llamara a su puerta. No antes de haber buscado a Eydis. No antes de haber solicitado su consejo.

Solo habían transcurrido unos días desde que había llegado a Liera la noticia de la masacre que se había producido al este. Los demonios Herja habían resurgido del mar para derramar la sangre de los clanes Aska y Riki y, por primera vez en generaciones, parecía como si sus dioses hubieran enterrado su enemistad. Ahora, los clanes del fiordo y la montaña se hallaban debilitados y el pueblo Svell tenía hambre de una guerra que nunca podría haber librado en el pasado.

Miraban a su jefe, esperando su respuesta. Pero Bekan miraba a Jorrund, el Tala. Elegido como mediador entre el pueblo y su dios, él era el intérprete de la voluntad de Eydis. Pero ella había guardado silencio, ni un solo augurio o señal que iluminara los dos caminos oscuros por delante: uno que conducía a la paz y otro, a la guerra.

Los árboles desaparecieron de golpe y dieron paso a un prado cubierto de rocío, donde Jorrund dejó la leña. Sacó el pedernal que guardaba en la túnica y abrió el morral para buscar el cuenco y las hierbas que había traído.

Pero un movimiento en los árboles que tenía delante hizo que se quedara quieto y, muy despacio, desplazara una mano hacia el cuchillo de la parte posterior de su cinturón. Cerró los dedos lentamente alrededor del mango mientras sus viejos ojos trataban de enfocar. Un borrón blanco atravesó el bosque oscuro como una antorcha flotante.

Pero no era una llama. Era una mujer.

Estaba de pie entre los troncos de dos árboles, envuelta en una túnica oscura. Su largo cabello blanco se derramaba desde el interior de la capucha y caía por su hombro como la corriente de un río.

Observó con ojos chispeantes cómo Jorrund se ponía de pie y su aliento vacilante formaba una nube ante él por culpa del aire frío. Cuando toda su cara quedó iluminada por la luz de la luna, él dejó de respirar por completo y el cuenco cayó a sus pies. Su aspecto era demasiado extraño para tomarla por otra cosa. Eran los ojos de una anciana centenaria en la cara de una niña.

Era una Hilandera. Una Hilandera del Destino.

—¿Hola? —gritó, dando un paso en su dirección con mucho cuidado.

Pero ella no se movió. Ni siquiera parpadeó. Sus ojos claros solo parecieron tornarse más profundos y un escalofrío recorrió la piel de Jorrund, el hormigueo le serpenteó por los brazos hasta alcanzarle los dedos, que todavía aferraban con firmeza el mango del cuchillo.

Había oído historias sobre las Hilanderas. Su propia madre se las había contado a él, y él, a su vez, se las había contado a los niños de Liera. Pero nunca había recibido la visita de una. Y si quien estaba en el bosque frente a él en aquel instante era una de ellas, solo había dos cosas que podía traer consigo.

Vida o muerte.

Ella levantó la mano, se retiró la capucha de la túnica y recorrió el camino con los pies descalzos. Jorrund miró por encima del hombro a donde el sendero de regreso al pueblo desaparecía en la oscuridad. Puede que aquella fuera la señal que había estado esperando. Había llamado a Eydis, pero tal vez hubiera respondido una Hilandera.

La siguió con pasos vacilantes, arrastrando el bajo de su túnica entre la hierba alta que bordeaba el camino. Ella se desplazaba a través de los árboles como si fuera niebla y, cuanto más se alejaban caminando, más frío se tornaba el aire. El olor del mar les llegó en un soplo a través de los árboles, denso a causa de una tormenta ya pasada. La luz de la mañana apareció en la distancia, a duras penas empezaba a iluminar el fiordo con una neblina azul que reflejaba la fina capa de hielo que abrazaba la orilla.

La Hilandera descendió por las rocas sin emitir un solo sonido, dejando atrás el cobijo de los árboles, y Jorrund se detuvo, las puntas de sus botas al borde del camino. La playa estaba cubierta por un revoltijo de restos de madera y algas marinas, arrastradas hasta la arena por los vientos violentos que habían soplado durante la noche. La Hilandera caminó entre los restos, abriendo un sendero a través la niebla que se había reunido en la pequeña cala que tenían delante.

Un débil gemido resonó en la suave brisa y Jorrund inclinó la cabeza para escuchar. No era lo bastante agudo para pertenecer a un pájaro, pero había algo inquietante en aquel sonido roto. Se escuchaba por encima del ruido del agua, llegaba en ráfagas, con el viento.

Se subió a las rocas y caminó hacia él mientras el latido de su corazón igualaba su andar acelerado. La Hilandera desapareció y él se abrió paso tras ella a través de la neblina, siguiendo el eco, que se desvanecía. La niebla se diluyó a medida que se acercaba y el agua se calmó y lamió las rocas bajo sus pies.

En el trozo de playa que quedaba delante, emergió la silueta de un bote.

Dio una vuelta sobre sí mismo, buscando a la Hilandera, pero allí solo estaban el acantilado y los árboles que rodeaban la cala. Volvió a oír aquel ruido y el escalofrío que lo había recorrido en el camino del bosque se agudizó. Observó el bote, liberó su cuchillo y lo sostuvo por delante de él mientras daba un paso con cautela.

Afianzó las botas en las rocas y cuando la cabeza de una serpiente de madera apareció ante él, se quedó petrificado. Enfocó la mirada y distinguió una cara estrecha y una boca abierta con una lengua desenrollada extendida hacia él.

Naðr.

No había ninguna duda. La serpiente tallada en la proa era la diosa de los Kyrrs, pero ¿qué hacía un bote ceremonial como aquel tan lejos de los promontorios?

En el ennegrecido cascarón habían grabado runas y estrofas sagradas. Dio otro paso y recorrió con las manos la talla de un cuervo volador medio borrado sobre la madera carbonizada. El bote se había incendiado, y era probable que la tormenta hubiera sofocado las llamas. Y había un único uso que darle a un bote como aquel: un funeral.

De nuevo, se oyó el eco del gemido, y Jorrund se estremeció mientras volvía a levantar su cuchillo y echaba un vistazo por encima del lateral del bote. En el interior, había una niña pequeña agazapada sobre un nido de flores silvestres marchitas. Las marcas negras de los Kyrrs cubrían su pálida piel. Los símbolos retorcidos y repletos de nudos que formaban un mosaico de secretos empezaban en sus tobillos y se extendían por todo su cuerpo hasta llegarle a la garganta.

Se le entrecortó la respiración cuando la niña levantó la cabeza y lo miró con unos ojos grandes y enrojecidos. Sus labios temblorosos estaban teñidos del tono más pálido de azul, se había rodeado las rodillas con los brazos con fuerza y se las abrazaba contra el pecho.

Su mirada aterrizó sobre el extraño símbolo que llevaba en el pecho, donde la túnica se le había desatado. Un gran ojo abierto rodeado por las ramas de un roble. Eso también era algo de lo que solo había oído hablar en las historias.

La marca de una Lengua de la Verdad. Una que podía lanzar las piedras rúnicas y vislumbrar la red del destino.

Bajó el cuchillo al tiempo que dejaba escapar un largo y pesado suspiro. No se trataba de un accidente. Después de días de haber estado invocando a su diosa, la Hilandera se le había aparecido en el bosque y lo había conducido hasta la playa. Le había confiado a la niña *a él*. Lo más seguro era que fuera Eydis quien la había enviado.

Se dio la vuelta, buscando por la playa a la mujer de cabellos blancos, pero se había ido. Solo quedaba el sonido del agua. El aullido del viento.

Metió los brazos en el bote para alzar el cuerpo débil de la niña, y ella se acurrucó contra él, temblando. Pero sabía lo que pasaría si llevaba una niña Kyrr a Liera, en especial a una con la marca de la Lengua de la Verdad. Los Svells la temerían. El jefe podría incluso matarla. Pero si Jorrund quería proporcionar al líder Svell la respuesta que necesitaba, tendría que correr aquel riesgo.

Dejó a la niña sobre las rocas y juntó las flores silvestres en un manojo antes de dar tres golpes limpios con el pedernal. Las chispas prendieron las hojas secas y los pétalos y el humo blanco se arremolinó sobre su cabeza mientras se extendían.

Se levantó viento, con lo que el fuego encontró el casco y devoró la madera hasta que las llamas alcanzaron más altura que él y desaparecieron en el cielo gris.

Era una traición. Un mal augurio. Pero en el más allá, él no respondería ante los Svells.

Respondería ante Eydis.

Así que se quedó allí, de espaldas al viento, con la niña a sus pies.

Y juntos, vieron arder la barca.

CAPÍTULO UNO

TOVA

Las piedras no mentían.

La llamada del halcón nocturno resonó en la oscuridad, y abrí los ojos y retiré las pieles hacia atrás para sentarme y escuchar. Las brasas aún brillaban en el fuego, pero la casa estaba fría, el viento giraba entre los árboles y hacía crujir los troncos mientras estos se inclinaban.

El estridente canto del halcón se abrió paso entre el estruendo del cielo para encontrarme de nuevo y mis pies descalzos aterrizaron en el suelo de piedra. Me acerqué a la ventana y contemplé el camino oscuro que conducía a Liera a través del bosque. En la neblina, el orbe ámbar de la luz de una antorcha se balanceaba entre los árboles.

Jorrund.

Dejé escapar un largo suspiro al tiempo que apoyaba la frente contra los tablones de madera de la pared y sentía el peso de las piedras rúnicas en el cuello. La última vez que el Tala había acudido a mi puerta en mitad de la noche, había estado a punto de perder la vida.

Me quité el camisón, lo dejé caer al suelo y, con dedos torpes, me peiné los mechones enredados que me caían sobre el hombro en una trenza gruesa. Mientras ataba el extremo, mi mirada fue a parar a las hojas puntiagudas y las flores acampanadas de belladona que ennegrecían el dorso de mi mano. En la otra, una flor de milenrama. Las sostuve frente a mí cuando un relámpago entró por la ventana.

Una vida, una muerte.

El golpeteo de un puño sacudió la puerta; me deslicé una túnica limpia por la cabeza y me puse las desgastadas botas de cuero tan rápido como pude. Tragué saliva para calmarme antes de abrir.

Jorrund me miró desde debajo de la capucha de su túnica y levantó la antorcha hasta que pude ver sus ojos sesgados y plateados. Eran los únicos ojos cuyo color conocía de verdad. Los Svells estaban demasiado asustados de la desgracia como para sostenerme la mirada, convencidos como estaban de que una maldición caería sobre ellos. A menudo me preguntaba si tendrían razón.

—Te necesitamos. —La voz profunda y desgastada por el tiempo de Jorrund se elevó por encima del fuerte ruido de la lluvia en el tejado.

No pregunté por qué me necesitaban. No importaba. Yo era una Lengua de la Verdad, y mientras los Svells me dieran un hogar y me dejaran vivir, cumpliría su voluntad en lo referente a las tres Hilanderas.

Lo seguí con pasos rápidos mientras el halcón nocturno chillaba de nuevo desde algún lugar en lo alto de los árboles. El sonido hizo que sintiera pinchazos por toda la piel, un mal presagio familiar. Él también se dedicaba a menesteres oscuros. El que todo lo ve era el ojo de las Hilanderas del Destino. Un mensajero. Y su grito era una advertencia.

Había sucedido algo.

La lluvia corría a raudales por el camino y las botas se me hundieron en el barro mientras salíamos de la niebla del bosque. Una columna de humo blanco se elevaba de la casa ritual en el centro del pueblo, desplazándose de forma sinuosa, como una serpiente, hacia las nubes, y al cruzar las puertas de Liera, mi mano se dirigió por instinto a las piedras que me rodeaban el cuello.

La primera vez que había pasado por debajo de esos arcos, tenía seis años. Era una niña temblorosa y aterrorizada, cada centímetro de mi piel cubierto con los símbolos rituales de los Kyrrs. Las miradas gélidas de los Svells me habían atravesado antes de encontrar frenéticamente el suelo. No tardé en comprender que tenían miedo de mí. Mientras cruzaba el pueblo junto a Jorrund, rodeándome el torso con los brazos, una mujer entró en el camino con un tazón de arcilla en las manos. Algo caliente me dio de lleno en la cara, y hasta que no levanté la mano, no me di cuenta de que era sangre, una oración a su diosa, Eydis, para alejar cualquier mal que yo pudiera traerles. Todavía recordaba la sensación que me produjo mientras me rodaba por la piel y me empapaba el cuello de la túnica.

Jorrund iba por delante de mí, cojeando, caminando a un ritmo demasiado rápido para sus viejos huesos. Como Tala, era su responsabilidad interpretar la voluntad de Eydis, pero el hecho de que me hubiera convocado significaba que había una pregunta que él no podía responder. O, a veces, que había una respuesta que no deseaba dar él mismo.

A medida que nos acercábamos al imponente tejado de la casa ritual, los dos guerreros Svells a ambos lados de la construcción se enderezaron y abrieron las puertas contra el rugido del viento. Jorrund ni siquiera se detuvo para secarse la ropa, le entregó la antorcha a uno de los hombres y se abrió camino hacia el altar, donde la silueta de varios cuerpos acurrucados juntos se recortaba contra el fuego.

Me detuve en mitad de una zancada cuando vi el brillo de varios ojos fijos en mí. Se trataba de caras que reconocía, pero la mitad de ellas estaban manchadas de sangre seca, con salpicaduras de barro por toda la armadura. Los líderes de las aldeas Svells habían sido convocados y, por su aspecto, algunos de ellos habían visto batalla.

—Ven, Tova. —Jorrund habló en voz baja.

Paseé la mirada entre él y los demás mientras, por instinto, dirigía la mano a la bolsa de cuero que llevaba debajo de la túnica, donde las piedras estaban a salvo contra mi corazón. Sabía lo que querían, pero no sabía por qué y no me gustaba esa sensación.

Sus miradas se apartaron de mí cuando Jorrund me condujo hasta un rincón y ocupó su lugar junto a Bekan. El jefe de los Svells no indicó de ninguna forma que fuera consciente de mi presencia. No lo había hecho desde la última ocasión en que me habían convocado allí en mitad de la noche para echar las piedras y preguntar por la vida de su hija.

Pero era otro asunto el que inundaba de furia la cara de Bekan en aquel momento. Iba dirigida a sus propios líderes, algo que yo había visto cada vez más en los últimos años a medida que los clanes del este se unificaban. El cambio de poder había creado conflicto entre los Svells, y cada año que pasaba sin que Bekan declarara la guerra solo alimentaba esa división. La brecha que se había abierto entre los Svells se estaba ensanchando.

—No me has dejado elección. Ya ha transcurrido un día y medio. A estas alturas, ya les habrán llegado las noticias. —Habló en un tono monótono mientras se inclinaba hacia delante para captar la mirada de su hermano, Vigdis.

Había visto discutir a los hermanos en numerosas ocasiones, pero nunca frente a los demás líderes de las aldeas. Jorrund también parecía desconcertado por lo que veía.

—Siempre has sido un tonto, hermano —gruñó Bekan—. Pero esto...

—Vigdis actuó cuando tú no lo hiciste. —La voz de una mujer se alzó en las sombras por detrás de los demás y el frío de la tormenta pareció precipitarse repentinamente de vuelta en la habitación, a pesar del rugiente fuego.

Los ojos negros de Bekan destellaron.

—Actuamos *juntos*. Siempre.

Observé a los demás, estudiando la forma en que apoyaban las manos en sus armas, la tensión en sus músculos. Los doce poblados Svells tenían allí a su representante y más de la mitad de las caras mostraban señales de una pelea. Fuera cual fuere el desastre que hubieran provocado, lo habían hecho sin el consentimiento de Bekan. Y eso solo podía significar una cosa: que la sangre de sus armaduras pertenecía a los Nādhirs.

—Cuéntame exactamente lo que ha pasado. —Bekan se frotó la cara con una mano y me pregunté si era la única que podía ver que era un hombre que se estaba desmoronando. Solo habían transcurrido dos lunas llenas desde que su única hija, Vera, había muerto de fiebre. Desde entonces, cada día que pasaba solo parecía arrojar una sombra de un tono más oscuro sobre él.

Vigdis levantó la barbilla mientras respondía.

—Éramos treinta guerreros, incluidos Siv y yo. Tomamos Ljós de noche.

La líder de Stórmenska se encontraba a su lado, con los pulgares enganchados en su armadura.

—Al menos cuarenta muertos, todos ellos Nādhirs, por lo que pudimos ver —contó ella con precaución, midiendo sus palabras. Cinco años atrás, habrían sido las últimas que hubiera pronunciado. Pero ahora, los líderes de las aldeas se habían unido para actuar como consideraran adecuado contra la creciente amenaza del este y el suelo sobre el que se encontraba el jefe de los Svells era inestable.

—Lo más probable es que estén reuniendo a sus guerreros en este mismo momento. —Jorrund dio un paso que lo acercó más a Bekan, con las manos entrelazadas ente él.

—Que vengan. —Vigdis miró a su hermano—. Haremos lo que deberíamos haber hecho hace mucho tiempo.

—Me debes lealtad *a mí*, Vigdis.

—Debo lealtad a los Svells —lo corrigió—. Han pasado más de diez años desde que los Askas y los Rikis acabaron con su enemistad mortal y se unieron para formar los Nādhirs. Por primera vez en generaciones, somos el clan más poderoso del continente. Si queremos mantener nuestra posición, tenemos que luchar por ella.

El silencio que siguió solo confirmó que incluso los más leales estaban de acuerdo, y Bekan pareció darse cuenta, puesto que desplazó la mirada sobre ellos lentamente antes de responder.

—La guerra tiene un precio —advirtió.

—Tal vez sea uno que podamos pagar. —Jorrund se inclinó más cerca de él y supe que estaba pensando lo mismo que yo. Al final, la balanza se había decantado a favor de Bekan. O accedía a avanzar hacia territorio Nādhir o bien se arriesgaba a una división permanente entre su propio pueblo.

Los demás gruñeron su acuerdo y la mirada de Bekan por fin me encontró en la penumbra.

—Eso es lo que hemos venido a descubrir.

Jorrund me dedicó un asentimiento tenso y tomó un cesto de donde colgaba en la pared, a su espalda. Entré en el círculo de luz y sentí los ojos de los líderes Svells arrastrándose sobre las marcas de mi piel. Se hicieron a un lado, con cuidado de no tocarme, y tomé la piel del canasto mientras Jorrund murmuraba una plegaria reverberante por lo bajo.

—Tientas a la ira de Eydis al mantener a esa cosa aquí —murmuró Vigdis.

El hermano del jefe tribal había sido el único en decir en voz alta lo que yo sabía que el resto de ellos estaban pensando. Que la hija de Bekan, Vera, había muerto por mi causa. Cuando Jorrund me había llevado a Liera, muchos habían augurado que Bekan pagaría un precio por el grave pecado de dejarme vivir. La mañana que Vera había amanecido con fiebre, habían susurrado que su castigo había llegado al fin. Las Hilanderas habían tallado su destino en el árbol de Urðr, pero había sido yo la que había arrojado las piedras.

Jorrund ignoró a Vigdis y colocó un manojo de artemisa seca en las llamas. El humo acre provocó que una neblina inundara la habitación, haciéndome sentir que, por un momento, podía desaparecer. No era la primera vez que un Svell se refería a mí como una maldición y no sería la última. No era ningún secreto de dónde venía o lo que era.

Enganché los dedos en la correa de cuero que llevaba alrededor del cuello y saqué la bolsita del interior de mi túnica. No había arrojado las piedras desde la noche en que Vera había muerto, y el recuerdo hizo que las palmas de las manos se me pusieran resbaladizas por el sudor y que se me revolviera el estómago. La abrí con cuidado y las dejé caer pesadamente en mi mano abierta. La luz del fuego hizo relucir sus superficies lisas y negras, donde había talladas líneas profundas en forma de runas. El idioma de las Hilanderas. Pedazos del futuro, aguardando a ser leídos.

Jorrund desenrolló la piel y cerré las manos sobre las piedras con fuerza.

—*Lag mund* —susurró Vigdis.

—*Lag mund* —repitieron los otros.

Mano del destino.

Pero ¿qué sabían aquellos guerreros sobre el destino? Era la enredadera salvaje y retorcida que ahogaba los cultivos en verano. Era el viento que doblegaba las corrientes caprichosas y maldecía almas inocentes a acabar en lo más profundo. Ellos no lo habían visto en toda su extensión, la forma en que podía cambiar de repente, como una bandada de pájaros asustados. La mano del destino era algo que decían porque no lo entendían.

Para eso estaba yo.

Cerré los ojos, intentando que la presencia de los Svells a mi alrededor se desvaneciera. Encontré la oscuridad, el lugar en el que estaba sola. El lugar del que había venido. Se oyó de nuevo la llamada del halcón nocturno y reuní mis pensamientos para enviarlos en una línea recta. Abrí los labios, las palabras encontraron mi boca y respiré a través de ellas.

—*Augua ór tivar. Ljá mir sýn.*

—*Augua ór tivar. Ljá mir sýn.*

—*Augua ór tivar. Ljá mir sýn.*

Ojo de los dioses. Permíteme ver.

Extendí las manos delante de mí, desplegué los dedos y dejé caer las piedras hasta que quedaron dispersas por el pellejo en un patrón que solo yo podía ver, extendiéndose hacia todos los extremos. El silencio era espeso, el crepitar del fuego constituía el único sonido cuando me incliné hacia delante y me llevé los dedos a los labios.

Fruncí el ceño, desplacé la mirada de una piedra a otra. Todas y cada una de ellas estaban boca abajo, las runas quedaban ocultas. Excepto una.

Me mordí el labio con fuerza y levanté la vista para mirar a Jorrund a la cara, cuyos ojos estaban fijos en los míos.

Hagalaz, la piedra de granizo, estaba en el mismísimo centro. La destrucción total. La tormenta que devora.

Durante más de diez años, había lanzado las runas para ver el futuro de los Svells. Nunca habían tenido ese aspecto.

Pero las piedras nunca mentían. No a mí.

Dejé que mi mirada vagara sobre ellas de nuevo, se me aceleró el corazón.

—¿Qué ves? —La voz de Jorrund sonó pesada cuando por fin habló.

Clavé la vista en él, el peso del silencio en aquella calurosa habitación me aplastó hasta que me resultó difícil respirar.

—No pasa nada, Tova —dijo con suavidad—. ¿Qué les depara el futuro a los Svells?

Dirigí la mirada hacia Bekan, que no apartaba la vista del fuego y cuya mirada estaba tan hueca como la noche en que había muerto su hija.

Extendí la mano, la punta de mi dedo aterrizó sobre *Hagalaz* antes de responder.

—En el futuro, no hay Svells.

CAPÍTULO DOS

HALVARD

—¿Cuántos? —ladró Espen, mientras el golpeteo de sus botas sobre el camino rocoso que tenía ante mí me recordaba a un latido acelerado.

Aghi tenía dificultades para seguirle el ritmo, apoyado como iba en su bastón y meciéndose de un lado a otro mientras avanzábamos por el estrecho sendero que se alejaba de la playa.

—Más de cuarenta.

Espen frenó en seco y giró sobre los talones para mirarnos.

—¿Estás seguro?

—Lo estoy. —La mirada de Aghi se encontró con la mía por encima del hombro de Espen.

Yo había sabido, al ver la expresión en el rostro de Aghi en el muelle, que algo iba mal. Pero aquello… El pueblo entero de Ljós había desaparecido. Aghi y yo habíamos estado allí hacía solo una semana, en una reunión con el líder del pueblo. Ahora, lo más probable era que no fuera más que un montón de cenizas.

Espen respiró hondo y se enredó la barba con una mano mientras pensaba.

—¿Están esperando en la casa ritual?

—Sí —respondió Aghi.

Levanté la mirada al sentir unos ojos sobre nosotros. La gente de Hylli estaba atendiendo sus quehaceres matutinos, pero las manos interrumpían el trabajo cuando pasábamos. Presentían que algo estaba sucediendo incluso aunque no pudieran verlo.

—¿Han sido los Svells? —Hablé en voz baja mientras un hombre que cargaba con una ristra de peces plateados colgados de la espalda pasaba cerca de nosotros.

Espen tensó la mandíbula.

—¿Quién más podría haber sido?

En sus ojos se encendió un fuego que no había visto desde el día en que lo conocí, tras la batalla contra los Herjas que casi había acabado con la totalidad de nuestros dos clanes. Era algo que reconocí, el mismo fuego que había incendiado los ojos de tantos guerreros a los que había conocido de niño, en la montaña. El hambre de derramar sangre era algo que corría por las venas tanto de los Askas como de los Rikis, pero ahora éramos Nādhirs. Y habían pasado diez años desde la última vez que esa parte de nosotros había despertado.

—¿Qué harás?

No respondió en voz alta, pero distinguí en su rostro la mirada cansada de un hombre que había visto muchas más muertes que yo.

Habíamos hablado muchas veces sobre las crecientes tensiones con los Svells a lo largo de la frontera. El llamamiento a actuar se había hecho más insistente en los últimos meses, pero necesitaríamos otros diez años antes de poder contar con un ejército lo bastante fuerte como para tener mejores probabilidades de defender nuestras tierras y a nuestra gente. Habíamos perdido a demasiadas personas en el ataque de los

Herjas, y ahora, muchos de los guerreros que habían sobrevivido eran demasiado viejos para pelear.

Como si pudiera oír mis pensamientos, la mirada de Aghi volvió a desviarse hacia mí. Su pierna nunca se había recuperado de la herida que había sufrido en la batalla en la que los Herjas habían sido derrotados.

Espen nos guio por el camino, un extraño silencio se arrastraba detrás de nosotros y cubría el pueblo a nuestro paso. La primavera había derretido la mayor parte del hielo del fiordo, pero esa cualidad vigorizante seguía colándose en el viento que soplaba desde el mar. Más allá de los tejados, la montaña se alzaba ante un cielo gris despejado. Mi familia había pasado el invierno en la aldea nevada donde yo había nacido y aún tardarían unas semanas en volver. Pero si se avecinaba guerra, esta atraería a todos los Nādhirs hacia el fiordo en cuestión de días.

Freydis, Latham y Mýra ya estaban esperando cuando cruzamos las puertas, con sus armaduras engrasadas y sus armas, limpias. La melena roja de Mýra resplandecía como el fuego alrededor de su hermoso rostro y le bajaba por el hombro en una apretada trenza. Se la había hecho tan tensa como una cuerda, lista para romperse. Junto a ella, la esposa de Espen estaba de pie ante el altar, con las hachas envainadas de su marido en las manos.

Espen se dio la vuelta para que se las colocara en la espalda y ella se las abrochó mientras él hablaba.

—Contadme.

—Más de cuarenta muertos —informó Freydis primero—. Cayeron sobre Ljós durante la noche, unos veinte o treinta guerreros. Unos pocos supervivientes llegaron a Utan por la mañana y se enviaron jinetes, pero los Svells ya se habían ido.

—¿Cómo sabemos que no fueron saqueadores?

—Están muertos, Espen. —La voz de Freydis vaciló al pronunciar aquellas palabras—. Todos ellos.

Observé sus rostros mientras un silencio pesado caía entre nosotros. Si se tratara de una banda de saqueadores, las muertes habrían sido mínimas. Quien había marchado sobre Ljós iba en busca de sangre, no de lana, grano o *penningr*.

Espen tensó la mandíbula mientras pensaba. Una vez, los Nādhirs habían sido dos clanes, ambos más grandes y más fuertes que los Svells, que no era más que un pueblo lejano en los bosques del este. Habían sobrevivido evitando llamar la atención. Había sido después de la llegada de los Herjas y de la unión de nuestros clanes cuando los Svells habían ganado fuerza y ventaja. Ahora, por fin estaban listos para emplearlas.

—Enviaron a un mensajero —dijo Freydis—. Los Svells.

—¿Un mensajero?

—Su líder, Bekan, quiere una reunión. En Ljós. Quiere presentar una ofrenda de desagravio.

Espen y Aghi se miraron en silencio. Los susurros de guerra habían viajado por el valle durante años. No tenía sentido que su líder hiciera una ofrenda de desagravio después de su primer ataque a un pueblo. A no ser que atacar Ljós no hubiera sido el acto de guerra de Bekan.

—No ha sido Bekan —murmuré, pensando en voz alta.

—¿Qué? —Freydis frunció el ceño.

Me volví hacia Espen.

—Los hombres de Bekan han actuado sin él.

Mýra inclinó la cabeza hacia un lado.

—¿Cómo lo sabes?

—No lo sé. Pero hace mucho que sabemos que existe cierta división entre sus líderes. Es la única razón por la que no han actuado antes contra nosotros. Creo que los hombres de Bekan han atacado sin su conocimiento y que quiere sofocar las llamas antes de tener que llevar a los Svells a la guerra.

—No importa. Es demasiado tarde para eso. —Latham habló entre dientes.

Nuestro líder más anciano, Latham, nunca había renunciado a su gusto por la pelea. Y nunca había olvidado lo rápido que uno podía perderlo todo. Había sido el primero en instar a atacar a los Svells cuando los rumores habían comenzado a llegar hasta el fiordo.

Freydis apretó la mano alrededor de la empuñadura de su espada.

—Puedo tener a todos los guerreros Nādhirs listos para luchar en tres días. Podemos reclutarlos pueblo por pueblo. Las pérdidas serán…

—Demasiado grandes —terminé.

Mýra me miró con brusquedad, su boca convertida en una línea dura. Ahora le sacaba una cabeza entera, pero ella seguía siendo tan feroz como el día en que la había visto por primera vez, marchando hacia nuestro pueblo con una espada en una mano y un escudo en la otra.

—Es una trampa. Cuentan con el hecho de que no deseamos la guerra. Están intentando atraernos antes de invadir el fiordo.

—Iré yo —dije, evitando su mirada.

Ella se quedó inmóvil, su mano vagó distraídamente hacia el hacha que llevaba en la espalda y alzó la voz.

—¿Qué?

—Me reuniré con Bekan. A estas alturas, habrían tomado al menos dos aldeas más si estuvieran avanzando por el valle. Él no ansía la guerra más que nosotros. Creo que de verdad quiere arreglar las cosas.

—Tú no das las órdenes *todavía*, Halvard. —Latham habló desde su posición, a mi lado. La cicatriz irregular de la batalla que había perjudicado a todo su pueblo permanecía grabada en su cara. Se había pasado los últimos diez años reconstruyéndolo—. Cuarenta de los nuestros han *muerto*. La sangre llama a la sangre.

Los líderes habían estado de acuerdo al convocarme a la casa ritual dos años atrás para comunicarme que había sido elegido para ocupar el lugar de Espen como jefe de los Nādhirs, la gente que una vez había estado en guerra, la gente que ahora mantenía una alianza en la montaña y el fiordo. Desde entonces, había dedicado mis días a prepararme para ello. Pero nunca había sido testigo de la guerra como lo habían sido mis mayores. Yo formaba parte de la primera generación que no vivía para perpetuar una enemistad mortal. Y ahora, una herida que nunca sanaría había sido abierta de nuevo. Había crecido como hijo de una sanadora, pero nadie podría reparar una ruptura como esa. Y nadie dudaba de mí más que Latham.

—Él está aquí para hablar, como el resto de nosotros —lo reprendió Espen, recordándole a Latham su sitio. Era la última persona en vacilar a la hora de desenvainar la espada, pero sabía que yo tenía razón. Una guerra con los Svells implicaría el mismo tipo de pérdidas que habíamos sufrido hacía diez años. Quizá más.

—Dejadme ir —dije de nuevo—. Llevará al menos tres días reunir y preparar a nuestros guerreros. En ese tiempo, puedo ir a Ljós y volver.

Mýra me miró desde el otro lado del fuego, con una mirada afilada en sus ojos verdes.

—Si él va, yo voy.

—Tú te quedas aquí —gruñó Aghi. Era el único padre que ambos teníamos, pero a Mýra no se le daba bien recibir órdenes—. Yo acompañaré a Halvard.

Ella abrió la boca para objetar, pero Espen habló antes de que pudiera hacerlo.

—Yo también.

Freydis miró a Latham mientras se ponía rígida.

—No creo que sea una buena idea. —Su voz se volvió cautelosa.

—Nos llevaremos a veinte guerreros. Latham y Freydis, vosotros reclutaréis por los pueblos. Preparad a nuestra gente para la guerra. Mýra hará lo mismo aquí en Hylli.

Pero Freydis no parecía segura y Latham tampoco.

—Partimos al atardecer. —Espen me dio un apretón en el hombro.

Asentí y retrocedí mientras él se dirigía a las puertas. Su esposa lo siguió, y tan pronto como se fueron, Latham se giró hacia mí. Nunca había ocultado su incertidumbre sobre mi habilidad para ocupar el lugar de Espen, pero se había mostrado de acuerdo de todos modos. Me miró como un tío que desaprueba a su sobrino terco y supe que de verdad creía que no sería capaz de hacerlo. Para ser sincero, yo creía lo mismo.

Me miró a los ojos durante un instante sin palabras antes de que yo siguiera a Aghi al exterior. Las puertas ni siquiera se habían cerrado a nuestra espalda cuando Mýra se giró hacia mí de repente.

—¿Qué crees que estás haciendo? —Cuadró los hombros ante mí, mirándome a la cara—. Voy contigo.

—Tú te quedas —repitió Aghi, que esa vez dejó que su voz mostrara cierta dureza.

—Cuando se enteren… —Desvió la mirada hacia la montaña que teníamos detrás y supe que estaba pensando en mi familia. También eran su familia—. Esperad dos días. Me voy a Fela ahora mismo. Cabalgaremos toda la noche y…

—Volveremos antes de que sepan que nos hemos ido —dije, pero sabía que ella tenía razón. Eelyn y mis hermanos se enfurecerían cuando se enteraran de que había ido a reunirme con Bekan.

—Esto no me gusta. —Suavizó el tono de voz, sus ojos buscaron en los míos. Era once años mayor que yo, pero en ese momento, me pareció muy joven—. No deberías ir, Halvard.

—Estaremos de vuelta en tres días. Cuatro como máximo.

Ella asintió de mala gana y reconocí esa mirada. Estaba preocupada. Asustada. La atraje hacia mí, envolví los brazos alrededor de su pequeño cuerpo y apoyé la barbilla sobre su cabeza.

—No voy a perder a más familia —me dijo—. ¿Te ha quedado claro?

—Si vamos a la guerra con los Svells, la perderás.

Se apartó de mí y endureció la voz.

—Si no vuelves en cuatro días, no esperaremos.

— De acuerdo.

—Si no te veo en el horizonte antes de que se ponga el sol...

—De acuerdo —repetí.

—Que Sigr te guíe y te proteja. —Respiró hondo y pasó de mirarme a mirar a Aghi antes de sacudir la cabeza y maldecir por lo bajo mientras nos rodeaba para volver dentro.

Aghi esperó a que las puertas se cerraran antes de girarse por fin hacia mí. Sabía lo que estaba pensando antes de que soltara las palabras.

—¿Estás seguro de esto, hijo? —Su voz profunda montó a lomos del viento que subía hasta allí desde el mar.

Lo miré, buscando los ojos que había llegado a conocer tan bien, ahora enmarcados por líneas profundas. Él nos había acogido cuando habíamos venido a vivir al fiordo, y cuando mi hermano se había casado con su hija, nos había convertido en suyos. Nos había abierto su casa cuando la enemistad entre nuestra gente seguía humeando como las brasas de una hoguera, amenazando con volver a encenderse. A él no podía mentirle. Aunque quisiera hacerlo, se daría cuenta.

Así que respondí con la verdad que ambos conocíamos de antemano.

—No.

CAPÍTULO TRES

TOVA

El que todo lo ve se había ido.

Recorrí el sendero desde el límite del bosque con el arco cruzado sobre el pecho y dos conejos destripados en los brazos, cuyo pelaje seguía caliente. Tenía la mirada fija en las copas de los árboles, los oídos atentos a la llamada del halcón nocturno. Pero todo estaba tranquilo, el canto de los pájaros anidando y el ruido de mis botas sobre las agujas de pino caídas eran los únicos sonidos que se oían. Lo que había pasado al echar las runas seguía persiguiéndome, desvié la mirada hacia la marca de beleño del dorso de mi mano izquierda. Pero si El que todo lo ve se hubiera ido, puede que la desgracia también.

—No te encontraba.

Me quedé inmóvil, con los dedos apretados alrededor de la cuerda del arco cuando Jorrund apareció bajo las curvadas ramas de los arces en floración que salpicaban el camino que tenía delante.

Los racimos de flores se habían abierto temprano, y me pregunté si se trataba de un buen augurio o de uno malo. Eran preciosas, unas flores de color verde pálido que el viento mecía, pero una helada tardía las estrangularía.

—Estaba preocupado.

Vi que lo decía en serio. Se retorcía las manos a la espalda y lucía una sonrisa sesgada.

—Lo siento —le dije, deteniéndome frente a él. A Jorrund no le gustaba desconocer mi paradero. No le gustaba el recordatorio de que podía perderme.

Se hizo cargo de los conejos y lo seguí en silencio. La vuelta de la calidez de la tierra después del invierno significaba carne fresca y hierbas verdes. Ambas cosas me proporcionaban una excusa para salir de mi casa a las afueras de Liera, que a veces parecía más una jaula que un hogar.

Cruzamos la puerta y colgué mi arco y mi carcaj lleno de flechas hechas con plumas negras y blancas en la pared. Encendí la vela, aunque el sol ya estaba saliendo sobre los árboles, y mis manos frías se cernieron sobre la llama vacilante para sentir el aguijonazo del calor en las palmas.

Jorrund me observó mientras dejaba los conejos sobre la mesa. Sus rizos blancos le caían alrededor del rostro, la barba trenzada le llegaba hasta el pecho. Todavía no se había ido a dormir y el cansancio hacia mella en sus ojos, dándoles un aspecto más rasgado que de costumbre. Después de lanzar las piedras, se había pasado las primeras horas previas al amanecer detrás de las puertas cerradas de la casa ritual con los líderes Svells. Sus voces habían llegado casi hasta las puertas mientras me encaminaba de vuelta al bosque.

—¿Qué harán? —Observé el goteo de la cera derretida y el charco que se formó sobre la madera, donde se convertía en oro lechoso a medida que se enfriaba.

—Bekan se reunirá con los líderes de los Nādhirs. Hará una ofrenda de desagravio.

Arqueé una ceja.

—¿Una ofrenda de desagravio?

Él asintió y rehuyó mi mirada, y me di cuenta de que no quería que viera lo que estaba pensando. Pero podía suponerlo. Jorrund no deseaba una guerra, pero las piedras lo habían convencido de que había llegado el momento de librarla. Nunca lo diría en voz alta, pero creía que Bekan estaba cometiendo un error.

Había oído hablar de las ofrendas de desagravio, pero nunca entre clanes. Era algo que los enemigos hacían para sofocar una disputa de sangre entre familias antes de que la violencia se consolidara como herencia. Era una ofrenda de paz en forma de regalo.

—¿Cuándo? —Me senté en el taburete y levanté la cabeza para mirarlo.

—Nos vamos mañana.

—¿Vas a ir con ellos?

—Sí. —Hizo una pausa, mirando al suelo—. Me gustaría que tú también vinieras.

Retiré las manos de la llama.

—¿Yo?

Intentó sonreír, pero las comisuras de la boca lo traicionaron, puesto que descendieron lo suficiente como para que me percatara.

—Exacto.

—Pero ¿por qué?

—Te necesitaré si voy a ayudar a reparar esto. Todos te necesitaremos.

Entrelacé los dedos en el regazo, debajo de la mesa.

—¿Qué dice Bekan?

Jorrund me estudió, sus ojos me recorrieron la cara, pero no respondió. Bekan apenas había reconocido mi existencia en las semanas que habían transcurrido desde la muerte de su hija. Jorrund me había pedido que arrojara las piedras por la niña, pero las Hilanderas habían dado una respuesta diferente de la que querían. La única hija de Bekan había sido llevada al más allá y allí esperaría a su padre hasta que este tomara su último aliento.

Casi en el preciso instante en que había pronunciado las palabras, lo había sentido. El suelo se había abierto bajo mis pies. A los ojos de Bekan, yo ya no era tan solo una Lengua de la Verdad. Ahora, era una portadora de la muerte. Y el aliado que una vez había creído tener en el jefe de los Svells parecía haberme dado la espalda.

—¿Qué pasa si no se puede reparar? —Medí mis palabras con cuidado. Jorrund usaba las runas de la misma manera que un sanador usaba los remedios, probando una después de otra hasta obtener el resultado deseado. Pero las Hilanderas eran más escurridizas que eso. Eran sagaces y astutas.

Se puso de pie, se acercó a las ramas secas de brezo que colgaban de las vigas e inspeccionó los diminutos pétalos rosados que anidaban en las hojas de color verde oscuro. Levantó una mano y arrancó de un pellizco la punta de un tallo de la rama. Lo observé mientras le daba vueltas entre dos dedos antes de ofrecérmelo.

Lo acepté y lo hice girar a la luz de la mañana que entraba por la ventana.

—Esta puede ser la razón por la que Eydis te trajo aquí, Tova.

Entrelacé la flor en el extremo de mi trenza oscura.

—¿Cómo sabes que fue tu diosa quien me trajo?

Pareció sorprendido por mis palabras. Nunca había cuestionado a Jorrund porque no quería darle motivos para que él me cuestionara a su vez. Pero el mundo que habíamos construido juntos con tanto cuidado se estaba cayendo a pedazos. Yo lo veía, y sabía que él también podía.

—Algún dios te perdonó y no fue Naðr. Si la diosa de los Kyrrs te hubiera favorecido, nunca habrías acabado en ese bote.

Apenas podía recordarlo, pero Jorrund me había contado la historia en numerosas ocasiones. Mi propia gente había tratado de sacrificarme a su diosa cuando yo no tenía más de seis años. Él me había encontrado varada en la orilla, un sacrificio ritual fallido, pero lo único que era capaz de rescatar de mi memoria sobre ese día era la blancura de la niebla. El gemido del viento y los dedos largos de Jorrund rodeándome los brazos mientras me sacaba del casco.

—Puede que no se tratara de los dioses en absoluto. Puede que se tratara de las Hilanderas.

Parecía divertido, como si lo que acababa de decir fuera una broma entre nosotros. Pero Jorrund rara vez respondía a mis preguntas sobre el día en que me había encontrado en la playa; sus palabras siempre acababan dando forma a algo diferente a una explicación.

—Estabas acurrucada sobre una pila bamboleante de clavo y lupino, tenías los labios azules —dijo en voz baja mientras el recuerdo se reproducía en sus ojos.

Eso también lo recordaba. El chapoteo del agua contra la barca. El fuerte aroma de las flores marchitas y la cabeza de serpiente tallada en la proa. Y el frío. El frío era lo único que podía evocar con claridad.

—Cuando vi los símbolos inscritos en la madera, supe lo que era aquel bote. Y cuando vi eso —señaló las piedras que colgaban de mi cuello—, supe que no era un accidente que el mar te hubiera traído a nosotros.

Volví a acercar la mano a la llama, hice rodar los dedos sobre su calor. No recordaba casi nada de mi vida en los promontorios. Pero en mi mente, todavía podía ver una luz extraña que se reflejaba en el mar. Un pálido resplandor blanco que parecía demasiado brillante para ser real. Y el canturreo áspero de la voz de una mujer aún resonaba dentro de mí. Profundo, suave y bajo.

—Tu gente tenía la intención de sacrificar tu vida a Naðr, pero Eydis es misericordiosa. Cuando los Kyrrs te enviaron a la mar, ella te trajo aquí. Ella vio venir este día.

Tragué saliva y alejé ese destello de luz gris de mi mente. A veces sentía como si siguiera aguijoneándome la piel. Aún oía en sueños el retumbar de los tambores. Había dejado los promontorios, pero los promontorios no me habían dejado a mí. Llevaba marcado en la piel qué y quién era, en estrofas sagradas y motivos con significados que ni siquiera yo conocía. Nunca me abandonarían. Y ese era el motivo de que nunca hubiera tenido un lugar en Liera, salvo el que Jorrund me había proporcionado.

Acerqué la mano al brazalete que me rodeaba la muñeca y apreté el disco de cobre entre los dedos, tratando de conjurar la protección del talismán.

—*Hagalaz*, Jorrund —dije—. La lectura ha sido clara.

—La piedra de granizo puede significar muchas cosas —dijo, pero ambos sabíamos que yo tenía razón.

—Solo cuando hay otras runas presentes. Estaba en el centro. Sola.

Movió las manos con nerviosismo.

—Creo que ha llegado el momento de que Eydis te use. A veces, es la tormenta más destructiva la que trae vida, Tova. *Hagalaz* se acerca. Pero creo que sobreviviremos. Creo que nos hará más fuertes.

Eso era típico de Jorrund, creer que era más sabio que los dioses y las Hilanderas juntos. Creer que podría burlar al destino. Pero en su frente vi un surco profundo que no solía estar ahí, y me pregunté si de verdad creería lo que estaba diciendo.

—Una araña. Caminando por la red del destino. —Su voz se suavizó—. Eso es lo que las Hilanderas tallaron en el árbol de Urðr en el momento en que naciste.

Lo poco que entendía de mis marcas decía eso. En mi costado izquierdo, una araña se extendía sobre mis costillas. Pero lo que se había tallado en el árbol de Urðr podía ser modificado. Podía ser reescrito. Los Kyrrs me habían desechado como un sacrificio a su diosa, y daba igual quién me hubiera perdonado la vida, si los dioses o las Hilanderas. Estaba allí. Tenía que haber una razón para ello y eso era lo que me atormentaba.

—¿Vigdis traicionará a su hermano? —planteé la pregunta que no había abandonado nuestras mentes desde que habíamos salido de la casa ritual.

—Ya lo ha traicionado.

—Ya sabes a qué me refiero. ¿Intentará arrebatarle su posición como jefe?

—No. —Pero Jorrund había respondido demasiado rápido. No estaba seguro. Había dedicado su vida a convertir a Bekan en el mejor líder en la historia de los Svells y me había usado para conseguirlo. Pero una mirada envidiosa de Vigdis podría amenazarlo todo. Y no era solo la vida de Bekan lo que estaba en juego. La mía también. La de Jorrund. Si Vigdis se convertía en jefe de los Svells, la grieta bajo mis pies llegaría hasta el hielo de las profundidades. Sabía con precisión lo que el árbol de Urðr diría de mi destino entonces.

—¿Cuándo nos vamos? —pregunté, sabiendo que en realidad no tenía elección.

Él esbozó una sonrisa amplia, con un brillo de orgullo en los ojos.

—Mañana. A la puesta del sol.

Su túnica rozó el suelo cuando abrió la puerta, y cuando cerró, me acerqué a la ventana y lo observé avanzar por el camino.

Los Svells habían querido cortarme la garganta cuando su Tala me había llevado a la aldea. Durante años, había habido un guardia custodiando mi puerta para asegurarse de que nadie llevaba a cabo la ira de su diosa sobre mí. Pero Jorrund había estado seguro y había convencido a Bekan, hablando en nombre de Eydis.

Desapareció entre los árboles, dejándome sola en el bosque. La casita que me había dado era el único hogar que recordaba. Daba igual cuánto lo intentara, no podía recordar las caras de mi familia Kyrr o nuestro hogar. Eran como copos de nieve que se derretían antes de tocar el suelo.

Abrí la bolsa, dejé caer las piedras sobre la mesa, encontré *Hagalaz* y la sostuve delante de mí. La runa era oscura, la ira de la naturaleza y las fuerzas descontroladas. La piedra de granizo siempre dejaba marca en la tierra, aunque llevara agua a un terreno sediento.

Di vueltas a la piedra entre los dedos y observé cómo la luz del sol se deslizaba sobre su brillante superficie negra. Solo había una forma de saber con seguridad cuál era el destino que se avecinaba, y era esperar. Porque lo que Jorrund hubiera planeado no importaba. Las Hilanderas estaban tejiendo. Estaban plegando el tiempo y a todos nosotros en él.

Me subí la manga de la túnica y tracé las marcas de mi brazo con la yema del dedo. Se extendían por toda mi piel, desde los tobillos hasta la garganta. No recordaba el momento en que me las hicieron, pero quien me había marcado la piel lo había hecho con precisión. Las aletas serpenteantes y curvas de una serpiente marina, las alas desplegadas de un cuervo. Un lobo, enseñando los dientes. Las manchas negras se deslizaban por mis hombros, mi espalda y mis pechos en patrones intrincados y llenos de nudos que honraban a Naðr, la diosa que una vez me había abandonado. Eran acertijos. Un mosaico de secretos. Solo un Kyrr podría traducírmelos, y mi gente nunca abandonaba los promontorios. Nacían y eran enterrados en el norte helado. Pero si nunca desentrañaba las marcas, nunca conocería mi historia. Nunca me conocería realmente a mí misma. Y me preguntaba si ese era el castigo que las Hilanderas o los dioses me habían impuesto por los pecados que hubiera cometido en los promontorios.

Me abrí el cuello de la túnica y estudié el ojo abierto rodeado por una guirnalda de hojas de roble. Era el único símbolo que conocía y el que le había dicho a Jorrund quién era yo el día que me encontró. *Qué* era.

Una Lengua de la Verdad.

Me preguntaba qué habría hecho si no lo hubiera visto. ¿Me habría ahogado en el agua fría del fiordo? ¿Sería esa marca la razón por la que mi propia gente me había entregado como regalo al mar? Tal vez fuera una penalización por haber hecho caer sobre ellos un destino demasiado oscuro para sobrevivir a él. Como con Vera.

Soplé la vela y recogí mi bolsa de debajo de la mesa. Nunca formaría parte de los Svells. Hacía mucho que lo sabía. Pero tras todos aquellos años, todavía podía saborear la muerte en la lengua. Todavía podía escuchar los ecos de su susurro y reconocer la silueta de su sombra proyectada a mi alrededor.

Se acercaba la tormenta de *Hagalaz*. Y si los Svells perecían, yo también lo haría.

CAPÍTULO CUATRO
HALVARD

El sendero hasta Ljós estaba deteriorado pero silencioso. Los árboles, altos y delgados, se multiplicaban a medida que nos alejábamos del fiordo hacia la frontera entre las tierras de los Nādhirs y los Svells. Diez años atrás, Ljós había sido uno de los dos únicos pueblos que no había padecido el ataque de los Herjas. Probablemente, porque era muy pequeño. O tal vez porque se encontraba en el confín más lejano de nuestro territorio. Tan adentro, casi no se podía ni oler el mar, pero en aquellos bosques seguía habiendo algo que recordaba al hogar.

Aghi cabalgaba delante, observando la pendiente que llegaba hasta la cresta. Los guerreros caminaban detrás de él distribuidos en dos líneas de diez, vestidos con las viejas armaduras Askas y Rikis. Durante muchos años después de habernos convertido en Nādhirs, ese panorama me había resultado extraño. Pero ahora, el cuero oscuro que solían llevar los Rikis parecía extraño sin ese acompañamiento.

Los rayos de sol se abrieron camino a través de la vegetación, mientras avanzábamos prestando atención a los árboles a nuestro alrededor. Si Bekan planeara atravesar el valle y tomar Hylli, ya habríamos visto algún rastro de ellos. Pero el bosque estaba tranquilo y no se veían señales de ningún ejército. Habíamos supuesto que los Svell podían tener hasta mil guerreros si se solicitaba que las doce aldeas peleasen. Fuera cual fuere la cifra, superaría a la que podíamos reunir los Nādhirs, incluso si llamábamos a la batalla a los más jóvenes y a los más ancianos de entre nosotros.

—Virki. —Espen cabalgaba a mi lado, su mirada vagaba por las sombras mientras enumeraba el orden de las acciones en caso de guerra—. ¿Lo recuerdas?

—Sí —respondí. Solo había estado allí una vez, pero era un lugar que nunca olvidaría. Mientras mis hermanos iban a luchar contra los Herja, a mí me habían llevado a la antigua fortaleza, un acantilado hueco frente a un ancho río. Mi madre y yo habíamos permanecido allí con el agua hasta la cintura, mirando hacia arriba contra la luz del sol cuando apareció un guerrero con la noticia de la victoria en Hylli. Todavía recordaba el sonido que mi madre había emitido, con la mano apretada contra la boca y las lágrimas calientes corriéndole por las mejillas. Pasaron otros tres días hasta que nos enteramos de que mis dos hermanos habían sobrevivido.

—Los jóvenes y los viejos irán a Virki. Aghi los guiará —repitió Espen.

Asentí, mirando de nuevo hacia donde Aghi cabalgaba, a la cabeza de la comitiva. No le haría gracia que lo enviaran con quienes no podían luchar. Puede que incluso se negara, si se daba el caso.

—Si la derrota es inminente e Hylli está a punto de caer...

—Enviar a un mensajero.

—Tres mensajeros —corrigió.

—Tres mensajeros —dije, recordándolo. En caso de que uno no sobreviviera. En caso de que dos no sobrevivieran.

—Aghi asumirá el liderazgo de los supervivientes en Virki.

—¿Y a dónde irán?

—Abandonarán el fiordo.

Tiré de las riendas, ralentizando a mi montura, y Espen giró su caballo para mirarme cara a cara.

—¿*Abandonar* el fiordo?

—Así es. Y la montaña.

—¿Abandonar nuestras tierras? —Un filo salió a la superficie en mi voz.

—Si Hylli cayera, eso implicaría la pérdida de la mayor parte de nuestros guerreros. No tendríamos forma de defender nuestras tierras. Aquellos que sobrevivieran tendrían que instalarse en algún sitio nuevo. —Habló con calma, sin rastro de flaqueza en sus palabras.

Pero que los Nādhirs se marcharan era como la idea de que el mar se alzara hasta inundar los valles, ahogando la tierra hasta que esta desapareciera. No parecía posible que sucediera algo así.

—Tenemos que estar preparados. *Tienes* que estar preparado —dijo Espen con expresión severa. Era una reprimenda, un recordatorio de quién se suponía que debía ser yo. Contaba conmigo para liderar a nuestro pueblo después de que él se fuera al más allá para estar con aquellos que habían partido antes que él. Había visto caer a sus compañeros de clan en las temporadas de lucha y luego otra vez contra los Herjas. Llevaba mucho tiempo aguardando la muerte. Aghi también. Y era mi deber proporcionarle paz mental una vez que estuviera allí, sabiendo que yo estaría haciendo aquello que había prometido hacer.

Dio la vuelta al caballo otra vez, pero yo no me moví, sino que clavé la mirada en las riendas que tenía firmemente envueltas alrededor del puño.

—¿Por qué me elegiste?

—Fuiste elegido por todos los líderes de los Nãdhirs. No solo por mí.

—Pero ¿por qué?

Miró por encima del hombro, hacia donde Aghi y los otros desaparecían en la curva del camino.

—Representas a todos los Nãdhirs que vendrán después de ti. Nacido en la montaña, criado en el fiordo. Un hijo tanto de Thora como de Sigr. La gente te respetará, Halvard. Ya lo hacen.

—¿Y Latham? ¿Me seguiría? —pregunté.

—Sí. —Respondió sin dudarlo—. Latham te eligió, como el resto de nosotros.

—No cree que pueda hacerlo. No sé si *yo* creo que puedo hacerlo.

—Harás lo que tengas que hacer —dijo con sencillez.

Tragué saliva y me obligué a levantar la cabeza para mirarlo a los ojos. No quería admitirlo, pero le debía la verdad.

—No estoy listo, Espen.

Una sonrisa paciente tiró de la comisura de su boca.

—Vas a tener que estarlo si no conseguimos la paz con los Svells.

—¿No crees que vayamos a lograrlo?

Se lo pensó antes de responder.

—Creo que nuestro mundo está cambiando. Pero no lo bastante rápido como para evitar una guerra con los Svells en nuestras tierras. Nuestra gente presenciará más peleas antes de que podamos librarnos de ellos.

Un silbido resonó en la cresta y me detuve para liberar mi hacha mientras escaneaba los árboles. Espen hizo lo mismo, sus armas colgaban a sus costados mientras su caballo pisoteaba el suelo húmedo con nerviosismo. Volvimos a oír el silbido y busqué en las sombras hasta que apareció una figura y una mano extendida se hizo visible en medio de un rayo de luz solar.

—¡Halvard! —Una voz conocida me llamó por mi nombre.

Bajé el hacha y dejé escapar el aliento que estaba conteniendo mientras Asmund se deslizaba por la pendiente y dejaba una cascada de hojas caídas tras de sí.

—Me preguntaba cuándo te vería. —Bajo sus pieles y su desigual armadura, su túnica deshilachada y manchada era del color de la tierra—. Espen —saludó. Pero el jefe no se deshonró a sí mismo reconociendo su presencia, sino que instó al caballo a avanzar por el camino por donde Aghi y los demás habían desaparecido. No aprobaba a Asmund. Igual que la mayoría.

—¿Lo has oído? —pregunté cuando salió de entre los árboles.

Asmund se detuvo delante de mí, con cara de circunstancias por su respuesta no pronunciada.

Por encima de nosotros, en la cresta, los demás saqueadores observaban desde los árboles. Tan pronto como Espen dobló la curva del camino, bajaron la pendiente por el mismo sendero que había tomado Asmund.

Habían pasado seis años desde que Asmund y su hermano Bard habían abandonado Hylli. Ahora se ganaban la vida como saqueadores junto a los marginados y exiliados del continente, a excepción de un hombre Kyrr llamado Kjeld. Mis ojos se fueron solos a las marcas negras que le subían por el cuello y le bajaban por las muñecas hasta las manos. Era el único Kyrr al que había visto en mi vida, pero en el continente, todos conocían las historias sobre su pueblo. Eran la razón por la que nadie se aventuraba en los promontorios.

—Vimos el humo en el valle oriental. —Bard tomó mi mano a modo de saludo cuando llegó hasta nosotros—. ¿Svells?

Asentí.

—¿Los habéis visto?

—No, pero Ljós ha desaparecido. Quemado hasta los cimientos. —Bajó la voz. Puede que hubiera elegido abandonar su clan, pero era imposible renunciar a ciertas cosas impresas en el alma. Siempre seríamos su pueblo.

—¿Encontrasteis supervivientes?

Asmund negó con la cabeza y empezó a avanzar por el camino, y yo lo seguí junto a Bard. Ambos hermanos se contaban entre los primeros amigos que había hecho al llegar a Hylli, pero habían perdido a toda su familia con la llegada de los Herjas, y aunque hubiera muchos que lo habían perdido todo, algunos no habían podido permanecer en la casa que habían compartido con sus seres queridos. Cuando solo tenían catorce y dieciséis años de edad, habían dejado atrás su pasado y su honor a cambio de una vida que no les recordara a la que habían tenido.

—Entonces, ¿habrá guerra? —Asmund observó mi rostro con atención.

Los años en la naturaleza lo habían desgastado de una forma que provocaba que el dolor que había sufrido fuera más fácil de ver. Tal vez eso sucediera también conmigo.

—Vamos a Ljós a reunirnos con Bekan.

—¿A *reuniros* con él?

—Quiere presentar una ofrenda de desagravio.

—¿Qué importa eso? —Su voz se volvió aguda y la tensión en sus ojos hizo que me resultara más familiar.

—Sabes que no podemos permitirnos una guerra contra los Svells.

Me sostuvo la mirada.

—Entonces derrama tanta sangre como puedas antes de llegar al más allá.

Su corazón pertenecía a las viejas costumbres, alimentado por lo que había sufrido. Nos pasaba a todos.

—¿Qué has visto en Ljós?

—Por el aspecto del sendero del bosque, puede que fueran treinta guerreros, y actuaron con rapidez. Mataron a quienquiera que se les pusiera por delante, prendieron fuego a la aldea y se marcharon.

Extendí una mano entre nosotros y él la tomó, sin ocultar su preocupación.

—Deberías volver a Hylli. Reúne a todos los Nādhirs de la frontera y llévatelos.

El mismo pensamiento estaba escrito en el rostro de su hermano, pero Kjeld permanecía ilegible, como siempre, observando con su mirada profunda. Se rodeaba la muñeca con los dedos, donde un disco de cobre y una sarta de huesos formaban una pulsera.

Asmund suspiró.

—Ten cuidado, Halvard.

Los demás lo siguieron mientras se dirigía de regreso al bosque, entrando y saliendo de las sombras. Bard me miró una vez más antes de desaparecer sobre la cresta.

—Malditos sean, todos y cada uno de ellos —gritó Aghi desde donde esperaba más adelante. Gruñó mientras se frotaba con el talón de la mano una contractura muscular por encima de la rodilla—. Traidores.

—Sabes que no saquean en las tierras de los Nādhirs —dije al alcanzarlo.

Me miró con una ceja arqueada. Para él, no importaba. Habían perdido su honor y no había vuelta atrás una vez que abandonabas a tu gente para dedicarte a una vida de saqueador. Él no los entendía como yo.

—Ves el bien demasiado deprisa, Halvard —murmuró.

Bajé la mirada al hacha de mi padre, que descansaba contra mi pierna. En la hoja brillaba el grabado de un tejo, el mismo símbolo que marcaba su armadura.

—Crees que eso significa que mi espíritu es débil.

Frunció el ceño.

—Te hace más fuerte. Más sabio que yo, me parece. —Aghi era un hombre de pocas palabras, pero cuando hablaba, tenían mucho peso—. Tienes miedo —dijo—. Eso es bueno.

—¿Bueno? —Estuve a punto de reírme.

Se inclinó, mirándome a los ojos:

—El miedo no es nuestro enemigo, Halvard. Recuerda las temporadas de lucha.

Por supuesto. Era uno de los únicos recuerdos claros que tenía de mi padre, sentado junto al fuego y afilando su espada antes de partir hacia Aurvanger, donde los clanes se reunían cada cinco años para saciar su enemistad mortal.

—Pero mi padre y mis hermanos no temían ir a la guerra.

—No los asustaba la lucha. Temían perder todo lo que amaban. Y eso era lo que les permitía demostrar valor en la batalla.

Traté de imaginar a Aghi en los campos de Aurvanger, blandiendo su espada y rugiendo al viento. Debía de haber sido un gran guerrero para haber sobrevivido a tantas temporadas de lucha, pero el Aghi que yo había conocido mientras crecía era gentil, a su manera.

—¿De qué tienes miedo ahora?

Parpadeó, sus ojos azules eran tan claros como las aguas frías del fiordo.

—Me asusta que un día, después de haber ido al más allá, mis hijos vengan a verme y me digan que nuestra gente ha perdido la paz que encontramos cuando yo vivía en este mundo. —Respiró hondo—. Siempre habrá guerra, Halvard. La guerra es fácil. Vuelve una y otra vez, como las olas a la orilla. Pero he vivido la mayor parte de mi vida impulsado por el odio y no deseo eso para mis nietos. O los tuyos. —Extendió una mano hacia mí—. Ahora, ayuda a un anciano a bajar de su caballo para que pueda mear.

Sonreí, dejé que apoyara el brazo en el mío y me incliné hacia atrás mientras él se deslizaba hacia el suelo con un gruñido.

Más adelante, Espen y los guerreros de Hylli aguardaban en el punto del camino donde la tierra se adentraba en la zona más profunda del bosque. El viento los envolvía y subía hacia nosotros, transportando el dejo intenso de la ceniza desde el otro lado de los árboles, donde esperaba Ljós.

CAPÍTULO CINCO

TOVA

Nos detuvimos en el puesto del herrero mientras oscurecía y este le daba la vuelta a la espada en la forja por última vez. La mirada de Vigdis estaba fija en el suelo bajo los pies del herrero, pero Bekan observó con paciencia mientras engastaba una piedra de ámbar en la empuñadura del arma, en cuya hoja brillante, en la punta, se hallaba grabado el símbolo de la paz.

El día había transcurrido en mitad de un silencio incómodo, la tensión de los líderes Svells era palpable mientras se observaban unos a otros de reojo. Vi cómo Jorrund los observaba a todos de cerca, con sospecha en la mirada. No había pronunciado ni una sola palabra desde que habíamos estado esperando a Bekan esa tarde en el exterior de la casa ritual.

Vigdis se había enfurecido cuando su hermano había ordenado al herrero que tomara la espada que había estado fabricando para Vigdis y la terminara como la ofrenda de desagravio para el jefe de los Nādhirs. Había llamado «cobarde» a Bekan cuando los demás ya habían desaparecido por las puertas de la casa ritual, pero cuando Bekan había amenazado con quitarle a Vigdis su puesto como líder de la aldea de Hǫlkn y dárselo a alguien más leal, había accedido a regañadientes a acompañarlo a Ljós.

En aquel momento, Vigdis contemplaba el fuego con los pulgares enganchados en las trabillas del cinturón y su largo cabello negro ondeándole alrededor de la cara.

—¿Y si no aceptan? —Levantó la mirada para sostenérsela a Bekan mientras formulaba la pregunta.

—No son tontos, aceptarán —respondió.

Jorrund asintió con la cabeza.

—Haremos un sacrificio al amanecer y le pediremos a Eydis que nos conceda su favor.

El herrero golpeó la hoja contra el yunque y me estremecí ante el ruido ensordecedor que provocó. La espada era casi tan larga como yo era alta y el herrero tenía problemas para sostenerla con firmeza. Nunca había visto una hoja como aquella, la intrincada empuñadura y la composición de las piedras creaban un conjunto precioso, las curvas de la hoja estaban hechas a mano con habilidad. Un arma que habría supuesto un gran orgullo para Vigdis. Ahora, en manos de su enemigo, le serviría de humillación. Si el jefe de los Nādhirs la aceptaba, los Svells contraerían una deuda con él a cambio de la paz.

Cuando estuvo acabada, el herrero la alzó para inspeccionarla y Bekan asintió con aprobación.

—Vigdis. —Pronunció el nombre de su hermano al tiempo que le hacía un gesto al herrero, que esperó ante ellos.

Vigdis tensó la mandíbula cuando se dio cuenta de lo que había detrás de las palabras que Bekan no había pronunciado. Iba a seguir pagando por la espada con su propio *penningr*.

Miró a Bekan a los ojos durante un largo momento antes de alcanzar por fin su cinturón y sacar su monedero. No se molestó en preguntar el precio y vació hasta la última moneda en la mano abierta del herrero. El hombre retrocedió

56 • LA CHICA QUE NOS DEVOLVIÓ EL MAR

lentamente, con el *penningr* aferrado contra el pecho y des-
viando la mirada mientras la furia de Vigdis llenaba el vacilante silencio que nos rodeaba.

Los demás se dirigieron a las puertas y Bekan mantuvo la
voz baja mientras caminaba junto a Jorrund y deslizaba la nueva espada en la segunda vaina que llevaba a la espalda. Ambos
conseguirían lo que querían si los Nādhirs aceptaban la ofrenda. El pueblo fronterizo y cualquier disputa con su líder desa-
parecería ahora que Ljós había caído. Habrían llevado a cabo
una demostración de fuerza ante el pueblo Nādhir y cimenta-
do su posición de poder y fuerza. Y la guerra no se llevaría la
vida de los guerreros que algún día podrían necesitar en otra
batalla.

Pero la fe de Bekan en el favor de Eydis era demasiado
grande. Incluso después de lo de Vera, seguía sin temer el en-
tramado del destino como lo hacía yo. Todavía no podía sentir
el poder que ejercía sobre los días venideros. Incluso en aquel
momento, lo sentía cambiar, desenrollaba sus hilos y luego te-
jía nuevos patrones. Se sentía en el viento. En el silencio del
bosque. Las Hilanderas estaban trabajando y yo era la única
que podía verlo.

Llegamos a las puertas de Liera, donde esperaban los líderes de las aldeas Svells y un grupo de treinta guerreros. Entre
Vigdis y Siv tuvo lugar un intercambio sin palabras y observé
que ella apretó el puño con el que se aferraba el cinturón.
Mientras Bekan siguiera siendo el jefe de los Svells, preferiría
la paz a la guerra. Y me pregunté si Vigdis y los demás podrían
vivir el resto de sus vidas mortales sin derramar más sangre
enemiga.

Una media luna se elevó en el cielo mientras cabalgábamos
hacia el bosque y arrojó una pálida luz sobre la tierra que me
inquietó. Había sido cosa de Jorrund contener la división entre

los líderes Svells en los últimos años y había acabado cansado de hacerlo, convencido de que la corriente estaba cambiando con más fuerza de lo que Bekan podía controlar. Pero Bekan tenía más confianza en su hermano. Depositaba su fe en todo lo que no la merecía.

—Las runas eran claras —dijo Vigdis, disminuyendo la velocidad hasta que su caballo empezó a trotar al otro lado de Jorrund.

Jorrund desvió la mirada hacia mí, pero yo miré hacia delante como si no pudiera escucharlos. Pasar inadvertida ante Vigdis era la única forma de mantener su espada alejada de mi cuello.

—Puede que cambiaras el destino de nuestra gente al tomar Ljós. Esta es tu oportunidad de corregir las cosas. —Jorrund esperó a que Vigdis hablara, pero no lo hizo—. Los Nādhirs encontrarán su fin cuando Eydis lo desee. Ni un momento antes.

Vigdis no discutió, pero la ira seguía presente en las sombras que tenía bajo los ojos. Miró por encima del hombro al hombre que cabalgaba detrás de nosotros.

—No apartes los ojos de ella hasta que volvamos a cruzar esas puertas, Gunther.

Me quedé inmóvil, retorciendo las riendas con las manos mientras miraba hacia atrás por encima del hombro para verlo. Gunther iba a lomos de su caballo detrás de nosotros, con la vista fija en mí, en Vigdis. No discutió la orden, pero pude ver en la forma en que apretaba la mandíbula que no quería cargar con la responsabilidad de vigilarme. Nadie la querría. En el pelo tenía más vetas grises que la última vez que lo había visto, pero en la mayoría de los sentidos, tenía el mismo aspecto que el día que lo había conocido en el prado, de niña. En aquel entonces tampoco le había gustado, pero sabía que no me haría daño a menos que tuviera que hacerlo. Y eso era más de lo que podía decir de cualquier otro Svell.

Jorrund paseó la mirada entre Vigdis y Gunther con nerviosismo. Vigdis no conocía el trato que había hecho con Gunther tantos años atrás y Jorrund no quería que lo supiera. En realidad, nadie sabía nada de esos días en el prado. Ni siquiera Bekan.

Gunther detuvo a su caballo junto al mío y sostuvo la mano delante de mí. Posó los ojos en el arco que llevaba colgado del hombro. Miré a mi alrededor, a los Svells armados que cruzaban la línea de los árboles. No me habían entrenado para pelear como el resto de ellos. Mi arco era la única forma que tenía de protegerme. Cuando no me moví, espoleó a su caballo y se acercó más.

Jorrund levantó la barbilla para ordenarme que obedeciera y apreté los dientes mientras desabrochaba el carcaj y se lo arrojaba a Gunther. Lo ató a su montura y dejó que el pequeño arco cayera sobre su cabeza.

Por supuesto, Vigdis tenía que mandarme vigilar. Nunca había confiado en mí, pero la noche en que murió su sobrina Vera me había dado cuenta por primera vez de que me quería muerta. Había llorado sobre su cuerpo inmóvil, roto de una forma en la que nunca lo había visto, y cuando su mirada me había localizado en las sombras, me había hecho una promesa.

Te mataré por esto.

En aquel momento, esa misma mirada estaba presente en su rostro. Escupió en el suelo entre nosotros, hincó el talón en el flanco del caballo y avanzó para alcanzar a Siv.

Gunther volvió a colocarse detrás de mí cuando echamos a andar de nuevo y lo fulminé con la mirada mientras me envolvía más en la piel de oso que llevaba sobre los hombros. Se levantó viento, que serpenteó entre los árboles mientras el pueblo empequeñecía detrás de nosotros, y sin el familiar peso de mi carcaj a la espalda, me estremecí por su culpa. Nunca me había alejado de Liera y la sensación de estar abandonando los bosques que conocía me cortó la respiración. Se me enroscó en el pecho y la impresión de que unos ojos me observaban desde la oscuridad se deslizó por mi columna vertebral.

Jorrund miraba al frente, con expresión ilegible.

—¿Por qué no hubo ninguna otra piedra boca arriba en la lectura?

—No lo sé. —Le di la única respuesta que tenía. En todos los años que llevaba lanzando las piedras para él, nunca las había visto caer como lo habían hecho esa noche. El futuro siempre estaba cambiando. Las Hilanderas siempre estaban tejiendo. Pero *Hagalaz* había encontrado el centro, sus líneas paralelas perfectamente verticales. Y todas las otras piedras habían sido rechazadas, borradas de la red del destino.

Suspiró.

—Mañana arreglaremos esto.

Pero sonó a pregunta con esa voz melodiosa suya. Quizá por primera vez, Jorrund no estaba seguro. Se sentía más inseguro de lo que lo había visto nunca y por eso me había llevado. Para que viera las cosas que él no podía ver, el destino, presagios y señales invisibles para él.

Se inclinó hacia delante y tomó un recipiente de arcilla del lateral de su montura y lo destapó antes de pasármelo.

—Es un viaje largo y será una noche fría. Bebe. Te calentará.

Me lo llevé a los labios e inspiré el dulce olor a hidromiel. Me recordó a cuando era una niña pequeña, encaramada a las vigas de la casa ritual mientras Jorrund y Bekan hablaban abajo, junto al fuego del altar. Incluso entonces, sus conversaciones habían girado en torno al futuro y a las generaciones venideras de mucho después de que ellos acabaran en *Djúpr*, donde iban los Svells tras la muerte.

—Los Nādhirs cambiaron más que sus propios destinos cuando pusieron fin a su enemistad mortal. Tal vez deberíamos haber escuchado a Vigdis hace mucho, cuando sugirió por primera vez que invadiéramos sus tierras. En aquel entonces, eran débiles. Y por primera vez, nosotros éramos fuertes.

Aún recuerdo la primera vez que escuché la palabra «Nādhir». Dos clanes, un pueblo que había enterrado la enemistad mortal que los había definido durante generaciones. Era algo que nadie creía posible.

Tomé un largo trago, pensando. Jorrund nunca había disentido de Bekan abiertamente. Siempre lo había apoyado. Pero me preguntaba cuán fuerte sería el vínculo de lealtad entre ellos. Y me preguntaba qué haría Jorrund si Bekan se encontrara con una hoja en la garganta y a su hermano sentado en su asiento ante el fuego del altar. Jorrund creía en Bekan, pero los corazones de los mortales albergaban oscuridad. Más oscuridad de la que querían creer.

Todavía recordaba la noche en que había llegado la noticia sobre los Herjas. Se los llamaba «ejército de demonios» porque las historias sobre ellos no podían ser ciertas: que habían surgido de las profundidades del mar para atacar el fiordo de Sigr y la montaña de Thora. La gente creía que era obra de algún dios vengativo, pero a mí me sonaba más al trabajo de las Hilanderas. Solo me preguntaba qué habrían hecho los clanes para merecer semejante destino.

Los Svells se habían reunido tras la llegada del mensajero, habían llenado la casa ritual hasta que la multitud salió por la puerta y se dirigió hacia el pueblo. Esa había sido la primera vez que había visto discutir a los hermanos y la última vez que había visto a Jorrund dormir a pierna suelta.

Desde entonces, los Svells habían quedado divididos, tiraban en dos direcciones.

Guerra y paz.

Y por primera vez, no habría sabido decir de qué lado estaba Jorrund.

El frío se hizo más intenso, provocando que los dedos con los que aferraba las riendas se me entumecieran, y volví a buscar en el cielo a El que todo lo ve. Pero no estaba ahí. Puede que existiera una posibilidad de que el futuro cambiara.

En el momento en que el primer soplo de luz del sol pintó el cielo, los cascos del caballo arrancaron un crujido al suelo del bosque. Habían transcurrido por lo menos tres semanas desde lo que debería haber sido el final del invierno. Observé el brillo de las hojas y las agujas de pino en la luz tenue y un nudo me retorció el estómago. Cuando Jorrund miró por encima del hombro desde donde cabalgaba, por delante de mí, vi que estaba pensando lo mismo: una helada tardía.

Si estaba esperando un mal augurio, lo habíamos encontrado.

HACE SIETE AÑOS

Aldea Hylli, territorio Nādhir

—Ya casi estamos. —Fiske se adentró en las aguas poco profundas que tenía delante, rompiendo la delgada capa de hielo con la hoja de su hacha.

La mañana empezaba a calentar el cielo cuando Halvard siguió a su hermano mayor lejos de la orilla, conteniendo el aliento al sentir el mordisco del agua fría. Levantó el arpón con púas por encima de la cabeza, manteniendo el equilibrio a pesar de la corriente. El invierno había dejado atrás el fiordo, pero aún pasarían unas semanas antes de que los días empezaran a alargarse y el sol terminara de derretir el hielo. Hasta entonces, pescarían en las aguas glaciales.

—Aquí. —Fiske se detuvo mientras deslizaba el hacha de nuevo en la vaina que llevaba a la espalda y se giraba hacia él.

El agua le llegó a Halvard al pecho mientras encontraba una posición en la que mantener el equilibrio.

—Lo has prometido —murmuró.

—Después.

Halvard lo fulminó con la mirada.

—Cuando tenías mi edad, comenzabas el día entrenando. No pescando.

—Cuando tenía tu edad, vi morir a mis amigos en la temporada de lucha. —Su voz se volvió afilada y entrecerró los ojos, y

Halvard cedió. La única cosa peor que estar metido hasta el pecho en el fiordo helado era invocar la desaprobación de su hermano.

Colocó el arpón ante él y observó las sombras bajo el agua. Las nubes eran lo bastante gruesas para evitar que la superficie resplandeciera, pero a él nunca se le había dado bien arponear peces.

—Cuando lanzo, se desvía a la derecha.

—Lo sé. Y trabajaremos en ello. Después —repitió Fiske.

Halvard apretó los dientes y aferró con más fuerza el arpón mientras lo alzaba ante él. Tras la muerte de su padre, Fiske se había convertido en el líder de su familia y en el responsable de criarlo. Pero con los diez años que se llevaban, Fiske había planeado para Halvard un tipo de vida diferente de la que había tenido él de niño.

Se quedó inmóvil, siguiendo el movimiento de un pez hasta que vio el destello de las escamas plateadas debajo. El peso de sus pies lo hundió en el limo y el viento se calmó cuando alzó todavía más el arpón.

—Será diferente para ti. —Fiske habló en voz baja, observándolo.

—Lo sé. —Halvard bajó el arpón con un chasquido y clavó al pez en la arena. Esas eran las palabras que había oído decir a su hermano una y otra vez desde el día en que habían llegado a vivir al fiordo.

Fiske lo miró a los ojos mientras sacaba el extremo del arpón del agua.

—Te traje aquí para que tuvieras una vida diferente.

El pez se sacudió cuando lo desensartó de los dos dientes de hierro y lo arrojó al hielo a su lado.

—Pero tengo que saber pelear.

—Ya sabes pelear. Te he estado enseñando desde antes de que pudieras sostenerte sobre tus propios pies.

—No como tú. No como Iri. —Halvard levantó el arpón otra vez, con la atención de vuelta en el agua. Cuanto antes pescaran cuatro o cinco peces que llevar a casa, antes entrenaría su hermano con él.

Todavía recordaba haber visto a Fiske y a su padre trabajar en sus armas y armaduras junto al fuego los días anteriores a su partida hacia Aurvanger, donde habían luchado contra los enemigos de su dios en la temporada de lucha. Los había visto desaparecer en el bosque y se había preguntado si volvería a verlos alguna vez. Y había querido ir con ellos, pero incluso entonces, antes de que los clanes hicieran las paces, los planes de Fiske para Halvard siempre habían sido que se hiciera cargo de los deberes de su madre como curandera de la aldea. Nunca había querido que pusiera un pie en la batalla.

—Tendrás tu oportunidad —acabó diciendo Fiske cuando Halvard sacó otro pez del agua.

—¿Crees que los Svells vendrán?

Había oído a la gente de Hylli hablar del clan del oeste. Algunos creían que acudirían al fiordo el próximo invierno. Otros se figuraban que la paz era posible. Fiske y su otro hermano, Iri, nunca habían comentado lo que pensaban que les depararía el futuro.

Fiske dejó el pez en el hielo junto al otro.

—Creo que, si no son los Svells, serán otros. La paz nunca goza de una vida larga.

Halvard volvió a levantar el arpón.

—Entonces, ¿por qué estamos pescando?

Una pequeña sonrisa tiró de las comisuras de la boca de Fiske, pero le faltaba la mirada irónica que siempre estaba ahí cuando lo provocaba.

—Porque quiero creer que estoy equivocado.

Aldea de Liera, territorio Svell

Tova vio la nube pasar por encima, cuya forma parecía vacilar a causa de las lágrimas que le llenaban los ojos. Jorrund se alzaba sobre ella, con los ojos entrecerrados mientras le cosía la piel rota alrededor del labio hinchado.

La había llevado con la curandera, pero se había negado a coser a Tova, temerosa de que Eydis enviara una plaga al pueblo.

Su sangre brilló en la aguja cuando Jorrund sacó el hilo con un movimiento largo y lo ató. Cuando una lágrima rodó por su mejilla al fin, él le dio otro trago de cerveza agria. Bebió hasta que la quemazón de la garganta le llegó al pecho. El escozor del labio no era nada en comparación con los moretones que estaban floreciendo en su espalda.

Si el halcón nocturno había tratado de advertirla, no lo había oído. Solo había abierto los ojos al escuchar el sonido de las botas contra el suelo de piedra y antes de que le diera tiempo de pensar, la estaban arrastrando por el bosque en medio de sus gritos.

No había sido la primera vez que alguien del pueblo intentaba encargarse de su destino con sus propias manos. En los cinco años que habían transcurrido desde que Jorrund la había hecho cruzar las puertas de Liera, había escuchado muchos susurros. Había sentido las miradas clavadas en su espalda. Pero nadie había estado tan cerca de matarla.

Tova era una maldición viviente. Una traición al dios de los Svells. Y aunque viviera bajo la protección tácita de Bekan y de Jorrund, los desacuerdos sobre los clanes del este habían fracturado la resolución del pueblo de confiar en su Tala y en su jefe. A los ojos de los Svells, no era solo una niña de once años. Era un flagelo. Y había muchos que querían verla muerta.

Las furiosas olas se estrellaron contra las rocas que tenía detrás y Tova observó cómo el agua se deslizaba hacia la tierra, cubriendo sus pies descalzos. Jorrund abrió su morral y sacó una botellita de su interior. Le provocó escozor cuando le echó el aceite en la boca y el corte de la frente mientras hablaba.

—No todo el mundo puede ver la voluntad de los dioses, Tova.

Ya le había dicho eso antes. Pero no sería la última vez que un Svell del pueblo iría a su casita del bosque e intentaría quitarle la vida. Las leyes que protegían a los Svells de los demás no se aplicaban a ella. No habría consecuencias por matar a una chica Kyrr.

Se oyeron pasos en la arena detrás de ella y se giró para ver a un hombre de pie contra los árboles. La piel desgastada que le cubría los hombros parecía una capa, y debajo llevaba escondidos unos viejos cueros Svells.

Tova se puso de pie y se adentró más en el agua. Si alguna vez había visto a aquel hombre, no lo recordaba. Era mucho más alto que ella, hasta el punto de esconderla en su sombra cuando se detuvo en la arena ante ellos.

—Tova, este es Gunther.

Esperó a que hablara, pero él se limitó a mirarla. Su rostro cansado era ilegible, su mirada afilada estaba fija en Jorrund.

—Si alguna vez le cuentas esto a alguien…

Pero Jorrund levantó una mano, cortándolo antes de que depositara su larga túnica en sus brazos y comenzara a retroceder hacia los árboles. Tova lo miró con los ojos muy abiertos, y luego volvió a mirar a Jorrund cuando se dio cuenta de que se estaba yendo para dejarlos solos.

Llevó la mano al pequeño cuchillo que guardaba en la parte posterior del cinturón y lo desenfundó. La empuñadura estaba resbaladiza por culpa de su palma sudorosa cuando dio un paso atrás y sintió el tirón del agua fría contra las piernas. Las olas empaparon la lana de su vestido mientras Gunther la miraba desde arriba y recorría su pequeña figura con los ojos.

—Eso no te hará falta. Un arco sería lo mejor —dijo, tomándolo de donde colgaba en su espalda y desabrochando la correa de la aljaba. Cayó en la arena junto a sus pies al tiempo que daba un paso hacia ella—. Si alguien se acerca lo suficiente para que uses un cuchillo, ya estarás muerta.

Tova se quedó mirando el arco que tenía en las manos, confundida.

Gunther se inclinó hacia delante, la agarró por la muñeca y tiró de ella hacia delante para sacarla de las aguas poco profundas. Apretó con fuerza hasta que ella abrió los dedos y el cuchillo cayó al agua y se hundió en la arena mojada.

—Empezaremos con el arco —dijo de nuevo—. Luego, el cuchillo.

Sacó una flecha del carcaj y se la tendió. Tova miró a su alrededor antes de aceptarla y acariciar con el pulgar el borde de la pluma negra moteada.

—¿Por qué me ayudas?

El viento sopló y le colocó el pelo sobre la cara mientras bajaba la mirada hacia las marcas que adornaban los brazos desnudos de ella. Era lo bastante mayor para ser su padre, pero Tova no detectó nada tierno o cálido en la forma en que él la estudiaba.

Se giró en la dirección del viento, sin esperar a que ella lo siguiera.

—Primero, el arco. Luego, el cuchillo.

CAPÍTULO SEIS

HALVARD

Recogimos los cuerpos.

Los esqueletos en ruinas de las casas de Ljós sobresalían de la tierra ennegrecida y los Nādhirs muertos cubrían el suelo como pájaros caídos del cielo. La mayoría ni siquiera llevaba armadura o botas, habían acabado con ellos mientras intentaban huir en la oscuridad. Habían estado durmiendo cuando los Svells habían salido del bosque y prendido fuego a sus casas. No habían tenido ninguna oportunidad.

La visión resultaba familiar, aunque hubieran pasado diez años desde el ataque de los Herjas. Habían llegado a nuestra aldea mientras se alzaba la luna cuando yo solo tenía ocho años. Era la primera vez que había matado a un hombre y la primera vez que había pensado que iba a morir. Los cadáveres de las personas que conocía de toda la vida estaban esparcidos por el pueblo, la sangre roja y brillante manchaba la nieve blanca y recién caída, y nunca lo había olvidado. Nunca lo haría.

Parpadeé para alejar el recuerdo y agarré por las muñecas a un hombre de mi edad que yacía a mis pies. Lo remolqué camino abajo mientras sus ojos grises y abiertos me miraban, y lo deposité en la pira que habíamos construido fuera de la puerta del pueblo. Enderecé lo que quedaba de su túnica quemada y le crucé los brazos sobre el pecho.

El humo del fuego se elevó como una nube hacia el cielo y aguardamos frente a él en silencio, viendo cómo ardía mientras Espen dirigía los ritos funerarios. Su voz profunda superó al ruido del viento y pronunciamos las palabras al unísono, los ojos de todos los guerreros fijos en las llamas.

—Dile a mi padre que lo quiero. Pídele que me cuide. —Susurré las últimas palabras—: Dile que mi alma te sigue.

Me preguntaba qué diría mi padre si pudiera ver en qué nos habíamos convertido, aquellos que una vez fueron enemigos, lamentando la muerte unos de otros. Mi madre decía que se sentiría orgulloso, pero yo no recordaba lo suficiente sobre él para saber si era verdad. Tenía seis años cuando él había muerto de fiebre, e incluso cuando intentaba sacar a relucir la imagen de su rostro de donde estaba enterrada en mi mente, solo era una sombra.

Oímos unos pasos en la grava detrás de nosotros y nos giramos para ver a uno de nuestros hombres en la linde del bosque.

—¡Están aquí!

Espen y Aghi se miraron a los ojos antes de dar la orden y que todo el mundo se moviera, sacara sus armas y formara ante nosotros. Saqué mi hacha de su vaina con la mano izquierda y mi espada con la diestra, dejando que su reconfortante peso cayera a mis costados.

—Están esperando en un claro que hay más adelante. —Corrió hacia nosotros, vociferando entre respiraciones trabajosas.

Espen le dio una palmada en la espalda cuando pasó y ocupó su lugar al final de la fila.

Aghi levantó la mano y me apretó la correa del chaleco reforzado por debajo del brazo. Me puso las manos sobre los hombros e hizo que girara para comprobar el otro lado.

—Quédate atrás. Usa la espada antes que el hacha.

—Lo sé —respondí con humildad.

Levantó una mano áspera que apoyó en mi nuca y me miró a los ojos.

—¿Listo?

Examiné su rostro mientras un nudo me constreñía la garganta. En la retaguardia, no sería capaz de luchar a su lado si me necesitaba. Y él no sería capaz de correr. Si estallaba una pelea, era el más vulnerable de todos nosotros.

—Listo.

—Buen chico. —Dejó escapar un largo suspiro y sonrió.

Tomó su lugar al lado de Espen y yo fui a la parte de atrás mientras este daba la señal. Avanzamos hacia los árboles hombro contra hombro, midiendo cada paso y sin permitir que se abriera ningún hueco en nuestras filas. Cuando entramos en el bosque, el silencio nos tragó enteros, el aire resultaba fresco como el agua contra mi piel caliente.

Miré a mi derecha, medio esperando ver ahí a mis hermanos. La melena oscura de Fiske recogida en un moño descuidado y la barba rubia de Iri trenzada sobre su pecho. Mýra tenía razón. Se enfadarían cuando supieran que había ido a Ljós sin ellos. También lo haría la esposa de Fiske, Eelyn. Y ahora, las palabras de Mýra resonaron en mi mente, haciendo que me preguntara si aquello era un error. A lo mejor era una estupidez reunirse con los Svells. Puede que fuera un movimiento desesperado, débil.

El claro apareció delante, bañado por la cálida luz del sol, y la hierba alta y dorada resplandecía bajo ella. Hasta que no llegamos a la linde de los árboles, no los vi.

Había dos filas de veinticinco o más Svells al otro lado, sus pieles de alce los camuflaban y los hacían casi invisibles entre los árboles. Una única mano fue levantada en el aire y un hombre con largas trenzas rubias dio un paso adelante y salió de debajo de las ramas. Espen levantó la mano en respuesta y avanzamos juntos hacia el centro del claro. El viento sopló a través de la hierba, que onduló a nuestro alrededor como las tranquilas olas del fiordo cuando nos metíamos en las aguas poco profundas a pescar con arpones.

Espen y Aghi dieron un paso adelante cuando nos detuvimos y el hombre rubio al otro lado del claro hizo lo mismo. Por el aspecto de su armadura y los broches que llevaba alrededor del cuello, tenía que ser Bekan, el jefe de todas las tribus Svells. Un hombre de barba negra iba a su lado y abrieron un camino en línea recta en la hierba mientras el corazón se me aceleraba y el pulso me latía en la garganta.

Aghi retorció los dedos a un costado, resistiendo el impulso de enarbolar su espada, y yo conté el número de pasos que necesitaría para llegar a él si tenía que hacerlo. Una gota de sudor me resbaló por la frente e hizo que me picaran los ojos.

—Espen —dijo Bekan cuando se detuvo ante ellos.

Pero fue un rostro en la distancia lo que atrajo mi mirada, una figura de pelo negro como el de un cuervo de pie detrás de sus dos filas de guerreros. Había una chica encapuchada junto a su Tala, con los ojos fijos en mí. Las reveladoras marcas negras de los Kyrrs sobresalían por el cuello de su túnica, donde un ala desplegada se extendía por su garganta.

El único Kyrr que había visto en mi vida era Kjeld, el hombre de Asmund, pero conocía bien las historias que se contaban alrededor de las fogatas nocturnas. Eran un pueblo de misticismo y rituales, sus marcas contenían los secretos y las historias de sus antepasados. Vivían en la niebla de los promontorios, las fronteras de sus territorios señalizadas con estatuas de piedra de su diosa Naðr y cráneos y colmillos de jabalí blanqueados por el sol.

Pero ¿qué estaba haciendo una chica Kyrr con los Svells?

Inclinó la cabeza mientras me miraba con los ojos entrecerrados y un ardor prendió en mi piel como las llamas de una pira fúnebre. Cambié el peso de un pie a otro mientras la contemplaba, y ella frunció el ceño al tiempo que levantaba la mano y se presionaba la oreja con la palma.

—Hace tres días, un grupo de mi gente atacó Ljós. Ese ataque fue llevado a cabo sin mi consentimiento y supuso un desafío directo de mis órdenes.

Volví a concentrarme en los hombres que ocupaban el centro del claro.

Espen parecía una estatua, su mirada era firme.

—Han muerto más de cuarenta Nādhirs.

Un largo silencio se alargó a nuestro alrededor y mi corazón reemprendió la carrera mientras observaba a sus guerreros con atención.

—Este es mi hermano Vigdis, el líder del pueblo de Hǫlkn. —Bekan miró al hombre moreno que estaba de pie a su lado, tan rígido que podría haber estado tallado en piedra—. Esperamos que podáis aceptar esta ofrenda de desagravio.

Vigdis se pasó la mano por encima del hombro y agarró la espada que llevaba a la espalda. La desenvainó poco a poco y la luz del sol hizo refulgir las piedras de ámbar engastadas en el arma mientras la sacaba y la sostenía ante él.

Era un arma valiosa. Puede que la más valiosa que vería en la vida, con su hoja de acero y su empuñadura enjoyada. Pero las ofrendas de desagravio no estaban destinadas a pagar el valor de una infracción. No había suficientes piedras preciosas en el continente para cubrir el precio de cuarenta vidas. Era un símbolo. Y su poder dependía por entero del honor de aquel que la ofrecía.

—Ninguno de nosotros desea una guerra. —Bekan se quedó quieto, esperando la respuesta de Espen—. Acepta la ofrenda y ambos nos iremos a casa sin que se pierda ninguna otra vida.

La chica volvió a captar mi atención. Se quedó inmóvil, mirando a los hombres del centro del claro hasta que un grito penetrante resonó en lo alto y clavó la mirada en el cielo, donde un halcón volaba en círculos. Inclinaba las alas contra el viento mientras giraba y, cuando volví a mirarla a ella, tenía los ojos abiertos como platos. Dio un paso vacilante hacia delante y abrió la boca para hablar antes de que el Tala la agarrara por el brazo y la retuviera donde estaba.

Busqué por el claro lo que fuera que hubiera visto, pero allí solo estaban los guerreros, uno al lado del otro. Ella estaba mirando a Bekan.

Y justo cuando el halcón volvió a gritar, Vigdis se giró hacia su jefe y rompió el silencio.

—Te quiero, hermano. Y algún día entenderás por qué he hecho lo que he hecho. —De repente, retrocedió y se abalanzó hacia delante con la espada, que hundió en el estómago de Espen.

La punta de la hoja, empapada en sangre, le sobresalió por la espalda, en el punto donde lo había atravesado.

Me quedé sin respiración cuando Espen cayó hacia delante de rodillas y el viento se detuvo, hasta el último sonido se apagó a nuestro alrededor. Mi mano desenfundó mi espada antes de que me diera cuenta de lo que estaba haciendo, y el sonido de los gritos recorrió el claro. Pero Bekan estaba petrificado, con las manos extendidas delante de él y los ojos muy abiertos por la confusión. Miró a su hermano y luego a Espen, y viceversa.

Los Svells echaron a correr, cargando contra nosotros, y todas las armas abandonaron sus vainas, las hojas se deslizaron contra el cuero al unísono. Aghi gritó una orden y me miró a los ojos solo un momento antes de salir corriendo y cojeando y dirigirse directo hacia Vigdis, que estaba de pie sobre el cuerpo sangrante de Espen.

Fui tras él, mis botas golpeando el suelo con fuerza mientras el caos se desataba entre los árboles. Los cuerpos colisionaron unos contra otros cuando ambos bandos chocaron y yo mantuve la mirada fija en Aghi y levanté mi espada mientras un Svell corría en su dirección. Corrí más rápido, sobrepasé al Svell y giré sobre los talones mientras describía un arco con la espada para rajarle el estómago. Cayó sobre la hierba y levanté la espada para ponerme en guardia mientras unos goterones de sangre espesa caían sobre la hierba dorada.

Detrás de mí, Aghi arrojó su hacha, que pasó volando ante nosotros y se hundió en el pecho de una mujer Svell que se desplomó al suelo. Cojeó hacia ella mientras el rugido de la batalla aumentaba, su atención todavía puesta en Vigdis, que le estaba cortando la garganta a un Nādhir de rodillas.

Aghi echó el brazo hacia atrás y clavó la espada en el brazo de un hombre que tenía detrás antes de levantarla por encima de la cabeza para volver a bajarla y clavársela en el pecho. Salté sobre el cadáver mientras avanzábamos, siempre cerca de la espalda de Aghi.

Bekan desenterró su espada del costado de un Nādhir y yo saqué el cuchillo del cinturón para luego detenerme mientras apuntaba. Llevé el brazo hacia atrás, el mango ligero en mis dedos, y envié la hoja volando hacia delante. Bekan vaciló cuando se le clavó en el hombro y golpeó el suelo con una rodilla antes de volver a ponerse de pie y correr directo hacia nosotros. Alzó la espada desde atrás y se lanzó a por mí antes de que Aghi se estrellara contra su costado y le arrancara el arma de la mano. Levantó su hacha, pero en menos de lo que se tarda en suspirar, Bekan se arrancó mi cuchillo del hombro y lo movió hacia delante con ambas manos.

Aghi se dobló sobre sí mismo y hasta que no golpeó el suelo, no lo vi. El mango de mi cuchillo alojado entre sus costillas. Tomé una bocanada de aire mientras un estallido de sangre brillante se derramaba por sus labios y, cuando abrí la boca, no fui capaz de escuchar el sonido de mi propio grito. Solo podía sentir cómo me quemaba en la garganta, prendiendo mi pecho en llamas mientras corría hacia él.

Caí al césped y lo sostuve entre mis brazos antes de que se inclinara hacia delante y me mirara con sus brillantes ojos azules mientras movía la boca, murmurando palabras que no pude comprender.

—Aghi. —Su nombre sonó extraño al pronunciarlo con la voz quebrada, e intenté sostenerlo derecho, pero pesaba demasiado.

Cayó hasta el suelo mientras más sangre goteaba de sus labios y se aferraba a mi túnica con las manos. Tiró de mí hacia abajo, hacia él, pero no pudo hablar. La luz ya estaba abandonando sus ojos.

—No… —susurré. Pero tenía la mirada desenfocada, elevándose hacia el cielo sobre nuestras cabezas.

Ya se había ido.

Mi mente trató de procesarlo, de filtrar frenéticamente la furiosa avalancha de pensamientos, pero no podía pensar. No podía levantarme de la hierba; me aferré a su armadura con tanta fuerza que sentí como si los huesos de los dedos se me fueran a quebrar. Hasta que el destello de una hoja brilló delante de mí no parpadeé, no volví en mí.

Miré hacia arriba, enfocando la vista para combatir las lágrimas calientes de mis ojos, y vi a Bekan corriendo delante de mí y derribando a un Nādhir con un brazo, el otro todavía le sangraba mucho. Me puse de pie, desenterré mi cuchillo de los huesos del pecho de Aghi y me dirigí con pasos pesados hacia los árboles, directo hacia él. No me vio hasta que ya había ganado ventaja. Su hacha voló hacia mí y caí en cuclillas, dejando que volara por encima de mi cabeza antes de volver a incorporarme de un salto y salir disparado hacia delante, con el cuchillo apretado con fuerza en la mano, resbaladizo por la sangre de Aghi.

Rugí, el grito de guerra me desgarró la garganta cuando lo alcancé y giré el cuchillo en la mano para clavárselo de lado. Le hice un corte en el brazo y arrastré la hoja hacia abajo, y él retrocedió hacia los árboles. Otro grito estalló detrás de mis costillas cuando me abalancé sobre él, agarrando el cuchillo con ambos puños mientras lo levantaba. Grité cuando lo hice descender con el peso de mi todo cuerpo y hundí la hoja en el corazón de Bekan.

Echó la cabeza hacia atrás y jadeó, luego tosió la sangre que le subía por la garganta y, de repente, me sentí demasiado pesado, la tierra tiraba de mí hacia ella cuando se oyó un silbido. Volví a mirar hacia el claro, donde los Svells estaban acabando con el último de los Nādhirs en pie. En el mismo centro, Espen yacía en un lecho de césped teñido de rojo.

Giré en círculo, el mundo daba vueltas a mi alrededor. Espen estaba muerto. Aghi… Traté de respirar, aunque me ahogaba en la visión de su cara relajándose mientras moría en mis brazos. La respiración me salió de los pulmones en forma de silbido mientras más Svells salían de los árboles y atravesaban el claro y lo que acababa de suceder caló en mi mente.

El hermano del jefe Svell había acudido a Ljós con un plan. No tenía pensado que abandonáramos ese claro con vida.

Sentí un tirón en el costado y me balanceé, haciendo una mueca al sentir que el mundo que me rodeaba se inclinaba y deseando que la tierra bajo mis pies me mantuviera en equilibrio. Me agarré el costado, donde un flujo constante de sangre caliente escapaba de un corte en mi armadura que no recordaba haber recibido. La mano me resbaló sobre el cuero mojado mientras presionaba, tratando de frenar el flujo. Pero un rugido gutural me hizo echar un vistazo al claro, donde Vigdis me miraba fijamente, con los ojos muy abiertos, mientras yo permanecía de pie junto al cadáver de su hermano.

CAPÍTULO SIETE

TOVA

La escarcha de la mañana cubría el suelo a nuestro alrededor mientras avanzábamos a través de los árboles. Resplandecía en la luz temprana, convirtiéndolo todo en cristal. Los días habían sido cálidos y húmedos a causa de las tormentas primaverales que venían del mar, pero el frío se había colado de puntillas durante la noche.

Era una advertencia, como el halcón nocturno.

Los Svells revisaron sus armaduras y armas en silencio mientras formábamos el claro, donde Bekan se hallaba sobre la hierba iluminada por el sol. Estudié la mirada serena en el rostro de Vigdis, que ocupaba su lugar junto a su hermano.

Él y Jorrund se habían pasado la mañana hablando en susurros, el vaho de sus respiraciones visible entre ellos mientras cabalgaban uno al lado del otro delante de mí. Un escalofrío me subió por la columna mientras miraba a Jorrund por el rabillo del ojo. Había algo enterrado a mucha profundidad bajo su expresión calmada. Algo inestable y vacilante en sus ojos que detecté a duras penas.

Gunther ocupó su lugar frente a nosotros, alejándose de mí por primera vez desde que Vigdis le había ordenado que me vigilara. Había tenido mucho cuidado de no mirarme mientras cabalgábamos en plena noche, manteniendo las distancias. La verdad era que, aunque Vigdis había querido que su presencia supusiera una amenaza inminente, tener a Gunther a mi espalda me había hecho sentir más segura. Y ahora, mientras nos adentrábamos en el claro y la perfecta fachada de Jorrund parecía desmoronarse, me encontré dando un pequeño paso que me acercó más a donde estaba Gunther.

—Quédate a mi lado. —Jorrund me habló en voz baja al oído.

Los Svells se quedaron quietos como estatuas, mirando hacia el límite de los árboles al otro lado del claro. La mirada de Jorrund estaba fija en los hermanos, con los brazos cruzados sobre el pecho y tocándose los codos con los dedos en un ademán nervioso. Estaba preocupado. Asustado, incluso. El peso del lanzamiento de la runa se había asentado en cada hueso envejecido y en cada músculo dolorido de su cuerpo, y todo se reducía a aquel momento.

Los guerreros se removieron y levanté la mirada justo cuando apareció un movimiento en la sombra de los árboles que teníamos delante. Bekan levantó una mano en el aire, murmurándole algo a Vigdis, cuya mandíbula se tensó al ver aparecer a los Nādhirs al otro lado de la extensión de hierba muerta por culpa del invierno, todavía medio ocultos en los árboles.

Bekan alcanzó el broche que llevaba en el pecho y lo desabrochó para tomar la vaina de la espada que llevaba al hombro y tendérsela a Vigdis, pero su hermano se limitó a mirarlo fijamente.

—Tú empezaste esto. Ahora, vas a ponerle fin. —Bekan lo miró a los ojos, su rostro manchado con la sangre de un cuervo que Jorrund había sacrificado a Eydis al amanecer.

Vigdis apretó los dientes, insultado. Era una orden que llevaba la reprimenda de Bekan aún más allá. Una que había dado delante de los demás líderes y una de la que la dignidad de Vigdis no se recuperaría con facilidad. Era un movimiento tonto por parte del jefe, avivar la llama del enfado de su hermano cuando más lo necesitaba.

Después de un momento, Vigdis aceptó la espada y se ajustó la vaina en su propia espalda. Fue Siv la que no apartó la mirada de él, con el labio curvado sobre los dientes, pero Vigdis no la miró a los ojos. Miró al frente, a la abertura entre los árboles, y una extraña sensación me dio un tirón en el fondo de la mente. Había demasiadas palabras tácitas entre ellos: Bekan, Jorrund, Vigdis y Siv. Eran como vapor atrapado en una tetera cuya tapa traquetea.

Bekan volvió a mirar a Jorrund antes de dar la señal y caminamos hacia delante, dejando la frescura del bosque y entrando en el calor del claro. Dejé que mi mano se moviera a mi costado, la parte superior de la hierba entre mis dedos, y miré a nuestro alrededor en busca de cualquier señal de las Hilanderas. Pero el claro estaba en silencio. Y tal vez fuera ese el presagio que pasé por alto. Estaba *demasiado* tranquilo.

Los Nādhirs se detuvieron en el centro del claro y caminamos hasta que nos encontramos con ellos, aunque la fila de Svells se quedó atrás mientras Bekan y Vigdis avanzaban. Se detuvieron ante el jefe de los Nādhirs y un hombre con una barba trenzada del color de un atardecer de otoño. Apoyaba todo su peso en una pierna, era obvio que la otra la tenía débil, pero se mantenía erguido, con la barbilla levantada.

Los dos clanes que componían los Nādhirs estaban mezclados, sus armaduras y armas se intercalaban casi a la perfección entre los guerreros. Deslicé la mirada sobre ellos hasta que me detuve en el rostro de un joven vestido con pieles rojas.

Llevaba el cabello oscuro recogido en una trenza sobre el hombro, con mechones sueltos metidos detrás las orejas. Sus ojos claros estaban fijos en el hombre de la barba roja y estaba apretando la mandíbula.

Pero había algo extraño en él. Algo...

Bekan empezó a hablar, pero en el claro sonó un zumbido profundo que fue creciendo en intensidad como si de una colmena de abejas se tratara. Nadie pareció reparar en ello, la atención estaba puesta en los hombres que teníamos delante, e incliné la cabeza, tratando de escuchar. Reverberaba como la caída de una cascada, creciendo con cada respiración hasta llenarme el interior del cráneo.

Mi atención volvió a recaer en el joven Nādhir y, como si pudiera sentir mi mirada, de repente se giró, y sus ojos se encontraron con los míos. Una punzada aguda me recorrió la piel y apreté la falda de lino en mis puños cerrados.

Porque no apartó la mirada.

La clavó en la mía, haciéndome sentir repentinamente inestable sobre los pies.

—¿Qué pasa? —susurró Jorrund a mi lado, pero apenas pude oírlo por encima del ruido que había en mi cabeza.

Un silbido, como el del agua sobre las brasas. Y sonaba cada vez más fuerte.

—¿Oyes eso? —Presioné la palma de la mano contra la oreja y el Nādhir frunció el ceño, sus ojos se apartaron de mi cara para bajar a las marcas de mi cuello.

Jorrund cerró la mano sobre mi brazo mientras Vigdis desenvainaba la espada enjoyada, y aparté la mirada del Nādhir cuando Bekan empezó a hablar. Pero había algo en la mirada de Vigdis que estaba mal. La tensión que había rodeado sus huesos desde que Bekan lo había reprendido en Liera ya no estaba allí. Se mantenía erguido, con los hombros relajados y una expresión tranquila. Como la calma inmóvil que precedía a la muerte.

Traté de escuchar lo que decían, veía los labios de Bekan moverse, pero el zumbido del claro era ahora un rugido gutural que ahogaba todo lo demás. Cuando una sombra se movió sobre la hierba a mis pies, levanté la mirada hacia el cielo, donde el halcón nocturno se elevaba sobre nosotros contra el resplandor del sol. Las plumas moteadas de sus alas brillaban mientras se inclinaba y volvía a describir un círculo sobre nuestras cabezas.

Parpadeé, se me entrecortó la respiración.

El zumbido se detuvo.

—El que todo lo ve —susurré, dando un paso adelante.

Aquello estaba mal. Algo iba mal.

—¿Qué? —La mano de Jorrund encontró mi muñeca y tiró de mí hacia atrás.

Pero era demasiado tarde. La luz del sol arrancó un destello a la hoja de la espada que Vigdis tenía en las manos y miré a Bekan justo cuando Vigdis le dijo unas palabras que no pude oír. Al instante siguiente, estaba tomando impulso con la espada y lanzándose hacia delante con un paso rápido para clavársela a Espen en el estómago.

Me quedé boquiabierta, con los ojos como platos, pero Jorrund ya me estaba alejando, retrocediendo con pasos rápidos hasta los árboles y remolcándome detrás de él.

—Espera —grité, tirando de él mientras el jefe Nādhir caía de rodillas—. ¡Espera!

Liberé mi mano y retrocedí entre las hierbas altas, pero Jorrund me rodeó con los brazos.

—¡Tova!

Todas las armas que se levantaron en el claro y los gritos a pleno pulmón de los miembros de los clanes rasgaron el silencio que nos rodeaba cuando llegamos al refugio del bosque. Me liberé nuevamente del agarre de Jorrund y me giré hacia él.

—No lo has hecho —susurré, buscando en sus ojos—. Por favor, dime que no lo has hecho...

Pero la respuesta traicionera estaba ahí mismo, en su cara. Había traicionado a Bekan. Se había puesto del lado de Vigdis contra el jefe y había aprobado su traición.

—Tienes que confiar en mí.

—¿Cómo? —grité—. ¡Bekan confió en ti y mira lo que has hecho!

—¡Tú lo viste! —levantó la voz—. A los Svells nos espera la destrucción. Tenemos que actuar. *Ahora.*

Volví a mirar hacia el claro, donde la batalla se estaba extendiendo por la hierba, pintándolo todo de rojo. Se blandían espadas y hachas y los guerreros caían, Vigdis dirigía la carga hacia el otro lado del claro. Me presioné los labios con los dedos mientras veía cómo el jefe caído de los Nādhirs dejaba de moverse. Yacía boca abajo, con espada enjoyada apuntando hacia el cielo, sobresaliendo de su espalda.

Y luego, sin ni siquiera darme cuenta, desvié la mirada en busca del joven Nādhir con los ojos claros. El que me había sostenido la mirada. Busqué sus pieles rojas entre los cuerpos que corrían, pero había demasiados y se movían demasiado rápido. Sentí un nudo en el pecho cuando caí en la cuenta de que probablemente ya habría sido asesinado. Pero justo mientras lo pensaba, apareció, se levantó de la hierba y clavó la vista en Bekan. Avanzó con pasos pesados, la sangre le manchaba la garganta y llevaba un cuchillo aferrado en la mano.

Bekan arrojó su hacha, pero falló, y el Nādhir echó a correr, lanzándose hacia delante para cruzar la hierba en dirección a los árboles.

La sombra del halcón nocturno volvió a deslizarse sobre nosotros.

—Esto está mal —susurré.

Bekan llegó al bosque, pero el Nādhir fue demasiado rápido. Sabía lo que iba a suceder en el momento en que pisó la sombra de los árboles. Era demasiado tarde. El Nādhir le clavó el cuchillo en el brazo a Bekan y, cuando cayó hacia atrás, cerré los ojos, y me estremecí cuando escuché el sonido hueco del cuchillo hundiéndose en el pecho de Bekan.

Jorrund jadeó a mi lado, su mano voló hasta su boca abierta.

El jefe de los Svells estaba muerto.

Y cuando abrí los ojos y miré hacia el cielo azul claro, donde una fina extensión de nubes creaba unas líneas delicadas, El que todo lo ve había desaparecido de forma repentina.

Vigdis gritó en la distancia, su rostro partido en dos cuando sus ojos encontraron a su hermano. Y luego echaron a correr. Todos ellos.

Y volvió a empezar, el sonido. Se elevó a nuestro alrededor, llenando el bosque, hasta que sentí su retumbar bajo la piel.

El joven Nādhir se puso de pie, con las manos colgando pesadamente a los costados, su pecho subía y bajaba bajo el chaleco reforzado. Dio un paso, se inclinó hacia un lado y, cuando miró abajo, se quedó inmóvil. Un flujo de sangre escapaba de un desgarro en su armadura, donde debían de haberle cortado con una hoja.

Era el único Nādhir que quedaba en pie y observé su rostro mientras asimilaba esa realidad, la respiración agitada en su pecho mientras hasta el último Svell del claro corría hacia él. El enjambre de abejas en mi cabeza gritó, perforándome los oídos. Cerré los ojos con fuerza y cuando los abrí de nuevo, las flechas volaban. Pero no habían sido disparadas en el claro. Sino en el bosque.

Cayeron sobre los Svells una a una y tres jinetes aparecieron en los árboles, con las bocas abiertas que le gritaban al Nādhir. Él corrió hacia ellos, con la mano presionada contra el costado, y más flechas silbaron en el aire mientras las disparaban una tras otra y acertaban a sus objetivos en la distancia.

Se me paró el corazón cuando posé los ojos en un par de manos pálidas que aferraban con fuerza un arco en la zona arbolada. Manos cubiertas por marcas negras. Parpadeé y di un paso hacia un rayo de la brillante luz del sol, pero aquello no era una visión. Había un hombre cubierto de marcas Kyrr agazapado sobre su caballo, sacando una de las flechas que llevaba a la espalda mientras el Nādhir corría.

Abrí la boca para gritar, pero no me salió ningún sonido. Los latidos de mi corazón eran una maraña, se sucedían tan rápido que empecé a ver borroso. El hombre Kyrr se guardó el arco a la espalda mientras el Nādhir se subía a uno de los caballos y me aferré al árbol que tenía al lado cuando salieron al golpe y desaparecieron en el bosque.

Y cuando por fin me giré en busca de Jorrund, este estaba petrificado entre los árboles, con su mirada horrorizada todavía fija en el cuerpo ensangrentado del jefe de los Svells.

Yacía muerto a sus pies.

CAPÍTULO OCHO

HALVARD

Todos los Svells que quedaban en pie corrieron hacia mí, blandiendo espadas y hachas.

El vacío del bosque que tenía detrás se extendía en todas las direcciones. No tenía forma de escapar de ellos. No tenía forma de ocultarme. Su jefe yacía en la tierra blanda a mis pies y la única respuesta ante eso era la muerte.

Pero mientras los veía correr hacia mí, me di cuenta de que era un final al que daría la bienvenida. Era un final que gustaría a los dioses y del que Aghi estaría orgulloso. Por lo menos, había sido capaz de vengarlo antes de exhalar mi último aliento. Y eso tenía que contar.

Cuadré los hombros a pesar del dolor que no dejaba de aumentar en mi costado y saqué el hacha de la vaina que llevaba en la espalda. Calmé la respiración, que se elevó en bocanadas blancas ante mí, el aroma a tierra y savia me inundó los pulmones con su espesor.

Las palabras de Mýra volvieron a atormentarme, la imagen de ella examinando mi expresión acudió a mí con tanta claridad como si estuviera de pie allí, en aquel momento. Había estado en lo cierto. Latham también. Y cuando mi familia regresara al fiordo desde la montaña, no me encontrarían. Como Aghi, los estaría esperando en el más allá.

Justo cuando ese pensamiento cruzaba mi mente, se oyó un silbido en lo profundo del bosque y parpadeé. Luego me quedé inmóvil.

Vigdis y los Svells recortaron la distancia entre nosotros, gritando, pero de repente, una lluvia de flechas cayó del cielo, describiendo un arco sobre mi cabeza y acertando en sus marcas justo delante de mí. Los guerreros Svells cayeron con fuerza, resbalando sobre el suelo del bosque, y yo me giré para buscar entre los árboles.

Reconocí la llamada que resonó en el bosque, aunque no la había oído desde que era niño. Era una antigua señal de batalla de los Askas. Pero todos los Nādhirs que nos habían acompañado desde Hylli yacían muertos en el claro, a mi espalda.

Unos caballos aparecieron en la espesa maleza, tres jinetes encorvados sobre sus sillas de montar con los arcos levantados y las flechas preparadas. Fue entonces cuando lo vi. Asmund.

Giré en redondo y corrí hacia él, mientras la agonía pura que sentía en el costado me perforaba a más profundidad con cada respiración. Asmund y los saqueadores atravesaban el bosque que tenía delante, sus caballos pateaban barro y musgo hacia atrás, y yo me apreté el corte por encima del chaleco con la palma de la mano, gruñendo por los pinchazos que sentía, y corrí más rápido.

No eché la vista atrás, zigzagueé entre los árboles y alejé la oleada de dolor de mi mente. No me hacía falta mirar para saber que estaba perdiendo sangre demasiado rápido. Lo sentía en el debilitamiento de los músculos y en el parpadeo tartamudo de mis pensamientos. Me concentré en el caballo negro de más adelante, obligándome a avanzar con las últimas fuerzas que me quedaban.

Un hacha llegó volando por detrás de mi cabeza e impactó contra un árbol, y las astillas me dieron de lleno en la cara cuando resbalé hasta detenerme. El caballo de Bard disminuyó la velocidad mientras me alcanzaba y alzó el arco ante él, con la espalda recta mientras recorría las líneas enemigas con la mirada. Disparó flecha tras flecha por encima de mi cabeza mientras pasaba junto a él, hacia Asmund.

—¡Deprisa! —Extendió una mano hacia mí y me agarré a su brazo para auparme y subirme detrás de él en la silla de montar, pasando la pierna por encima del caballo.

En los árboles de más adelante, el hermano del jefe Svell permanecía inmóvil, con los puños apretados a los costados y los ojos negros clavados en mí mientras su respiración trabajosa provocaba que su pecho subiera y bajara.

Salimos disparados y miré hacia atrás una vez más, a la zona de hierba iluminada por el sol donde Aghi yacía muerto. Se me hizo un nudo en la garganta y, encorvado hacia delante, el dolor abrasador que sentía en el costado tiñó de negro los bordes de mi visión. Se me enganchó una rama en la manga de la túnica y me arañó la piel mientras nos dirigíamos hacia la espesura y el claro desaparecía detrás de nosotros y los Svells con él.

—¿Cuán mal están las cosas? —gritó Asmund por encima del hombro.

—Están muertos. —Aquellas palabras hicieron que me hirvieran las entrañas—. Todo el mundo ha muerto.

Se puso rígido.

—¿Espen?

—Todo el mundo.

Tiró de las riendas para frenar y los demás dieron la vuelta más adelante para juntarse con nosotros, con los arcos todavía en la mano. En sus caras vi la misma mirada que me imaginaba que luciría Asmund.

Bard se detuvo delante de nosotros.

—Déjame ver. —Me arrancó la mano ensangrentada del costado—. ¿Espada? —Asentí en respuesta e hice una mueca mientras me inspeccionaba la herida—. Está sangrando demasiado.

Asmund negó con la cabeza, mirando a nuestro alrededor.

—Tendrá que esperar. Tenemos que ir al este.

—¿Al este? Tengo que llegar a Hylli —gruñí.

—Acabas de matar a su jefe, Halvard. —Asmund se giró para mirarme—. Al atardecer, todo este bosque estará lleno de Svells buscándote.

—Tengo que…

—Nos dirigiremos hacia el este y luego viraremos hacia el norte —interrumpió Bard, haciéndose eco de la orden de Asmund.

Le hincó el talón a su caballo y nos pusimos en marcha, el aire se volvía más frío a medida que nos adentrábamos en el bosque. Nuestras huellas todavía indicaban el camino que habíamos tomado para ir a Ljós solo un día antes y respiré hondo cuando me ardieron los ojos al recordar ese momento en el camino con Aghi. Un momento que nunca recuperaría.

Ascendimos por la pendiente del terreno en formación horizontal hasta que llegamos al río y metimos a los caballos en el agua, luchando contra la corriente para ocultar nuestras huellas. Con un poco de suerte, cuando los Svells llegaran con sus caballos, nos habrían perdido el rastro. Pero la suerte no había estado de nuestro lado en el claro, y no tenía ninguna razón para creer que ahora sí lo estaría.

El sol brillaba en el cielo por encima de nuestras cabezas cuando por fin doblamos la curva del río donde habían acampado los saqueadores. Bard se detuvo en la orilla, un poco más adelante, Kjeld a su lado, y me observaron mientras me deslizaba desde el caballo hasta el agua. La sangre de mi herida creó una nube rosa a mi alrededor mientras subía por el río helado. Pero las piernas me cedieron, la cabeza me daba vueltas, y caí de rodillas en la arena.

—Levantadlo —ordenó Asmund.

Kjeld y Bard me tomaron de los brazos, me auparon y me arrastraron por el barro hasta que desaparecimos en la zona de rocas altas que bordeaban el agua, donde los esperaban los demás saqueadores. Tenían los brazos cruzados y nos miraron en silencio mientras me desabrochaba el chaleco con las manos entumecidas, reprimiendo las ganas de vomitar al quitármelo por la cabeza. La herida que tenía en el costado aún sangraba profusamente.

—¿Qué ha pasado? —Bard me miró desde arriba.

—El hermano de Bekan lo traicionó. —Tragué saliva, intentando hablar con calma mientras me agachaba junto al fuego que habían apagado esa mañana. Las brasas todavía brillaban por debajo de la espesa ceniza blanca—. Mató a Espen y se volvieron contra nosotros.

Siseé cuando me abrí la herida con los dedos e intenté ver cuán profundo era el corte, pero apenas podía ver bien. Tomé mi cuchillo del cinturón, aparté las brasas frías y enterré la hoja en las que todavía estaban calientes.

Nadie habló, la realidad de lo que había pasado estaba calando poco a poco. El jefe Svell estaba muerto. Los líderes Nādhirs habían sido asesinados. Si alguna vez había existido la oportunidad de evitar una guerra, había desaparecido. Y por las miradas que vi en las caras de los saqueadores a nuestro alrededor, ellos estaban pensando lo mismo.

—Los Nādhirs ya se están reuniendo en el fiordo. Estarán listos para pelear —dije casi sin aliento.

—¿Cuándo?

—En dos días. Tres. No lo sé. —Le di la vuelta al cuchillo en las brasas y vi la sangre seca chisporrotear en la hoja.

—Deberíamos dejar el continente —dijo Kjeld, mirando a Asmund—. Lo más probable es que nos estén siguiendo ahora mismo.

Bard bajó la voz.

—No podemos irnos.

—¿Por qué no? Esta es su guerra, no la nuestra.

Bard lo fulminó con la mirada, pero tenía razón. Como saqueadores, habían dejado atrás sus obligaciones para con sus clanes, pero yo conocía a Bard y a Asmund desde hacía más de media vida. No habían podido permanecer en Hylli. No después de todo lo que había pasado. Pero nunca nos habían abandonado de verdad.

—Deberíamos irnos. Ahora —dijo Kjeld de nuevo, dándole la espalda a Bard—. Al oeste, adentrémonos en los bosques más allá del territorio Svell.

Asmund miró al suelo, pensando.

—No vendrán solo en busca de Halvard, Kjeld. También nos han visto a nosotros.

—Puedo llegar a Hylli por mi cuenta —le dije, ofreciéndole una salida. No tenía derecho a pedirles ayuda. Habían ido a por mí al claro, aunque no me debían nada.

Bard se enderezó a su lado.

—¿Y si no lo consigues?

—Estarán preparados, conmigo o sin mí.

—Espen está muerto, Asmund. —Bard cuadró los hombros al hablarle a su hermano—. Sabes lo que eso significa. Ahora, Halvard es el jefe de los Nādhirs.

Respiré a pesar del dolor que se arremolinaba a mi alrededor. Estaba diciendo en voz alta lo que yo ni siquiera había tenido oportunidad de pensar. Latham, Freydis y los demás líderes estarían esperando en Hylli, pero Espen no acudiría, y yo era el elegido para ocupar su lugar. Yo era el que se suponía que debía guiarlos.

Kjeld retrocedió, observándonos. Había derribado a los Svells y salvado mi vida tanto como los demás, pero si alguien tenía motivos para marcharse, era él. No tenía herencia ni hogar perdido o antepasados entre los Nādhirs. Era Kyrr. Y solo había buscado un sitio entre los saqueadores porque era más fácil que te eliminaran cuando estabas solo.

Pero Asmund me miraba a mí. Me miró a los ojos por encima de la hoguera, con el labio entre los dientes.

—Utan.

Era el próximo pueblo Nādhir al este, hacia el fiordo, y sabía lo que estaba pensando.

Eran los siguientes.

—Quítate la ropa —dijo, sacándose el cuchillo del cinturón.

Kjeld suspiró y sacudió la cabeza, pero por el rostro de Bard se extendió una sonrisa. Recogió mi chaleco de donde estaba tirado en el suelo y Asmund se acercó a mí y tomó la trenza que me caía sobre el hombro. La cortó en un solo movimiento y la dejó caer a mi lado antes de arrodillarse y sacar mi cuchillo del fuego.

Sostuvo la hoja brillante entre nosotros.

—No olvidaré esto —dije, mirándolo a los ojos.

Él me sostuvo la mirada y respondió con calma.

—No dejaré que lo hagas.

Me desabroché el cinturón y lo doblé para morder el cuero mientras me apoyaba contra la corteza áspera del árbol que tenía detrás. Tomé el cuchillo de Asmund y señalé la herida con la punta de los dedos al tiempo que encontraba un lugar en las copas de los árboles donde fijar la mirada.

Tomé una respiración áspera y profunda antes de presionar la hoja caliente sobre la herida.

Gemí y mordí con fuerza mientras me quemaba la piel y el olor a carne chamuscada impregnaba el aire. La quemazón calentó la sangre en mis venas y el cielo brilló sobre mi cabeza cuando una luz blanca explotó detrás de mis ojos y luego parpadeó, provocando que la oscuridad me engullera.

Asmund tenía razón.

No había vuelta atrás. No después de aquello.

CAPÍTULO NUEVE

TOVA

Me quedé mirando los árboles, tratando de evocar lo que había visto: marcas negras con la forma del ala de un cuervo alrededor de las muñecas cuando aquel hombre que estaba en la arboleda había levantado su arco.

Era Kyrr. Tenía que serlo. Pero los Kyrr nunca abandonaban los promontorios. Nunca había visto a otro de mi clase, ni una vez en todos los años transcurridos desde que Jorrund me había encontrado en la orilla del territorio Svell. Cualquier imagen de ellos había sido borrada por la tormenta que me había llevado hasta allí a través del fiordo, en mi memoria solo quedaban pedazos y retales rotos. El sonido de la voz de una mujer, el cálido resplandor de la luz del fuego. Los pinchazos en la piel mientras alguien trabajaba en mis marcas con un cuenco de tinta de ceniza de madera y una aguja de hueso.

Me giré, buscando a Jorrund, pero él estaba mirando el claro, con el rostro pálido y la boca fruncida como si estuviera a punto de vomitar. Los lamentos de Vigdis resonaban en el silencio que nos rodeaba. Estaba sentado junto a la linde con el cuerpo de su hermano en brazos, encorvado y llorando mientras los guerreros Svells se paseaban entre la hierba alta, recogiendo armas y armaduras antes de arrastrar a los miembros caídos de su clan hasta los árboles para quemarlos.

Los guerreros Nādhirs yacían al sol, sus cuerpos inmóviles empezaban a pudrirse. Todos excepto uno.

Volví a mirar hacia la zona de los árboles por donde el joven Nādhir había desaparecido junto al hombre Kyrr, con la mano presionada contra el costado y la piel cenicienta. Puede que pronto también yaciera muerto en alguna parte.

El cielo azul donde había aparecido el halcón nocturno estaba ahora despejado, ni una sola nube flotaba sobre el claro. El que todo lo ve había vislumbrado el interior del corazón de Vigdis y había acudido a avisar. Pero los Svells no conocían el idioma del futuro igual que yo. No entendían que no existía nada parecido a un secreto. La verdad estaba en todas partes. En todo. Solo había que abrir los ojos para verla. Las Hilanderas estaban sentadas bajo el árbol de Urðr, observando. Escuchando. Tejiendo la red del destino.

La muerte de Bekan era un castigo por la traición de Vigdis. Era una carga que tendría que soportar el resto de sus días. También Jorrund.

A mi lado, rezaba en voz baja, con los ojos cerrados. Pero daba lo mismo qué palabras se pronunciaran o que petición elevaran a su diosa. Podían sacrificar cien bueyes e inundar el valle de sangre. Aun así, se habían equivocado. Habían traicionado a su jefe por su propia hambre de guerra y tenían que pagar un precio por ello.

Los guerreros observaron mientras Vigdis y otro hombre llevaban el cadáver de Bekan al bosque con los demás. El puesto de jefe ahora le pertenecía a él, y quizá fuera lo que siempre había querido. Pero que el liderazgo de los Svells pasara a Vigdis significaba quitarle el poder a Jorrund. Y sin poder, ya no habría nada que el Tala pudiera hacer para protegerme. La poca seguridad de la que gozaba había desaparecido, y ese pensamiento me aterrorizó.

Siv estaba junto a Vigdis, esperando. Se convertiría en su segunda al mando y los demás líderes de la aldea acatarían sus órdenes. Tenían que hacerlo. La guerra se acercaba y por primera vez desde que los Nādhirs habían hecho las paces, los Svells se verían obligados a unirse. Pero sería en el campo de batalla.

Cuando los Svells que habían enviado tras los jinetes aparecieron por fin entre los árboles al otro lado del claro, el Nādhir no estaba con ellos. Habían perdido cualquier rastro que hubieran dejado atrás, y al verlos, la mirada furiosa de Vigdis buscó por el claro.

—¿Dónde está? —rugió y me estremecí. Retrocedí cuando sus ojos me encontraron—. ¿Dónde está la Lengua de la Verdad?

—Quédate detrás —susurró Jorrund, colocándose frente a mí—. No digas ni una palabra.

No tuve más remedio que escucharlo. De forma instintiva, llevé la mano hasta mi arco, pero no estaba ahí.

Vigdis atravesó la hierba hacia nosotros como una tormenta, con las manos cubiertas por la sangre de su hermano. Sus ojos se posaron en mí y, bajo la piel, el pulso se me aceleró, el corazón se me subió a la garganta.

—¡Tú! —gritó, empujando a Jorrund a un lado y agarrándome del brazo. Me lanzó hacia atrás y caí al suelo antes de que se acercara a mí y cerrara el puño alrededor de mi pelo. Luego me desplacé, arrastrada por la hierba quebradiza. Grité y me aferré a su muñeca mientras resbalaba por el suelo detrás de él y levantaba una nube de polvo en el aire que provocó que me atragantara.

—¡Pedernal! ¡Antorcha! —gritó por encima del hombro, y por el rabillo del ojo pude ver a Siv moviéndose para cumplir la orden.

—¡Vigdis! —gritó Jorrund detrás de nosotros, pero él no pensaba escucharlo.

Me dejó caer de nuevo al suelo y me acurruqué en posición fetal, cubriéndome la cabeza mientras más figuras se acercaban y me miraban desde arriba. Un Svell sostenía una antorcha apagada ante él y Vigdis golpeó el pedernal. Parpadeé, el aliento abandonó mis pulmones cuando me di cuenta de lo que estaba haciendo.

Iba a prenderme fuego.

Grité, me recogí la tela de la falda y corrí hacia los árboles. Pero dos manos me agarraron y me arrojaron hacia atrás.

—¡No! —grité mientras el fuego engullía la antorcha en una maraña de llamas anaranjadas—. ¡Por favor!

Vigdis enroscó los puños en mi túnica y tiró de mí para que me incorporara, hasta que sus ojos enrojecidos quedaron a la altura de los míos.

—Tú has hecho esto —farfulló entre jadeos, con la respiración entrecortada—. Primero, Vera. Ahora, Bekan.

—Vigdis, por favor —suplicó Jorrund, con la voz temblorosa por el terror.

—¡Eydis ha castigado a Bekan por no haberte matado cuando Jorrund te hizo cruzar las puertas de Liera! —Me sacudió—. No cometeré el mismo error.

—Necesitamos convocar a nuestros guerreros y reunirnos con los líderes de las aldeas. —Jorrund trató de hablar con calma, pero le temblaban las manos, que tenía extendidas. Tuvo el acierto de no decirlo, pero estaba pensando lo mismo que yo. Vigdis había iniciado la lucha en el claro en contra de los deseos de Bekan. Era culpa suya que su hermano yaciera muerto detrás de él.

—No hasta que le haya arrancado los pulmones del cuerpo a ese Nādhir. —Fulminó a Jorrund con la mirada, insultado.

—Su jefe está muerto y el nuestro también. Debemos prepararnos para la guerra —dijo Siv, a su lado—. Esto era lo que queríamos, Vigdis.

Me dejó caer y se giró hacia ella.

—¡*Esto* no era lo que yo quería!

Ella dio un paso atrás, con un estremecimiento.

Vigdis podría haber estado en desacuerdo con Bekan, pero era evidente para cualquiera que lo conociera que quería a su hermano. En su propia estupidez, no había contado con perderlo si traicionaba a los Nādhirs.

—Eydis lo honrará. Le dará la bienvenida en el más allá —dijo Jorrund en tono amable, pero yo aún oía la grieta en su voz. Estaba asustado. No solo por mí, por él. Le puso una mano en el hombro a Vigdis, pero él se la apartó de un golpe.

Mencionar a su diosa habría hecho que Bekan se detuviera. Pero Vigdis no era Bekan. No temía a Eydis como Jorrund, porque ella no era su único dios. Lo que él anhelaba era poder y fuerza.

—Ahora, el liderazgo recae sobre ti, Vigdis —lo intentó de nuevo Jorrund, apelando a su orgullo.

Él se quedó en silencio por un momento, el pecho dejó de agitársele por la respiración acelerada, que se le ralentizó mientras miraba al suelo. Relajó los puños, que había estado apretando con fuerza, y abrió las manos.

—No dejaré que el Nādhir escape.

Jorrund asintió.

—Es una deuda que nos podemos cobrar cuando vayamos a Hylli.

—¡No puede esperar hasta entonces!

—Tenemos que movernos rápido. Nuestros guerreros llegarán con la puesta de sol. —Siv le puso una mano en el brazo—. Por la mañana, podemos emprender la marcha hacia el este. Podemos estar en Hylli en dos días y todo esto habrá acabado.

Paseé la mirada entre Vigdis y Siv, tratando de pensar tan rápido como me era posible. Allí no había escapatoria. Ningún lugar al que huir. Era solo cuestión de tiempo hasta que Vigdis encontrara una razón para matarme. Tenía que usar el único poder a mi disposición.

—Puedo encontrarlo —dije.

—¿Qué? —Jorrund abrió los ojos como platos.

—Puedo hacerlo. —Miré a Vigdis. Aprovecharía la primera oportunidad que se le presentara para cortarme la garganta. Lo sabía. A no ser que me necesitara—. Encontraré al Nādhir.

—En cuanto pronuncié las palabras, vi su rostro en mi mente. Ojos azules bajo un cabello oscuro y despeinado. Una mirada que no rehuía la mía. Sentí la misma corriente bajo la piel que había sentido en el claro.

—Tova, no creo que eso sea… —tartamudeó Jorrund.

—¿Cómo? —gruñó Vigdis.

—Conozco una manera. —Me daría algo de tiempo, pero existía cierto riesgo.

La cara roja de Vigdis miró fijamente al suelo.

—De acuerdo.

—Pero… —Jorrund levantó las manos ante él.

—¿No dices que puede ver el futuro? —le espetó—. Entonces, puede encontrar al Nādhir y traerme su cabeza. Si no lo hace, haré lo que mi hermano no se animó a ejecutar.

Jorrund lo miró sin decir ni una palabra.

—Será mejor que tenga su cabeza en mis manos antes de llegar a Hylli. —Se dio la vuelta y se alejó con Siv a su lado, y yo tragué saliva con fuerza, sentía el estómago revuelto. El Nādhir no era la única enemistad mortal que tenía Vigdis. Me culpaba por la muerte de su sobrina Vera y ahora por la de su hermano. Antes de que aquello terminara, mi cabeza también acabaría en sus manos.

Gunther clavó la vista en mí, con una mano apoyada en la espada y Jorrund convirtiéndose en hielo junto a él.

—¿En qué estabas pensando?

—Puedo encontrarlo —repetí—. Sabes que puedo hacerlo.

—Vigdis te matará de todos modos. Te necesitamos, Tova. Necesitamos que lances…

—¿Las piedras? ¡Pero si no escuchas a las piedras! —Señalé con una mano el claro empapado en sangre, elevando la voz—. Quieres creer que puedes tallar el destino en un río que conduce a donde quieres ir. ¡No funciona así, Jorrund!

Reculó, retrocediendo como si las palabras le escocieran, pero no discutió porque sabía que yo tenía razón. Desde que era una niña, él siempre había intentado controlarlo todo. A Bekan, a mí, a las Hilanderas, a los dioses. Sería necesaria mucha más sangre antes de que empezara a entender algo sobre el destino.

—Sé de qué va todo esto, Tova. —Me miró con los ojos entrecerrados—. He visto al hombre Kyrr en el bosque.

Me detuve, tragando saliva. Creía que no lo había visto.

—Esto no es por el Kyrr. Es para evitar que Vigdis me mate.

—Ese hombre era un saqueador.

—¿Y qué?

—Pues que, probablemente, fue expulsado de los promontorios. No tendrá más respuestas para ti que yo.

Traté de leer la mirada en sus ojos. Traicionaban más de lo que él creía. Tenía miedo de algo más que de Vigdis. A veces me tenía miedo *a mí*. Y la verdad era que no se trataba solo del hombre Kyrr. Era por el Nādhir. El que me había sostenido la mirada y no la había apartado. El que me había llenado la cabeza con el sonido de mil cascadas. Las Hilanderas estaban diciendo algo. Estaban hablando, y si pensaba escucharlas, necesitaba encontrarlo a él.

—Encontraré al Nādhir. Le llevaré su cabeza a Vigdis.

—¿Y luego?

—Y luego hallaremos una manera de mantenernos los dos con vida.

CAPÍTULO DIEZ

HALVARD

Ya había más de cien de ellos.

Estábamos tumbados boca abajo, observando al ejército Svell desde la cresta, muy por encima de los restos carbonizados de Ljós. Ahora, la aldea no era más que un punto negruzco en el terreno, los árboles que una vez habían cubierto los tejados habían ardido hasta quedarse sin hojas. Mis hermanos habían descrito Hylli de la misma forma después del ataque de los Herjas, pero se trataba de un espectáculo que nunca había imaginado que presenciaría.

Los guerreros Svells, tanto jóvenes como viejos, estaban ahí abajo, vestidos con sus pieles y con las armas atadas a un costado o a la espalda. Estaban reunidos alrededor de fuegos que serpenteaban entre los árboles dispersos del bosque oriental, en un campamento que crecía por momentos. A lo lejos, otra estela de guerreros llegaba del oeste.

Estaba claro que Vigdis había planeado la traición de Ljós. Los guerreros ya habían sido convocados desde sus aldeas antes de que nos encontráramos con Bekan en el claro. Era la única explicación ante el hecho de que todo su ejército se estuviera reuniendo con tanta presteza. Y si había tantos, era porque se abrirían paso a través del valle hasta el fiordo. Aquello no era por el territorio fronterizo o la división entre los líderes de los Svells. Nunca se había tratado de eso. Vigdis quería aplastar a los Nādhirs. Y por el aspecto de su ejército, tenía todo lo que necesitaba para hacerlo.

Miré a Asmund y vi en su cara que los mismos pensamientos parecían pesarle a él también. Vigdis nunca había planeado llevar a cabo la ofrenda de desagravio. Tal como habían dicho Latham y Mýra.

—¿Cuántos más crees que vendrán? —susurré, manteniéndome cerca del suelo.

Asmund negó con la cabeza mientras recorría el campamento con la mirada.

—Hay doce aldeas Svells. Por lo que hemos visto de sus tierras, diría que al final tendrán una fuerza de al menos ochocientos efectivos.

Había once aldeas Nādhirs, pero la mayoría de ellas no eran tan grandes como las de los Svells. Espen había estimado que seríamos capaces de reunir solo a unos seiscientos, sumando nuestros dos territorios. No bastaría.

—Y ahí habrá muchos más si vienen los Kyrrs —dije en voz baja.

—¿Qué? —Los ojos de Kjeld se encontraron con los míos por encima de la cabeza de Asmund.

—Había una Kyrr con ellos en el claro. —En cuanto lo dije, volví a sentir el escalofrío que me había recorrido la piel al ver a la chica de las marcas. La sensación de sus ojos oscuros sobre mí había sido como el calor de un fuego.

Kjeld me miró.

—No, no la había.

—Era Kyrr, Kjeld. La vi. —Y también la había sentido.

—¿Crees que van a aliarse con los Kyrrs? —Entre nosotros, Asmund se incorporó sobre los codos.

Pero Kjeld entrecerró los ojos.

—Los Kyrrs no están con nadie. Soy el único en este continente y ellos nunca se aliarían con otro clan.

—Tenía las marcas. Sé lo que vi.

—¿Qué marcas? —levantó la voz—. Descríbelas.

—Eran como las tuyas.

—No eran como las mías —dijo con brusquedad—, nadie tiene las mismas marcas que los demás. Dime exactamente lo que viste.

Traté de recordar, atrayendo hacia mí la visión de ella en el claro.

—No lo sé. Tenía un ala en la garganta. Las astas de un ciervo en el brazo, creo.

Pareció quedarse quieto de repente y se inclinó hacia delante para escuchar.

—¿Qué más?

—Un símbolo que no reconocí. —Me toqué el centro del pecho, por debajo del cuello—. Aquí.

Frunció el ceño.

—¿Qué aspecto tenía?

—Como un ojo. Pero era…

Entreabrió los labios y vi que se agarraba al suelo con una mano antes de cerrar los ojos y pasarse la otra mano por la cara.

—¿Qué pasa? —Asmund lo observaba.

—No es posible —murmuró él.

—¿Qué no es posible?

Asmund chasqueó la lengua y miramos hacia abajo para ver una fila de Svells a lomos de sus caballos. Me deslicé hacia atrás muy despacio sobre la hierba mojada, con cuidado de no tirar de la herida que tenía en el costado, y los demás me siguieron. Caminamos en silencio a través los árboles y vi a

Kjeld con la vista clavada en el suelo, la corriente de pensamientos frenéticos era evidente en su rostro. Caminó por delante de nosotros hasta que regresamos al río donde Bard nos esperaba con los caballos. Pero a diferencia de cuando nos habíamos ido, solo una hora antes, estaba solo.

—¿Se han ido? —preguntó Asmund, echando un vistazo a los árboles. Su hermano era el único saqueador que no se había marchado.

Bard asintió en respuesta.

—Algunos han subido al monte, otros se han ido hacia el valle norte.

Esperarían a que terminara la lucha, hasta que fuera seguro volver. Y entendía por qué. Al ver la cantidad de Svells, estaba más seguro que nunca de que nuestras posibilidades eran casi nulas.

—Te llevaré hasta Hylli. Luego, me iré —dijo Asmund.

Asentí. Ya había dicho hacía mucho tiempo que nunca volvería al que había sido su hogar. No podía pedirle que luchara por él.

Los ojos de Kjeld se movieron con nerviosismo mientras buscaba a tientas en sus alforjas.

—¿Qué pasa? —Lo miré.

Enganchó los dedos en la correa de su silla de montar y la apretó más.

—No lo sé. A lo mejor no es nada.

—Kjeld —lo presionó Asmund.

—No sé cómo es que estaba con ellos, pero los Kyrrs no son aliados de los Svells. Estoy seguro. —Se impulsó para subir a su caballo, con el murmullo de una oración en su aliento mientras tiraba del disco de cobre que llevaba en la muñeca.

Aparte de algunas historias, no había mucha gente en el continente que supiera gran cosa sobre los Kyrrs. Solo que su gente no bajaba de los promontorios porque allí era donde moraba su diosa. La leyenda decía que Naðr nunca abandonaría el norte helado, así que su gente tampoco lo haría. La mayoría de los Nādhirs no habían visto a un solo Kyrr en la vida, lo que hacía que la presencia de Kjeld resultara inquietante para cualquiera que lo viera, pero ahora había dos de ellos en nuestra orilla.

—No has estado en los promontorios desde hace años. —Asmund lo observó—. Es posible que se hayan aliado con los Svells.

—Conozco a mi gente. —Levantó la voz, su mirada afilada fija en Asmund.

—Entonces, ochocientos Svells. —Me giré hacia Asmund mientras Kjeld ponía en marcha a su caballo y subía por la orilla.

Asintió.

—Querrán los pueblos. Es probable que su propia gente se asiente en ellos para expandir su territorio fiordo adentro.

Yo sospechaba lo mismo. Los Svells ya eran más fuertes en número, pero querrían las tierras. El fiordo era una posición fuerte y con recursos, y los clanes que vivían más lejos hacia el este y el sur no constituirían una amenaza durante algún tiempo.

—Irán a Utan a continuación. —Bard miró a Asmund.

—Si Hylli ya ha llamado a sus guerreros, estarán indefensos. —Miré al suelo, imaginándolo—. Ya visteis lo que hicieron en Ljós.

Harían lo mismo con cada pueblo entre aquel punto y el fiordo, y para cuando los líderes de Hylli supieran lo que estaba pasando, sería demasiado tarde.

—Iré yo. —Bard no esperó respuesta y se subió a su silla de montar.

Asmund observó a su hermano y logró no protestar, aunque vi que tenía ganas de hacerlo.

—Adviérteles de lo que se avecina y envíalos a Möor. —El pueblo de montaña sería el lugar más seguro para esperar, y el más alejado del alcance de los Svells. No tendrían tiempo de llegar a Virki cuando ya había tantos enemigos en el valle—. Reúnete con nosotros en Aurvanger. O no. Esta no es tu lucha, si no quieres que lo sea.

—Iré adonde vaya Asmund. —Bard se inclinó hacia delante y acarició el hocico de su caballo negro. Los desgastados cueros Askas rojos que era probable que su padre hubiera llevado a la batalla seguían tensos sobre el pecho del animal—. Si no estoy en Aurvanger mañana al anochecer, vete sin mí.

Asmund asintió y se agachó para aferrarle el brazo y tirar de su hermano hacia él. Me pregunté si habían estado separados en los años transcurridos desde que habían dejado Hylli. Todos éramos unos críos en Virki cuando Askas y Rikis habían luchado contra los Herjas, y ellos habían vuelto a una casa vacía en el fiordo. Desde entonces, habían estado los dos solos.

Bard hizo girar a su caballo y se alejó por la orilla del río para desaparecer en la curva. Si se daba prisa, quizá los Svells no encontrarían más que un pueblo vacío cuando llegaran a Utan.

—¿Cuánto tiempo se tarda en llegar al fiordo? —Kjeld rompió el silencio por fin, con los dedos todavía enredados en su brazalete.

Arqueé una ceja en su dirección.

—¿Vas a venir?

Se encogió de hombros y me tendió un puñado de musgo de árbol.

—¿A dónde más voy a ir?

Pero había algo escondido bajo su mirada tranquila, una sombra oscura que siempre parecía estar ahí. A menudo me preguntaba cómo había terminado Kjeld con Asmund. Cómo había llegado a vagar por el continente y lo que había hecho para ser desterrado por su propia gente. Los misterios lo rodeaban, igual que la niebla cubría los promontorios. Solo los mitos se abrían paso por la estrecha franja de tierra que se arqueaba desde el continente y subía hacia el norte helado. Un lugar al que nunca llegaba el deshielo y donde la niebla era tan espesa que jamás se veía el cielo azul.

—Gracias. —Acepté el musgo que me tendía—. ¿Estás seguro de que los Kyrrs no se han aliado con los Svells? —pregunté de nuevo.

—Estoy seguro. —Se acercó a la orilla del agua y se agachó para lavarse la zona de los brazos que quedaba bajo las mangas. En algunos lugares, las marcas de los Kyrrs estaban tan cerca unas de otras que ni siquiera se le veía el color de la piel.

Me levanté la túnica y me inspeccioné la quemadura del costado. La herida estaba cerrada y ya no sangraba, pero eso no me protegería de la infección que estaba seguro de que llegaría. El musgo ayudaría a mantenerla limpia hasta que llegara a casa. Lo sumergí en el agua para enjuagarlo y quitarle la suciedad y la corteza y luego contuve la respiración mientras lo presionaba contra la piel en carne viva. El dolor me subió disparado por todo el cuerpo hasta que pude sentirlo en las manos, una quemadura ardiente que me hizo difícil respirar. Me vendé la zona con firmeza, hasta que el aguijonazo remitió lo suficiente como para moverme.

—¿Listo? —Asmund me tendió las riendas y miré al caballo.

Su piel de color ámbar me recordó al caballo de Aghi, al color de los atardeceres cálidos sobre la montaña. La luz naranja que se derramaba sobre los troncos de los árboles hacía que todo pareciera en llamas.

La guerra es fácil.

Sus palabras resonaron en mi mente y tragué saliva a pesar del dolor que sentía en la garganta. Había sobrevivido a toda una vida de temporadas de lucha para proteger el fiordo y ver un nuevo futuro para su pueblo. Ahora, me preguntaba qué diríamos cuando nos reuniéramos con él en el más allá. Si tendríamos que decirle que todo eso había desaparecido. El fiordo. Nuestra gente. El futuro.

Todo ello.

CAPÍTULO ONCE

TOVA

Gunther mantuvo las distancias y cabalgó detrás de mí mientras los guiaba por el bosque a las afueras de Ljós, pero podía sentir su mirada en la espalda. Él y Jorrund no hablaron mientras nos alejábamos del resplandor del campamento Svell. Se expandía cada hora, con la llegada de más guerreros del oeste.

Vigdis había enviado un mensaje antes siquiera de que partiéramos hacia Ljós, con su plan para traicionar a su hermano y matar a los Nādhirs pensado hasta el último detalle desde la noche en que había lanzado las runas. Me preguntaba qué habría hecho si las runas hubieran dicho algo diferente. Si hubieran anunciado fortuna en lugar de ruina. Pero había actuado contra Ljós antes de esa noche, y me dije a mí misma que el peso de las vidas perdidas en el pueblo de los Nādhirs y en el claro no recaía sobre mí. Pero incluso si era cierto, sí había jugado un papel. Le había proporcionado una justificación para su plan. Lo había confirmado. *Hagalaz* había sido la excusa que Vigdis necesitaba.

Caminábamos en silencio, los sonidos de la noche se incrementaron en el bosque cuando el sol empezó a caer. Jorrund esperaba en las sombras, escondido debajo los árboles, con los brazos metidos en la túnica mientras la hierba alta empujaba y tiraba a su alrededor. No le gustaba la idea de convocar a las Hilanderas, pero sabía que no teníamos elección. Tenía demasiado miedo de llamar a Eydis después de la traición del claro. Intentaría recuperar el honor que había perdido antes de enfrentarse a su diosa, y la única manera de lograrlo era asegurarse de que los Svells fueran los que quedaran en pie sobre la tierra ensangrentada. Pero Jorrund tenía demasiada fe en Eydis. Los dioses podían ser aún más traicioneros que los mortales.

Observé mi arco, atado al caballo de Gunther, junto a su pierna.

—¿Tienes alguna deuda con Vigdis, como la tenías con Jorrund?

Me miró con una ceja enarcada.

—¿Qué?

—Tiene que haber alguna razón por la que te ha encargado vigilarme. Y tenía que haber alguna razón para que vinieras a la playa ese día, hace siete años.

Lo observé recordar. Durante casi un año entero, Gunther había acudido a mi encuentro en el prado. Me había enseñado cómo hacer flechas y cómo dispararlas. Incluso me había hecho mi arco. Pero nunca me había hablado más que para darme instrucciones. Nunca me había dicho por qué había accedido a ayudarme.

—No lo hice porque tuviera una deuda con Jorrund —respondió con brusquedad.

—Entonces, ¿por qué?

Espoleó al caballo, me adelantó y me dejó sola. Dudaba de que Vigdis o cualquier otra persona supiera algo sobre aquellos días en el prado. Si lo supieran, Gunther no tendría un rango tan alto entre los guerreros. Pero a Jorrund se le daba bien conseguir que la gente hiciera lo que él quería. Se le daba bien hacer que las personas sintieran que le debían algo.

Avancé despacio, observando el patrón de la espesura que tenía por delante. Nos habíamos adentrado más de lo que normalmente hacía cuando iba en busca de beleño, pero no había tiempo de volver a Liera y el sol ya estaba desapareciendo, refrescando el bosque a nuestro alrededor. Si iba a encontrar al Nādhir, tenía que actuar deprisa.

Las palabras de Vigdis volvieron a mí. Había querido decir lo que había dicho, pero incluso si encontraba al hombre que había matado a su hermano, tenía muchas razones para quererme muerta. Solo me quedaba el tiempo entre el presente y ese momento para dar con una forma de seguir resultándole valiosa. Después eso, no sabía lo que el futuro me reservaba. Mi propio destino se estaba volviendo cada vez más tenue por momentos.

La verdad era que entendía a Vigdis, aunque creía que se equivocaba. Su fervor por su clan era puro. Corría por sus venas tan caliente como su sangre y la muerte de Vera había supuesto un duro golpe. Sin hijos propios, había perdido el único elemento amable y cálido que había dejado entrar en su corazón, y era más fácil culparme a mí que culpar a Eydis. Yo era de carne y hueso. Yo tenía cara. Y lo más importante, podía morir.

Me detuve cuando vi un cambio en los árboles, más adelante, donde un estrecho ramal del río serpenteaba caprichosamente en la oscuridad, para ensancharse en la distancia. Gunther se quedó en el afloramiento de piedra mientras yo me abría paso entre los juncos. Mis botas se hundieron en el suelo blando y busqué entre las plantas secas y muertas tras el invierno que había agrupadas a lo largo de la orilla del agua. Si había beleño cerca, estaría allí. Era demasiado pronto para encontrar flores frescas, pero el año pasado los tallos caídos todavía salpicaban el suelo.

Me agaché, cavé entre la maleza húmeda con los dedos y bajé por la orilla, con las manos cubiertas de barro. La luz se había ido casi por completo para cuando lo hallé. Un lecho dorado de beleño pasado asomaba a través de un nuevo parche de hierba que se extendía hacia el calor del sol como si de dedos se tratara.

Rastrillé hacia atrás con cuidado y desenterré un viejo tallo pajizo recubierto por apretadas hileras de vainas que contenían semillas. Solo necesitaba uno. Me puse de pie, retrocedí entre las cañas hacia Gunther y emprendimos el regreso a donde Jorrund esperaba, ahora casi invisible en la oscuridad.

—No me gusta esto —dijo, mirando el beleño.

—Lo sé —susurré, pasando junto a él.

Convocar a las Hilanderas era peligroso, pero toda mi vida con los Svells había sido peligrosa. Nunca había estado a salvo de verdad, aunque Jorrund quisiera que creyera que lo estaba. Así que había aprendido a correr riesgos para hacer necesaria mi existencia. Aquello no era diferente.

A lo lejos, se encendieron las hogueras del campamento Svell entre los árboles. Había llegado gente durante todo el día, y por la mañana nos dirigiríamos al este con todo un ejército. Nos estábamos quedando sin tiempo.

La tienda de reunión estaba repleta de cuerpos cuando pasamos, las voces retumbaban unas sobre otras en la oscuridad. Jorrund sostuvo abierta la solapa de nuestra tienda y me metí dentro mientras él golpeaba el pedernal y yo me ponía manos a la obra, extendiendo el beleño y usando mi cuchillo para cortar los brotes muertos del tallo reseco.

—¿Qué estás haciendo? —Gunther me miraba con cautela, la luz de la antorcha reflejada en sus ojos.

—No sé dónde está el Nādhir. —Retiré los pétalos secos, encajé la punta de mi hoja en la vaina y corté hacia abajo en una línea precisa. Las semillas negras y redondas brillaron bajo la cáscara cuando Jorrund se colocó sobre mí—. Así que voy a preguntárselo a alguien que sí lo sabe.

—Hay otras formas de encontrarlo —dijo Jorrund.

—No son tan rápidas. —Deposité las semillas en mi palma. Si las Hilanderas habían enviado a El que todo lo ve, tenía que creer que trataban de decirme algo. Que estaban intentando guiarme, de alguna manera. Y no solo quería encontrar al Nādhir del claro. Quería saber más sobre el Kyrr que había visto en el bosque.

Me puse de pie y Jorrund sostuvo un cuenco frente a mí, mirándome a los ojos.

—Ten cuidado.

Lo acepté, sin responder. Sabía lo suficiente sobre el destino para comprender que tener cuidado no estaba muy relacionado con vivir o morir. Y seguía demasiado enfadada con él por actuar en contra de Bekan como para aliviar su preocupación.

Volvimos a salir al aire fresco de la noche y me arrodillé ante el fuego más cercano para volcar unas brasas calientes en el recipiente con la hoja de mi cuchillo. Los pasos de Jorrund y Gunther impactaban contra el suelo detrás de mí mientras me encaminaba hacia el bosque oscuro. Encontré un lugar donde la luz de la luna se colaba entre las copas de los árboles y me senté con la falda extendida a mi alrededor. Dentro del cuenco, las brasas emitían un brillo naranja y rojo; lo coloqué delante de mí, cerré los ojos y tomé una bocanada de aire larga y tranquilizadora.

Los pensamientos sangraron despacio en mi interior, hasta que me quedé a solas en el bosque, con la única compañía de la oscuridad de mi mente. El frío aire de la noche me envolvió y el susurro de las hojas se arrastró por mis pensamientos hasta que se hizo el silencio. Abrí los ojos y miré las brasas, alejando cualquier pensamiento y reemplazándolo con los sonidos del bosque y el viento entre las ramas de los árboles.

Levanté la mano delante de mí y esparcí las semillas de beleño sobre las brasas. Sus cáscaras brillantes se resquebrajaron por culpa del calor y un humo blanco se elevó a través de la oscuridad que había ante mí, como dedos que se retorcían al lanzar un hechizo. Me incliné hacia él y respiré hondo hasta que aquel olor penetrante inundó hasta el último recoveco de mis pulmones. Cerré los ojos al sentir la quemazón en el pecho y tomé otra bocanada de aire. Sentí que el calor ejercía presión entre mis costillas y cerré los ojos con fuerza hasta que empecé a notar las manos pesadas en el regazo.

Eché la cabeza hacia atrás y las palabras encontraron mis labios; el sonido de mi susurro era tan bajo que apenas pude oír mi propia voz.

—Llamo a las Hilanderas. Convoco a las tejedoras del destino.

Evoqué el rostro del Nādhir en mi mente y lo vi con tanta nitidez como en el claro. Cabello oscuro recogido en una trenza medio deshecha. Ojos profundos del color del mar. El hormigueo volvió a recorrerme la piel, como si pudiera sentirlo allí. Como si estuviera de pie justo entre los árboles, su mirada posada sobre mí.

La cabeza me daba vueltas, y de repente, la tierra que tenía debajo empezó a tirar de mí hacia ella y la luz blanca de la luna iluminó el suelo a mi alrededor. Parpadeé, arrojé el resto de las semillas sobre las brasas y el humo volvió a encenderse con fuerza, elevándose desde el cuenco en columnas retorcidas. Lo respiré de nuevo, pero esta vez no sentí la quemazón. Solo quedaban el dulce sabor del humo en mi lengua y el leve calor que se elevaba desde las brasas.

—¿Dónde estás? —murmuré, el timbre de mi propia voz me resultó extraño.

El sonido de mi respiración me resonó con más fuerza en los oídos y el calor se derramó por mi cuerpo, llegándome hasta las manos y los pies. Me recosté en la tierra, con los ojos fijos en el cielo negro, y mi peso me hizo hundirme en las agujas de los pinos, con las palmas hacia arriba a cada lado del cuerpo.

Intenté pronunciar las palabras de nuevo, pero mis labios no se movieron. Tenía la cara entumecida por el aire frío de la noche cuando, de pronto, él apareció. El Nādhir ocupaba la oscuridad ante mí, las formas a su alrededor ondearon como el humo del beleño hasta que pude distinguir las toscas puertas de un pequeño pueblo a su espalda. Clavó la mirada en la mía y busqué la tinta del Kyrr. Pero estábamos solos. Solo el Nādhir y yo.

La noche oscura parecía líquida. Como si nos estuviéramos hundiendo bajo su superficie. El viento azotaba a nuestro alrededor mientras empezaba a caer una lluvia fría, y él entreabrió la boca, pero no le salió ninguna palabra. En vez de eso, fue la voz de las Hilanderas la que se oyó.

—Utan —susurraron, y ese sonido resonó entre los árboles.

El Nādhir tenía la mirada clavada en mí y permaneció inmóvil hasta que la puerta se fundió de nuevo en una espiral de humo que se disipaba. Giró a su alrededor hasta que hubo desaparecido y, al instante siguiente, me encontré sola. El frío se precipitó a mi alrededor y busqué en la nada negra, sintiéndome desnuda en la oscuridad sin él.

Busqué su silueta, traté de sentir la corriente sobre la piel, pero allí no había nada. Nadie. Hasta que un pequeño resplandor parpadeante apareció sobre mi cabeza y miré hacia arriba, entrecerrando los ojos contra su luz brillante.

Ahí, flotando sobre mi mente, había un fuego suave y vacilante. No moví ni un músculo, respirando de forma superficial mientras intentaba alcanzarlo. Con suavidad, como si pudiera desaparecer como el humo.

Entonces, en una rápida acometida, la luz me inundó en una oleada fría y desesperada hasta que quedé cubierta por ella.

Estaba bajo el agua.

El extraño resplandor blanco arrojaba rayos a mi alrededor, rastros de burbujas que corrían hacia la superficie. Mis brazos flotaban ante mí, un racimo de milenrama marcado en una mano y un tallo de beleño en la otra. Iban a la deriva, inmóviles, hasta que la comprensión iluminó mi mente como el agua fría del mar que llenaba mi pecho en el silencio de las profundidades.

Estaba muerta. Pero aquello no era una visión.

Era un recuerdo.

HACE DIEZ AÑOS

Aldea de Liera, territorio Svell

El jinete llegó a Liera antes de que cayera la noche, y cuando el sol se puso, la noticia había alcanzado hasta el último rincón del pueblo.

Tova siguió los caminos atestados de gente con la capucha echada sobre la cabeza para ocultar sus marcas a los Svells que se dirigían en manada hacia la casa ritual. Si alguien la veía, la mandarían de vuelta a la puerta. Peor, la golpearían por haber entrado en el pueblo sin Jorrund. Pero a veces, si tenía cuidado, podía desvanecerse entre ellos.

Cruzó las puertas abiertas en silencio y se coló a la fuerza entre varios cuerpos hasta que llegó a la pared del fondo, donde una tosca escalera subía hacia las vigas oscuras y manchadas de humo. Miró por encima del hombro una vez antes de trepar con una mano detrás de la otra, fundiéndose en la oscuridad que se cernía sobre la reunión de Svells, y encontró un lugar donde sentarse, en una viga ancha de madera, con los pies colgando en el aire.

Se cubrió la nariz y la boca con el extremo de su capa. El humo del fuego del altar resultaba espeso a la altura de las vigas, ya que ondulaba hasta allí antes de escapar por la abertura del techo. Le escocían los ojos, pero desde allí no la verían. Y lo más importante, podría ver y escuchar la reunión.

Durante días, del este habían llegado rumores sobre un ejército que había atacado a los Askas en el fiordo. Pero Bekan había enviado a sus propios jinetes a comprobar por sí mismos lo que había sucedido, y en el tiempo que llevaban fuera, los Svells ya albergaban opiniones divididas sobre lo que se debía hacer si era cierto. Algunos querían marchar sobre el fiordo antes de que los incendios pudieran siquiera apagarse. Otros querían mantener intacta la racha de años de paz. Ni siquiera los líderes de las aldeas parecían estar de acuerdo.

Los bancos estaban llenos, abajo había gente embutida en cada rincón de la planta de la casa ritual, y Tova vio cómo Jorrund cruzaba el umbral de la puerta con una antorcha y a Bekan pisándole los talones.

La multitud les abrió paso, las voces disminuyeron hasta convertirse en susurros, y Tova estudió al Tala, tratando de vislumbrar lo que había tras su mirada de concentración. Fuera cual fuere la noticia que había transmitido el jinete, no era buena.

Bekan alzó una mano en el aire y el último de los susurros se desvaneció; todos los ojos estaban puestos en él. Acunaba a su hijita en brazos, cuyo pálido rostro durmiente mostraba unas mejillas sonrojadas. Su madre había muerto poco después de haber dado a luz y en lugar de entregarla a una nodriza para que la criara, Bekan se había encargado él mismo de esa tarea. Una vez, había acudido a su casa con Jorrund y lo habían encontrado acurrucado con ella, ambos dormidos. Tova había decidido entonces que le gustaba el jefe Svell, aunque ella no pareciera gustarle a él.

Elevó la voz por encima del crepitar del fuego a su espalda.

—Los Herjas han atacado el fiordo y tomado las aldeas Askas. Apenas han dejado nada. Ahora están en la montaña, haciendo lo mismo en territorio Riki.

Tova se agarró al borde de la viga y se inclinó hacia delante hasta que la luz de las llamas de abajo le dio de lleno en el rostro. El silencio se incrementó, el viento soplando contra la casa ritual era el único sonido que se oía. Mientras que algunos esperaban la destrucción de los Askas, nadie había imaginado que un ejército pudiera subyugar a ambos clanes. Jorrund le había contado la historia de los Herjas, que habían acudido diez años atrás y atacado el fiordo antes de desaparecer. Muchos creían que se trataba de un mito.

—¿Vendrán aquí a continuación? —gritó una voz tímida.

Tova examinó por encima las caras de la gente, pero quienquiera que hubiera formulado la pregunta no quería ser visto. Podía ver el mismo pensamiento en cada par de ojos Svell, la emoción ante la posibilidad de la guerra ahora marchitada y convertida en algo que se parecía mucho más al miedo. Las manos vagaron distraídamente hacia las armas o se cerraron en puños, y la tensión se incrementó cuando Bekan dio un paso adelante.

Le entregó la niña a su hermano, que estaba a su lado, y Vigdis la tomó en brazos y la sostuvo contra su amplio pecho.

Bekan miró a su gente, esperando a que el último murmullo desapareciera.

—Si lo hacen, estaremos listos. Quiero que todos los pueblos monten guardia durante la noche. Que todos los guerreros estén preparados para pelear.

—¿Y Hǫlkn? —gritó otra voz.

El líder de la aldea Svell más cercana había muerto solo unas semanas antes. Si había una guerra en el horizonte, querían saber quién los guiaría.

Bekan desvió la mirada hacia su hermano. Se había retirado el pelo hacia atrás en una trenza larga y prieta, y envolvía a su sobrina con los brazos en ademán protector.

—Vigdis asumirá el liderazgo de Hǫlkn.

Tova suspiró aliviada y los ojos de Vigdis se posaron en las vigas, donde se encontraba encaramada. Se llevó las rodillas al pecho y las envolvió con los brazos con fuerza. Aunque estaba escondida en las sombras, la aterradora mirada de él pareció detectarla, examinando con detenimiento la oscuridad.

Ella apretó los labios, con la sensación de su mirada arrastrándose por su piel. El hermano del jefe no había dejado de prestarle atención desde que había llegado a Liera, pero ahora tomaría el liderazgo de Hǫlkn, el pueblo Svell que quedaba al norte. Y, desde allí, era posible que su espada no pudiera encontrarla.

Bosque de la montaña, territorio Riki

Halvard aún podía oír los gritos.

Arrastraba los pies entumecidos sobre la nieve detrás del carro Herja mientras los caballos avanzaban y tiraban de él. La cuerda se le clavaba en la piel que le rodeaba las muñecas y le dolían los brazos, la sangre trepaba por las mangas de su túnica desgarrada. La mujer atada a su lado había caído antes de que la luna se hubiera elevado sobre las copas de los árboles y su cuerpo sin vida estaba siendo arrastrado por el suelo a su lado.

En plena noche, el pueblo de Fela había tardado solo unos minutos en caer ante los Herjas. Habían aparecido en la oscuridad sin previo aviso, y él no había visto venir al hombre mientras corría hacia su casa al otro lado del camino, donde estaba su madre. Solo había sentido unos brazos anchos rodeándole el cuerpo mientras lo levantaban del suelo y, a continuación, se encontraba en el negro bosque. El sonido de los gritos de Eelyn todavía resonaba en sus oídos, su nombre distorsionado y roto a causa de su voz cascada.

Cerró los ojos con fuerza y respiró hondo a pesar del palpitante dolor que sentía en la cara. Tenía rotos los huesos de la nariz, el sabor de su propia sangre seguía nítido en su lengua. Había buscado los cuerpos de sus hermanos en el suelo mientras el Herja lo empujaba hacia los árboles, pero no había visto señales de ellos. Ahora, solo podía desear que, dondequiera que estuvieran, siguieran con vida. Solo podía esperar que no se adentraran en el bosque en su busca.

Una voz gritó al final de la comitiva y apareció una Herja alta vestida con pieles negras sobre los hombros, tirando de otra mujer Riki que la seguía atada por una cuerda. Dio un paso y quedó bañada por la luz de la luna, y Halvard contuvo el aliento cuando vio los collares de cuentas de madera que le rodeaban el cuello. El rostro de la Tala del pueblo quedó iluminado cuando miró hacia el cielo, mientras el pelo le caía por la espalda.

La Herja la empujó hacia delante y silbó, indicando a los caballos que redujeran la velocidad, y Halvard trató de mirarla a los ojos mientras la ataban a su lado. Pero la Tala se limitó a mirar hacia arriba, hacia las estrellas que relucían en lo alto.

Él abrió la boca, pero antes de que pudiera hablar, la mirada afilada de ella bajó para sostener la suya, silenciándolo. Con los ojos, señaló a la Herja que caminaba a su lado y Halvard echó la vista atrás y vio a más de ellos llegando a raudales desde el bosque, a su espalda. Se secó las lágrimas de las mejillas con los hombros mientras avanzaban.

Ella esperó a que el último de ellos los dejara atrás antes de inclinarse por fin para susurrar:

—No pasa nada.

Las ruedas del carro crujieron sobre las piedras enterradas en la nieve y él trató de mantener el equilibrio, levantando los pies helados y bajándolos de nuevo mientras se alejaban cada vez más de Fela. Solo había salido de su pueblo para revisar las redes en el río o para cazar con sus hermanos. Ahora, ni siquiera estaba seguro de que quedara un pueblo al que volver. Detrás de ellos, el humo de los incendios se elevaba por encima de los pinos más altos y se deslizaba hacia el cielo. Se le enganchó el pie en las raíces de un árbol y cayó hacia delante, con lo que chocó contra el carro y perdió el equilibrio.

Intentó volver a ponerse de pie, pero fue un esfuerzo inútil. La sensibilidad los había abandonado a causa del frío y el carro se movía demasiado rápido. La Tala miró hacia atrás antes de agarrar la cuerda de él y tirar hacia ella hasta que quedó menos holgada y Halvard pudo ponerse de pie. Lo agarró del brazo mientras recuperaba el equilibrio y un pequeño grito escapó de su pecho al enrollar la longitud de la cuerda alrededor de los puños e intentar andar sobre las estrechas huellas de las ruedas.

—¿Van a matarnos? —susurró, manteniendo la vista fija en el suelo, por delante de él.

La Tala dio unos pasos más antes de responder.

—No.

—¿Cómo lo sabes? —Parpadeó y levantó la cabeza para mirarla a la cara.

Una sonrisa tironeó de la comisura de su boca e inclinó el mentón hasta que la luz de la luna se reflejó de nuevo en sus ojos.

Halvard siguió su mirada hacia el cielo negro, donde vio el contorno de un pájaro volando en círculos muy por encima.

—¿Qué es?

—El que todo lo ve —dijo ella.

—¿Es un dios?

Su sonrisa se hizo más amplia.

—No.

—Entonces ¿qué es?

—Es el ojo de las Hilanderas —dijo con sencillez.

—¿Ha venido a protegerte?

Un Herja pasó corriendo junto a ellos, con su espada ensangrentada balanceándose a un costado, y Halvard guardó silencio mientras lo veía desaparecer más adelante.

—Ha venido a protegerte *a ti* —dijo la Tala, mirando hacia los árboles.

Halvard se giró para buscar en la oscuridad, con el frío quemándole el pecho, hasta que, gracias a los intermitentes haces de luz, vio que algo se deslizaba por el bosque. Abrió la boca, el calor de las lágrimas regresó cuando vio a Eelyn y a Fiske. Corrían entre los árboles con zancadas silenciosas, desplazándose junto a la caravana mientras ellos caminaban.

Y cuando Halvard miró hacia el cielo, El que todo lo ve se había ido.

CAPÍTULO DOCE

HALVARD

El bosque estaba en silencio, como si supiera lo que se avecinaba. Estábamos a solo un día de viaje de Hylli, pero los rincones más lejanos del territorio Nādhir ya estaban llenos de Svells. El humo de sus fogatas se elevaba en dirección al cielo, hacia el oeste, donde estaban acampando al pie de las montañas. Antes de que el sol volviera a salir, se abrirían camino hacia el este.

Seguir el río significaba tardar otro medio día, pero tomar la ruta más rápida a través del valle haría que fuéramos más fáciles de localizar. Y mientras no perdiéramos más tiempo, llegaríamos al fiordo antes que los Svells. Teníamos que hacerlo.

El dolor que sentía en el costado se intensificó mientras el caballo se movía de lado a lado, tambaleándose sobre el resbaladizo lecho del río. Sabía que el calor que sentía cada vez con más intensidad bajo la piel significaba que la herida estaba infectada. Tener una curandera como madre me había enseñado al menos eso, pero también sabía que era mejor tener una quemadura infectada que un corte que no dejaba de sangrar. Si llegábamos a Hylli a tiempo, podría tratarla antes de que la enfermedad tuviera ocasión de apoderarse de mí y evitar que luchara. Si no lo lográbamos, perdería la vida por culpa de la fiebre en lugar de en la batalla.

Presioné la mano con firmeza sobre la vieja coraza Riki que Asmund me había dado para hacerme menos reconocible a los ojos de cualquier persona que nos encontráramos en el bosque. Era probable que quienquiera que hubiera sido el dueño anterior hubiera muerto en las temporadas de lucha antes de que los Nādhirs hicieran las paces. La coraza de mi padre era casi igual, excepto por el grabado del tejo en los cierres del hombro. Era el símbolo que adornaba la hoja de mi hacha, que también le había pertenecido. Cada primavera, mi madre abría el baúl apoyado contra la pared y sacaba las cosas para engrasar el cuero y pulir el bronce, y yo la observaba, tratando de recordar el rostro de él. Muchos detalles sobre mi padre se habían desvanecido, pero me había encontrado a mí mismo pensando más y más en él desde el día en que Espen me había dicho que había sido elegido para ocupar su lugar como jefe.

Me pregunté qué pensaría él. Qué me diría. Me pregunté si se sentiría orgulloso.

El río describió una curva cerrada alrededor de un acantilado y la luna desapareció sobre nosotros. Observé el agua con atención y dirigí al caballo más cerca de la orilla y más lejos de la espuma blanca del agua que rompía contra las rocas sumergidas. Avanzábamos despacio, pero seguir los caminos del bosque conduciría a los Svells directamente hacia nosotros, y allí no se avecinaba ninguna tormenta que nos cubriera.

Me llamó la atención un movimiento en los árboles y miré por encima del hombro, tirando hacia atrás de las riendas. Asmund detuvo a su caballo detrás de mí y se giró, pero ahí no había nada. Únicamente la oscuridad, viva con los sonidos nocturnos del bosque y todo lo que había en él. Sentí una punzada deslizarse por mi piel mientras instaba al caballo a seguir adelante, siguiendo a Kjeld, que se abría paso por la curva.

El débil sonido de una oración murmurada salió de sus labios y llegó hasta mí. La primera vez que lo había visto había sido camino de Fela, el pueblo de montaña donde había nacido. Él acababa de unirse a Asmund y sus mejillas hundidas evidenciaban que había estado muriéndose de hambre durante el invierno. No había hablado. Apenas nos había mirado a mí o a mis hermanos, su atención siempre puesta en el mundo que lo rodeaba. Como si pudiera ver sombras y escuchar voces que el resto de nosotros no podíamos. Era la misma sensación que me había invadido al ver a aquella chica en el claro, sus ojos clavados en los míos, la mano apretada contra la oreja.

Aghi me había dicho entonces que mantuviera las distancias con Kjeld. Que no había que jugar con los Kyrrs. Yo había escuchado más de una historia sobre lo que le sucedía a cualquiera que se aventurara en sus tierras. Pero dejando al margen las historias susurradas sobre el clan salvaje de los promontorios, Kjeld solo parecía un hombre cansado y desgastado. Y en los cuatro años que llevaba con Asmund, no había aprendido casi nada sobre él.

—Nunca me has contado de dónde vino. —Hablé en voz baja, sosteniéndole la mirada a Asmund en la oscuridad.

Me alcanzó tirando de las riendas de su caballo.

—Es Kyrr. De los promontorios.

—Los Kyrr nunca vienen al continente. En todos los años que he viajado con Aghi o navegado en bote por el fiordo, Kjeld es el único al que he visto. ¿Cómo terminó aquí?

—No conozco toda la historia. —Asmund se encogió de hombros—. De hecho, no sé casi nada.

—¿Qué parte conoces?

Disminuyó la velocidad, dejando que Kjeld avanzara más, hasta que fue casi invisible contra los árboles oscuros.

—Solo que no creo que los Kyrrs lo desterraran, como dice la gente.

—¿A qué te refieres?

—Creo que no lo obligaron a irse. Él eligió hacerlo.

Kjeld se echó hacia atrás cuando el caballo emprendió la pendiente a trompicones, guiándolo alrededor de la corriente. No tenía ningún sentido. Los Kyrrs eran temidos por todos los clanes del continente. No podía habérsele ocurrido que encontraría una nueva vida entre nosotros.

—¿Por qué crees eso?

—Hace tres inviernos, un hombre vino a buscarlo —susurró Asmund.

—¿Un Kyrr?

Asintió.

—Encontró nuestro campamento en el lado sur de la montaña justo después de la primera nevada y al principio pensé que estaba ahí para matarlo. Que tal vez había venido a cobrarse una deuda de sangre o a ejecutar una sentencia de la que Kjeld había escapado.

—¿Qué pasó?

—No estaba allí para llevárselo. Le suplicó que volviera.

Volví a mirar a Kjeld. Su larga trenza rubia le corría por el centro de la espalda, las marcas negras se extendían desde debajo de su túnica y le rodeaban el cuello. Tenía por lo menos la edad de mis hermanos, probablemente fuera mayor, y tal vez hubiera dejado atrás a una familia en los promontorios. O tal vez fuera como Asmund y Bard, y se había ido porque había perdido alguna cosa.

—No logré escuchar lo que decían, pero Kjeld se negó a volver con él. El hombre se fue y nunca más volvió.

Podría parecer que nadie se alejaría de su casa y de su gente si no lo obligaban, pero yo sabía que aquello no era verdad. Parecía que Asmund estaba pensando lo mismo. Él y Bard habían hecho justo eso después del ataque de los Herjas. Nada hacía que la carga de ese dolor fuera más fácil de soportar, pero para algunos, ir a donde nadie conociera la historia compensaba la soledad que comportaba. Una vez le había preguntado a Asmund si dejar el fiordo le había traído paz. Su respuesta había sido que solo se trataba de un dolor diferente. Uno con el que era un poco más fácil convivir.

—¿Tus hermanos saben dónde estás? —preguntó Asmund.

—Si no lo saben ya, entonces lo sabrán pronto.

Conocía a Fiske y a Iri desde hacía tanto tiempo como a mí, así que era capaz de adivinar cuáles podrían ser sus reacciones cuando descubrieran que me había ido. Si no estaba de vuelta en Hylli para cuando llegaran allí, recorrerían los bosques en mi busca, sus cuchillos empapados con la sangre de cada Svell que encontraran. Y la esposa de Fiske, Eelyn, iría con ellos. La única cosa que ardía más que la furia de la hija de Aghi era su amor.

Tragué saliva cuando mi mente conjuró su rostro. Cuando la viera, tendría que contarle lo de Aghi, y ese pensamiento casi me hizo esperar que llegaran a Hylli antes que yo y que la noticia del claro estuviera allí esperándola.

Asmund giró a la derecha y lo seguí, observando el vacío a nuestro alrededor. Había estado callado desde que nos habíamos separado de su hermano y sabía que estaba preocupado, aunque no fuera a decirlo. Bard era el último miembro que le quedaba de su familia de sangre.

—Sabes que no tienes por qué hacer esto —dije.

—¿El qué?

—Puedo volver a Hylli por mi cuenta. No soy tu jefe.

—Eres mi amigo.

Lo miré, pero él mantuvo la vista al frente. Después de la llegada de los Herjas, los amigos se habían convertido en familia porque muchas familias estaban rotas. Pero Asmund no se había considerado a sí mismo Aska, Riki o Nādhir desde hacía mucho tiempo.

—Sabes que puedes quedarte, ¿no?

Entonces sí me miró, con una ceja arqueada.

—¿Quedarme?

—Sabes que puedes volver a Hylli. Cuando quieras. —No estaba dándole permiso y no le estaba pidiendo que peleara. Pero me preguntaba si lo sabía. Si creía que no podía deshacer lo que había hecho—. Hay un lugar para ti, si lo quieres.

—Ya lo sé. Pero no puedo volver.

No me miró mientras espoleaba al caballo con los talones y cabalgaba hacia delante. El río volvía a describir una curva y nos trasladamos a la orilla derecha del agua a medida que el lado izquierdo se hacía más hondo. Sabía lo que quería decir. Luchar y vivir eran dos cosas diferentes. Pero en el lapso de tres días, todo había cambiado. Y me preguntaba si el futuro de los Nādhirs estaría cambiando de nuevo, como hacía diez años. Puede que hubiéramos burlado al destino y ahora volviera a por nosotros. Tal vez los dioses Sigr y Thora habían recordado su gusto por la guerra.

Una vez más, la sensación de los ojos de alguien sobre mí me recorrió la piel y tiré de las riendas hacia atrás con brusquedad para detenerme. El agua onduló contra las patas del caballo, moviéndose a nuestro alrededor como luz de luna líquida, y estudié el bosque con el aliento retenido en el pecho hasta que mis ojos distinguieron una figura en la oscuridad. Levanté la mano hacia mi hacha y enfoqué la vista, observando cómo se movía en las sombras. Parecía flotar, desapareciendo detrás un árbol y luego reapareciendo detrás de otro.

Kjeld se detuvo un poco más adelante y se giró hacia atrás.

—¿Qué pasa? —gritó Asmund.

—Ahí. —Señalé hacia los árboles, tratando de concentrarme en la penumbra, y retiré la mano del mango del hacha cuando me di cuenta. Era una chica.

—No veo nada —dijo Asmund. Su caballo salpicó agua mientras se dirigía de vuelta hacia mí.

Entreabrí los labios y enrollé las riendas alrededor de la mano con más fuerza. Hasta que el cuero me picó contra la piel. No era solo una niña. Era la chica Kyrr, la del claro.

La vi moverse despacio a través de la neblina, con la cara apuntando al suelo que tenía delante y las manos colgando pesadamente a los costados. Como un espíritu errante. Como las almas de los muertos vivientes de las viejas historias que los Tala solían contar a los niños alrededor del fuego del altar.

¿Dónde estás?

Una voz susurró contra mi oído, un aliento cálido, y me quedé quieto, el frescor del aire se convirtió en un frío cortante.

—¿Halvard? —Asmund me puso una mano en el brazo y me estremecí mientras parpadeaba.

Su mirada inquieta me recorrió la cara.

Y cuando volví a levantar la mirada, ella ya había desaparecido.

—Nada —murmuré, sacudiendo la cabeza—. No es nada.

Asmund me inspeccionó durante otro momento antes de asentir y pasar junto a mí, guiando a su caballo hasta colocarse al frente de nuestra comitiva.

Kjeld me miró con cautela mientras se tocaba el brazalete que le rodeaba la muñeca. El disco de cobre relucía a la luz de la luna.

—¿Todo bien?

—No ha sido nada —dije de nuevo, pero para mí mismo.

Se dio la vuelta y siguió a Asmund alrededor del acantilado, y yo me levanté la parte inferior del chaleco para volver a apoyar la mano en la herida vendada que tenía debajo de la túnica. Puede que la infección se estuviera extendiendo más rápido de lo que pensaba. O tal vez fueran las noches sin dormir las que habían creado visiones en la niebla. Miré hacia atrás una vez más, a los árboles, mientras los demás desaparecían por delante. Pero no había nada. Nadie.

Excepto por el aliento aún cálido contra mi oído.

CAPÍTULO TRECE

TOVA

Acerqué las manos congeladas hacia el calor del fuego hasta que casi pude sentir su mordisco. Me dolía la cabeza, el dolor se extendía por el cuello, los hombros y la espalda. La sangre tardaría días en expulsar el beleño, pero las Hilanderas me habían dado lo que había pedido.

La visión había sido indudable, como si quisieran que lo encontrara. El Nādhir del claro estaba en Utan.

Las llamas lamieron la madera seca, ennegreciéndola en el pozo de fuego recién cavado que tenía delante. El campamento Svell se había expandido más allá del claro, tanto que no era capaz de ver la última de las tiendas que se extendían por el bosque. En cuestión de unas horas, emprenderían la marcha hacia el fiordo.

Los guerreros de todas las aldeas Svells aguardaban juntos en el claro mientras Vigdis recitaba los ritos funerarios en honor a Bekan. El sonido de sus voces retumbaba como un trueno en la distancia, las palabras sagradas pronunciadas por todas las lenguas. Había oído al jefe hablar de su pueblo muchas veces, a menudo con una convicción que parecía sacudir las paredes de la casa ritual. Pero nunca los había visto. No así.

Todos ellos estaban listos para la guerra, pero nadie les había dicho que era la espada de Vigdis la que había conseguido que su jefe acabara asesinado, y sospechaba que nadie lo haría. Si supieran que el propio hermano de Bekan lo había traicionado antes de que le clavaran un cuchillo en el pecho, no podrían seguirlo a la batalla. Era un secreto que podía confiar que Siv y aquellos que habían presenciado lo que había sucedido en el claro guardarían.

—¿Estás segura? —Jorrund se inclinó más cerca del fuego, con los ojos muy abiertos por la preocupación. Brillaron bajo sus tupidas cejas mientras me estudiaba.

—Sí —respondí, observando la columna de humo que se elevaba desde la pira fúnebre de Bekan a lo lejos.

La pira estaba envuelta en llamas y apenas podía distinguir la forma del cuerpo mientras era devorado por el fuego. Un nudo me tensó la garganta y parpadeé para retener las lágrimas que amenazaban con caer.

No sabía por qué me dolía el corazón al pensar en su muerte. Bekan se había limitado a tolerarme en los años que habían transcurrido desde mi llegada a Liera y, tras la muerte de Vera, no había sido un secreto en absoluto que había llegado a odiarme. Pero recordé lo delicado que era con su hija. Cómo extendía la mano de forma distraída y le tocaba la melena rubia mientras ella se alzaba entre él y Jorrund. Y aunque yo no fuera parte su gente, podía sentir el peso de lo que significaba esa pérdida. Algo había cambiado, no solo para los Svells, sino para la red del destino. Y por primera vez, empezaba a sentirme como una mosca atrapada en sus hilos en lugar de la araña que camina sobre ellos.

Solo había convocado a las Hilanderas una vez antes. Me había escabullido temprano por la mañana para quemar el beleño en la misma playa en la que Jorrund me había encontrado.

Me había acurrucado sobre el humo envenenado hasta que había estado a punto de tener arcadas y había planteado la única pregunta que siempre me había hecho.

Quería saber por qué.

Por qué mi gente me había entregado al mar. Por qué Naðr me había retirado su favor. Por qué había acabado en la orilla de los Svells en lugar de ir a la deriva hacia la muerte solitaria a la que me habían enviado.

Eso había sido antes de saber que nunca debía preguntarles a las Hilanderas el porqué. Porque la respuesta era algo demasiado retorcido y cambiante para que las mentes mortales la comprendieran. Se sentaban al pie del árbol de Urðr, hilando. Siempre hilando. Pasado, presente y futuro, todo en el mismo telar.

No me habían respondido. En vez de eso, me habían dado solo oscuridad. Silencio. Había caído en el vacío de mi mente al respirar el humo y al despertarme a la mañana siguiente, empapada por la marea creciente y apenas capaz de abrir los ojos, había jurado que nunca más les preguntaría por qué. Ahora, sabía que solo debía pregúntenles qué, quién y cuándo si lanzaba las piedras. Porque eran las únicas respuestas que me proporcionarían las Hilanderas.

—No fue lo único que vi —susurré, con cuidado de no dejar que Gunther me escuchara.

Jorrund se agachó junto al fuego.

—¿Qué más? ¿Qué viste?

Cerré los ojos, tratando de volver a conjurar la visión en mi mente.

—El agua. Un incendio. Escuché…

Pero unos pasos pesados sobre el suelo nos hicieron mirar hacia arriba y tuve que entrecerrar los ojos por culpa del dolor que empezaba a sentir en la cabeza. Vigdis caminaba hacia nosotros desde el claro, el fuego seguía ardiendo a su espalda. Sus botas embarradas se detuvieron ante mí, plantadas en la tierra como las raíces de un árbol milenario.

—Cuéntame. —Su voz sonó áspera, su rostro seguía surcado de barro y hollín. Siv se colocó a su lado.

—Está en Utan.

—¿Cómo lo sabes?

Me presioné la frente con la palma de la mano y respiré para mitigar el dolor que sentía entre los ojos.

—Porque lo he visto.

Vigdis miró al suelo, sin pestañear.

—Entonces nos vamos a Utan.

Siv y Jorrund levantaron la mirada, sorprendidos.

—Prepáralos —ordenó.

—Iré yo —ofreció Siv—. Me llevaré a diez guerreros y volveré antes de que llegues a Hylli.

Pero la voz de Vigdis se volvió más afilada.

—Nos vamos todos a Utan. Juntos.

La mirada en el rostro de Siv pasó de la confusión a la preocupación.

—Todos nuestros guerreros han llegado, Vigdis. Deberíamos avanzar por el fiordo y tomar Hylli. Ahora. No hay necesidad de perder el tiempo con los pueblos fronterizos.

—Iremos a Utan. Luego, iremos a Hylli.

—No necesitas a un ejército entero para matar a un solo hombre. —Me puse de pie, inestable.

Se dio la vuelta, elevándose sobre mí hasta que quedé escondida en su sombra.

—Vuelve a hablar y te cortaré la lengua —estalló—. No quiero matar solo a un hombre. Quiero que nos vea masacrar hasta la última alma en Utan antes de que lo matemos a él. —De repente, las palabras adquirieron un tono suave e inquietante.

—Me pediste que lo encontrara. No que te dijera qué pueblo atacar.

—No hay guerreros en Utan. Han sido llamados a Hylli.
—Siv pareció estar de acuerdo, pero la mirada afilada de Vigdis la silenció.

Detrás de ellos, Gunther parecía el más inquieto. Se quedó de pie con los brazos cruzados sobre el pecho, mirando a Vigdis con cautela.

Se me revolvió el estómago, el calor del fuego de repente me provocó cierto picor en la piel. El brazo de Jorrund me estabilizó cuando el claro se inclinó hacia un lado y me apoyé en él, casi a punto de caerme al suelo.

—Hylli seguirá ahí cuando lleguemos al fiordo. Aguardarán su muerte con paciencia, porque no tienen más remedio.

Estaba en lo cierto. No había nada más que hacer, a menos que huyeran. Y no era probable que los Nādhirs huyeran. Pero la expresión que cruzó por las caras de Siv y de Gunther parecía indicar que ya habían visto más sangre derramada de la que pretendían. Los Svells eran luchadores, pero aquella no era una generación basada en la batalla. Habían defendido sus hogares y sus tierras de saqueadores y ladrones, pero habían pasado más de cien años desde que habían estado en guerra con otro clan.

Siv había atacado Ljós con Vigdis y los demás, y había matado a los Nādhirs en el claro. Me preguntaba si estaba dispuesta a destruir a otro pueblo de ancianos, embarazadas y niños que no eran lo bastante mayores para sostener una espada.

—Nos vamos a Utan. Ahora —repitió Vigdis, y esta vez, Siv respondió a la orden con un firme asentimiento.

Giró sobre los talones y se dirigió de nuevo hacia los Svells reunidos ante el fuego fúnebre, y Vigdis centró la atención en Jorrund.

—Será mejor que haya acertado.

Jorrund me miró y pude ver que estaba pensando lo mismo. Se estaba haciendo preguntas. Dudaba. Él solo disponía del poder que yo le daba y darse cuenta de ello había dado paso al miedo, algo que nunca antes había visto de verdad en la cara del viejo Tala de los Svells.

En un ademán nervioso, enredó los dedos en las cuentas de madera que colgaban alrededor de su cuello y yo me di la vuelta, abriéndome paso entre los Svells que se dirigían hacia sus caballos. El fuego seguía ardiendo, pero ya no podía ver a Bekan. Había desaparecido, la ceniza que flotaba en el aire era lo único que quedaba de él en este mundo.

Era un honor del que los guerreros Nādhirs que yacían entre los árboles nunca disfrutarían. Tendrían que confiar en que la simpatía de sus dioses y las oraciones de su pueblo los llevaran al más allá. El mismo destino que aguardaba al joven Nādhir que había matado a Bekan, junto con todo ser viviente en Utan.

Por lo que yo había dicho.

La profecía que había pasado por mi lengua. Al igual que lo que había pasado en el claro.

Solo había visto funerales desde el bosque, cuando la gente de Liera se reunía para enviar a sus muertos al más allá, y no recordaba lo suficiente sobre los Kyrrs para saber qué palabras pronunciaban o qué costumbres practicaban. Observé el símbolo circular en el interior de mi muñeca y lo reseguí con el dedo. Si supiera lo que significaban las marcas, puede que recordara. Tal vez las cosas que había olvidado volverían a mí.

El olor a carne quemada y savia de árbol chisporroteando inundó el aire y me quedé frente a la pira sola, incapaz de sentir su calor. Solo tenía frío. En lo más profundo de los huesos. En cada rincón sombrío de mi alma.

La pequeña casa a las afueras de Liera ya no parecía una jaula. Parecía un refugio. Uno que no podía alcanzar.

Mis músculos rígidos temblaron, enviando un estremecimiento por todo mi cuerpo mientras el veneno se desplazaba por mis venas y llegaba hasta lo más hondo. Tal vez aquello fuera lo que eran los espíritus de los no muertos, los que plagaban las historias. Pero me pregunté si, después de todo, a lo mejor no eran historias. Tal vez yo fuera uno de ellos. Carne y hueso en un cadáver sin alma.

El peso de las piedras rúnicas colgaba de mi cuello y tiraba de mí hacia delante, hacia el fuego.

Por un momento, me pregunté si sería capaz de sentirlo si extendía la mano y lo tocaba. Si me envolvería en sus llamas como si se tratara de un manto de oro. Tal vez, la muerte me haría sentir como en casa.

Observé las motas de ceniza blanca que flotaban hacia arriba desde la pira que tenía delante, danzando en el aire como copos de nieve, y pensé en aquello en lo que había tenido mucho cuidado de no pensar. Las palabras que me asustaba que pudieran cobrar vida y estrangularme. Hacerme desaparecer.

Que era yo quien había puesto a Bekan en la pira, no Vigdis. Igual que a Vera. Y para cuando los Svells llegaran al mar, tendría mucha más sangre en mis manos.

CAPÍTULO CATORCE

HALVARD

La primera vez que lo vi, solo tenía ocho años.

Un mar ondulante de flores rojas silvestres enterradas en la tierra al final del invierno, sangrando sobre una amplia extensión de valle de un verde pálido. La niebla nocturna que se abría paso desde el mar se cernía sobre él, como unas manos entrelazadas con sumo cuidado sobre las alas frágiles de una polilla.

Ante aquellas vistas, cerré los puños con más fuerza sobre las riendas.

Detuve al caballo en la colina, desmonté y me quedé de pie entre los tallos inclinados de las primeras flores de primavera, que me llegaban hasta la cintura. Mientras caminaba, fui rozando con las manos la parte superior; su olor me traía innumerables recuerdos de haber tomado aquel camino hacia las aldeas fronterizas con Aghi para intercambiar cajas de pescado salado por hierbas y carne seca de venado. El valle se hundía en el centro, el río lo atravesaba como una grieta en el hielo que cubría los bajíos del fiordo.

—Aurvanger. —Asmund pronunció la palabra sagrada en voz baja, contemplando las vistas. Su propio hermano había muerto en aquel mismo campo durante la última temporada de lucha en la que nuestra gente había participado. Solo unas semanas después, los Herjas le habían arrebatado a sus padres en un asalto a Hylli.

Había oído muchas historias sobre las batallas que se habían llevado las vidas de los Askas y los Rikis durante generaciones. Aghi solía contar una y otra vez a mis sobrinas que la furia de los dioses se derramaba sobre la tierra, y yo escuchaba desde donde estaba sentado, junto al fuego. Ahora, estaba cubierto de flores silvestres, por lo que era difícil imaginar la muerte allí.

—Dicen que esas flores no empezaron a crecer aquí hasta que los Nādhirs firmaron la paz. —Kjeld nos miró desde su caballo, al que seguía encaramado.

—Suena a que no te lo crees —dije.

Desmontó y sacó el odre con agua de su alforja.

—¿Tú, sí?

—Sí —respondí sin dudarlo. Había visto demasiadas cosas increíbles para pensar que algo era imposible.

Asmund observó la cima de la colina que quedaba a nuestra espalda.

—Esperaremos hasta la puesta del sol. Si Bard no aparece, nos reuniremos con él en Hylli.

Pero su voz estaba cargada de preocupación por su hermano. Si Bard no aparecía, no existía garantía de que lo volviéramos a ver. Si los Svells habían encontrado su rastro o lo habían alcanzado en Utan, puede que ya estuviera muerto. Pude ver que Asmund estaba pensando lo mismo. Apretó la mandíbula mientras se desabrochaba la vaina que llevaba bajo el brazo.

Me alejé caminando hasta que llegué a las rocas que bordeaban el río y saqué mi hacha para cavar una zanja en la tierra blanda junto al agua. Asmund me siguió hasta la orilla y tomé un lado de una gran piedra que estaba medio enterrada en la arena. Cuando se dio cuenta de lo que estaba haciendo, agarró el otro lado y la arrastramos hasta la orilla para colocarla sobre un extremo en el hoyo que había cavado. Compacté la tierra alrededor de la estela, la aplasté con la cabeza de mi hacha, y me senté sobre los talones ante ella. La parte plana de la piedra relucía bajo la luz del sol con motas plateadas y negras. Se erguía como un fantasma en la niebla ante el legendario valle de Aurvanger.

Sentí un nudo en la garganta y me lo tragué mientras me sacaba el cuchillo del cinturón. Apreté los dedos con fuerza alrededor de la hoja y luego la deslicé contra mi palma callosa. La sangre caliente se me acumuló en el centro de la mano antes de que mojara el dedo en ella y escribiera con cuidado el nombre de Aghi en la estela. Debajo, escribí el de Espen.

Abrí la boca para pronunciar las palabras rituales, pero no acudieron a mí. Me constriñeron el pecho como un puño cerrado, dificultándome la respiración.

Una vez, en ese mismo campo, Aghi había estado en el bando opuesto de la batalla respecto a mi padre. Luego, se había convertido en padre, en tío, en un abuelo para la misma gente que se había pasado la vida matando. Había sobrevivido a multitud de años de una insaciable enemistad mortal solo para morir a manos de los Svells y pudrirse en el bosque, sin fuego fúnebre que lo honrara mientras cruzaba al más allá.

Pero era la muerte que había querido. Había visto a los hombres de los clanes con los que había crecido morir protegiendo a su gente. Había pronunciado los ritos sobre sus cuerpos en llamas y ahora gozaba del mismo privilegio, a salvo de la vergüenza de morir tranquilamente en su cama siendo ya un anciano. Ese había sido su mayor temor, tener un final indigno.

— … has llegado al final de tu viaje… —Asmund pronunció las palabras que a mí no me salían, y el viento fue apagando su voz.

Respiré hondo a pesar del dolor que sentía en la garganta. Había pasado mucho tiempo desde que había rezado a Thora o a Sigr. No porque no creyera en ellos, sino porque no estaba seguro de que fueran a escucharme. La voluntad de los dioses era incomprensible, su favor siempre cambiante, desplazándose como los rayos de luz del sol que se abrían paso entre los árboles. Pero el hecho de oír los rezos todavía provocaba que sintiera el pecho vacío de recuerdos. Porque en los labios de mi familia, todavía estaba vivo. Y en muchos sentidos, *ellos* se habían convertido en mis dioses.

Había sostenido a Aghi en brazos mientras la luz abandonaba sus ojos. Lo había visto tomar su último aliento. Y esperaba que eso hubiera sido suficiente para honrarlo.

Saqué el *taufr* del interior de mi chaleco y froté el pulgar sobre su superficie lisa. Las palabras grabadas apenas resultaban legibles a esas alturas, pero había llevado esa piedra conmigo desde el día en que mi madre me la había dado siendo yo un niño pequeño. Era una súplica a Thora. Una solicitud de protección por parte de quien la portaba. Y me había protegido, muchas veces.

Pero parecía como si la batalla en el claro fuera a ser la última, como si todo su poder se hubiera agotado. Era probable que la guerra que se acercaba a Hylli reclamara nuestras vidas y que se nos concediera menos de lo que se le había concedido a Aghi en la muerte, sin que nadie quemara nuestros cuerpos o pronunciara las palabras rituales.

—¿Qué significa el símbolo? —pregunté, atrapando una lágrima en el rabillo del ojo antes de que pudiera caer.

Kjeld me miró.

—¿Qué?

—El símbolo de la chica, el ojo.

—Las marcas son una especie de identificación, son diferentes para cada persona. Pero el ojo es... Solo las mujeres de su linaje portan esa marca —respondió.

—¿Por qué?

—Porque es el símbolo de una Lengua de la Verdad.

Me puse de pie y volví a guardar el cuchillo en la vaina.

—Entonces, ¿es como una Tala?

—Los Kyrrs no tienen Talas.

Asmund nos miró, primero a uno y luego al otro.

—Entonces, ¿qué es?

—¿Qué sabéis sobre la historia de Naðr? —preguntó Kjeld.

—No mucho.

Se apoyó en el afloramiento rocoso que tenía al lado.

—La diosa Naðr tenía una hermana gemela llamada Lími. Pero Lími estaba predestinada a morir. Naðr enterró a su hermana en los promontorios y juró venganza contra las Hilanderas por haberle arrebatado la vida. Como ofrenda, las Hilanderas le entregaron a Naðr una niña mortal con la marca de un ojo en el pecho. La llamaron Lengua de la Verdad y prometieron que toda mujer nacida en su linaje tendría la capacidad de leer las runas y ver el futuro. Naðr aceptó la ofrenda y durante generaciones, sus descendientes han guiado a los Kyrrs y lanzado las piedras.

—Quieres decir que puede ver el futuro —dije, estudiándolo.

Kjeld asintió.

—Está lanzando las piedras para los Svells. Es la única razón que se me ocurre para que esté con ellos.

Un silencio incómodo cayó entre nosotros, el viento se calmó.

Asmund se pasó una mano por el pelo y suspiró.

—Entonces, ¿los Kyrrs están con ellos o no?

—No. Jamás se aliarían con los Svells. Nunca se aliarían con nadie.

—Entonces, ¿por qué la chica está con ellos?

—No lo sé. Pero eso significa que es probable que los Svells sean incluso más peligrosos de lo que creéis que son. —Clavó la vista en el sector de suelo que había entre nosotros.

Cerré la mano en un puño y dejé que la última gota de sangre cayera sobre la tierra. Había sabido, en el momento en que la había visto en el claro, que había algo diferente en ella. Lo había sentido. Y cuanto más nos alejábamos de Ljós, más me parecía que podía sentirla. Desplacé la mirada hacia lo alto de la colina, hacia el bosque, donde había visto su sombra en la oscuridad de la noche. Solo que no era posible.

Kjeld se giró en la dirección del viento y miró hacia el campo.

—¿Luchaste aquí? ¿En el pasado?

—Era muy pequeño. Lo único que hacía era esperar a que mi padre y mis hermanos volvieran a casa tras la temporada de lucha, deseando estar con ellos.

—¿Murieron en combate?

—No, mi padre murió de fiebre cuando yo tenía seis años. —Miré el hacha que tenía en las manos, desde donde el grabado del tejo me devolvía la mirada.

—¿Y tus hermanos?

Sonreí.

—Este lugar me dio a uno de mis hermanos.

Levantó una ceja.

—¿Qué quieres decir?

—Y una hermana. Un año, mi padre y mi hermano Fiske volvieron a casa de la temporada de lucha con un chico Aska medio muerto llamado Iri. Era muy joven. Apenas lo recuerdo, pero estaba gravemente herido y mi madre consiguió que se recuperara, aunque nadie creía que fuera a poder. Entonces, se convirtió en uno de nosotros. Cuando llegó la siguiente temporada de lucha, mis dos hermanos fueron a Aurvanger y volvieron a casa con la hermana de Iri. Fiske se enamoró de ella.

Todavía recordaba el día que Eelyn había entrado por primera vez a nuestra casa, en Fela. La había observado desde el desván, con los ojos como platos. Su melena era como el hielo, oscuras vetas de sangre le manchaban la túnica, y cuando sus ojos reflejaron la luz del fuego, recordaba haber pensado que se parecía a un animal salvaje. Mi madre había dicho que tenía fuego en la sangre. En aquel entonces, no sabíamos que los dioses iban a hacer las paces. Y no sabíamos que usarían a Fiske y a Eelyn para lograrlo.

—Cambiaron la voluntad de los dioses y el destino de nuestros dos clanes —dije.

Kjeld me miró con escepticismo.

—¿No crees en el destino? —Asmund se volvió hacia él.

A Kjeld pareció divertirle la pregunta.

—Nadie puede cambiar la voluntad de los dioses.

—¿Cómo lo sabes?

Sus ojos se encontraron con los de Asmund y luego con los míos solo por un momento, antes de volver a dirigirlos hacia el agua.

—Porque lo he intentado.

Su voz cambió, la dureza de su tono se desvaneció. Se llevó una mano al cuello de la túnica y presionó con los dedos un par de hojas que tenía a un lado de la garganta. Parecieron moverse mientras tragaba saliva y el brillo de las lágrimas relucía en sus ojos.

—Halvard… —Asmund se quedó inmóvil y luego dirigió la mano a su espada mientras levantaba la mirada y echaba un vistazo por encima de mí, hacia la colina.

Me giré, buscando en el cielo lo que había visto. Sobre la elevación del terreno, al sur, se veía un pedazo de cielo azul a través de un pequeño hueco en la espesa niebla. Allí, una débil columna de humo se deslizaba por encima de las copas de los árboles.

—Utan —susurré.

CAPÍTULO QUINCE

TOVA

El halcón nocturno gritó en la oscuridad del bosque que rodeaba Utan.

Me encontraba detrás la línea de Svells, en mitad del silencio, y ese sonido se arrastró por mi espina dorsal, sus dedos me rodearon la garganta como una soga y apretaron.

Una advertencia. Un presagio.

Pero en aquel momento, estábamos muy lejos de cualquier advertencia que los dioses o las Hilanderas pudieran hacernos. Titilaban como antorchas en el viento, solo quedaba el olor del humo que dejaban atrás. Nadie estaba escuchando.

Gunther estaba a mi lado, con la espada desenvainada y la mirada fija en el guerrero Svell que tenía delante.

—Tienes que hacer algo —le susurré a Jorrund—. Tienes que parar esto.

Estaba de pie junto a mí, la expresión de su rostro traicionaba sus pensamientos. Lo sabía, en la boca del estómago. Lo sabía por el estremecimiento que sentía en los huesos. Pero por debajo de las oraciones susurradas y de su charla sobre los dioses, Jorrund era un cobarde. Nunca hablaría contra Vigdis.

—No hay nada que pueda hacer —dijo, con cuidado de no mirarme a los ojos.

El agudo chasquido de las lenguas silenció a El que todo lo ve en lo alto y los Svells descendieron por la pendiente hacia el pueblo, hasta que solo quedó Gunther detrás. Su mirada tensa estaba fija en las figuras que desaparecían bajo la puerta y por encima de la cerca que serpenteaba alrededor de Utan. No se movió, siguió aferrando la espada con la mano, y yo di un paso adelante, para verlos fundirse con la oscuridad.

Traté de decirme a mí misma que era típico de los mortales buscar la guerra. Era como encender un fuego, esperando que surgiera la más diminuta de las llamas. Pero no era capaz de silenciar el suave susurro que siseaba en el fondo de mi mente. El que se preguntaba cuántos Nādhirs estarían durmiendo bajo esos techos.

Volví a mirar hacia el cielo cada vez más oscuro, pero el halcón nocturno había desaparecido, dejando solo la tenue luz de las estrellas esparcidas a lo largo de todo el cielo.

Ni siquiera El que todo lo ve quería presenciar aquello.

Cerré las manos en puños a los costados con tanta fuerza que sentí como si los nudillos estuvieran a punto de rompérseme.

—Tenemos que hacer algo —susurré.

—Tova… —Jorrund alzó la voz en una advertencia que conocía bien.

Pero no esperé a que terminara. Abandoné el cobijo de los árboles, me llené los pulmones de aire y abrí la boca para gritar. Pero, a continuación, me encontré inclinada hacia atrás, con una mano caliente sobre la boca. Pataleé cuando Gunther me arrastró de vuelta a las sombras y me tiró al suelo con fuerza.

—¿Es necesario que te mate? —preguntó con calma, alzándose sobre mí. Pero tampoco parecía él mismo. Apartaba la mirada de la aldea, el temor de lo que estaba a punto de suceder pesaba en sus ojos.

Lo miré a través de las lágrimas calientes mientras volvía a ponerme de pie. Aunque gritara, no serviría de nada. Ya no había tiempo para que la gente de Utan escapara. Los Svells se los tragarían enteros y no había nada que pudiera hacer al respecto. De hecho, yo los había mandado allí.

Contuve la respiración y escuché mientras me mordía el labio con fuerza, tratando de no temblar. El silencio por fin quedó roto por el silbido de una flecha en llamas surcando el aire y me giré para enfrentarme a Jorrund.

—No existe ni un solo dios que vea con buenos ojos el matar de forma deshonrosa —dije, errática.

Entrecerró los ojos, descruzó los brazos.

—Esto es la guerra, Tova.

—¿Eso? —Levanté una mano temblorosa, señalando hacia la aldea al fondo de la colina—. *Eso* no es la guerra. Y habrá que pagar un precio por ello.

Jorrund pareció repentinamente horrorizado y dio un paso hacia atrás para alejarse de mí.

—¿Es una maldición lo que rueda por tu lengua?

—No necesito maldeciros. —Una lágrima solitaria se deslizó por mi mejilla—. Las Hilanderas ya lo han hecho.

—¿Qué significa eso? —Las palabras le salieron vacilantes, el miedo se apoderó de su voz.

—¡Las runas que eché! *Hagalaz.* Vuestro destino ha sido tallado en el árbol de Urðr.

—Eso fue antes del claro. Ahora, estamos listos para tomar Hylli y los Nādhirs desaparecerán —dijo, pero se estaba inquietando. Estaba intentando convencerse a sí mismo.

—¿Crees que la amenaza de los Nādhirs es mayor que la ira de los dioses? —Alcé la voz —. Todo lo que Vigdis ha hecho solo *asegura* nuestro destino. No puedes borrarlo.

Los gritos rasgaron el bosque y me encogí mientras un sollozo escapaba por mi garganta. Abajo, el resplandor del fuego se extendía por Utan, iluminando la aldea como un faro. Los setecientos sesenta guerreros habían recibido la orden de descender sobre el pueblecito y lo estaban devorando como si fueran osos después de un largo invierno.

Gunther lo observó todo con la mandíbula apretada mientras la luz del fuego bailaba en su rostro. El afilado entrechocar de las armas llegó hasta nosotros y me dejé caer al suelo, donde me envolví las piernas con los brazos y enterré la cara en el regazo. Me imaginé al joven Nādhir del claro de pie en la puerta, blandiendo su hacha, sus ojos azules como estrellas en la noche. No lo conocía. No lo había visto nunca antes de ese día en Ljós, y aun así, el sentimiento de haberlo traicionado me caló hasta los huesos y provocó que se me revolviera el estómago.

Pero habían sido las Hilanderas quienes me habían mostrado dónde estaba. Él también estaba destinado a morir. Tenía que estarlo. Y yo no sabía que Vigdis enviaría al ejército contra Utan.

—No lo sabía —exclamé, tratando de hacer realidad las palabras.

Pero era inútil. La cercanía del bosque parecía alejarse de mí, dejándome sola en la oscuridad y con la sensación de mil ojos arrastrándose sobre mi piel como una legión de gusanos devorando un cadáver. Porque, aunque El que todo lo ve no estuviera mirando, las Hilanderas sí lo hacían. Y también los dioses. No había forma de escapar de su atención. No después de todo lo que había hecho.

No había planeado la masacre del claro, pero había sido mi runa la que lo había justificado. No había ordenado a los Svells que atacaran Utan, pero había invocado a las Hilanderas para encontrar al guerrero que había matado a Bekan. Siempre había sabido que estaba maldita. Que algo oscuro me había marcado. Era la única razón que se me ocurría para que los Kyrrs hubieran sacrificado mi vida. Jorrund creía que Eydis me había salvado, pero yo sabía la verdad. No me había salvado de Naðr.

Era tan sencillo como que Naðr no me quería.

Los gritos empezaron a remitir, desapareciendo uno por uno hasta que el silencio de la noche regresó. Jorrund se colocó a mi lado, acariciándome el pelo con una mano, pero lo empujé y conseguí volver a ponerme en pie. Esperamos uno al lado del otro durante los minutos que tardaron en arrasar el pueblo, hasta que al final unas siluetas se arrastraron cuesta arriba, de regreso al bosque. La luz del atardecer captó el brillo de la sangre húmeda en las armaduras y los guerreros nos dejaron atrás, sus miradas diluidas mientras caminaban, el pueblo de Utan en llamas tras ellos. Observé a sus sombras desplazarse entre los árboles hasta que desaparecieron. No quería ver más.

Vigdis y Siv fueron los últimos en aparecer. Él marchaba hacia nosotros con Siv a su espalda, con el pecho agitado y sus ojos arrojándome el peso de cien piedras.

—Estaban esperándonos —gruñó.

—¿Qué? —dijo Jorrund a mi lado.

—Sabían que vendríamos. No tenían ninguna posibilidad, pero lo sabían.

La mirada de Siv cayó al suelo mientras envainaba su hacha de nuevo. Ni siquiera ella podía justificar aquella masacre.

—Y él no estaba. —Vigdis levantó la mano, la llevó hacia atrás y tomó impulso con el brazo para abofetearme en la cara.

Caí al suelo, las manos me resbalaron por la tierra húmeda mientras la boca se me llenaba de sangre. Noté un dolor agudo y abrasador en todo ese lado de la cara cuando miré hacia arriba. Se colocó sobre mí, con toda la furia de su mirada fija en mi rostro, mientras yo escupía en el suelo y me limpiaba la sangre del labio.

—Tenía que estar. Lo vi.

—No viste nada. Mentiste para salvarte —espetó.

—Te lo juro —tartamudeé—, está aquí. —Me acerqué a la linde de los árboles y miré hacia la puerta del pueblo. Aquello era justo lo que había captado en la visión—. O lo estará. Yo...

—Al amanecer, marcharemos hacia Hylli. Si no tengo su cabeza en mis manos, tomaré la tuya en su lugar. —Me empujó antes de alejarse en la oscuridad—. Quédate con ella —ladró, sosteniéndole la mirada a Gunther mientras pasaba junto a él.

—No lo entiendo —murmuré, contemplando la puerta. Lo había visto allí. Con mucha claridad. Había oído la voz de las Hilanderas. El cuerpo todavía me dolía por el recuerdo, el veneno del beleño palpitaba bajo mi piel.

—Tova, ¿estás segura de que...? —Jorrund habló por fin.

—¡Lo vi! —grité, con la voz quebrada.

Ambos me miraron y Gunther envainó su espada.

—Entonces, esperaremos.

Jorrund se desató la capa y me la puso sobre los hombros, pero lo aparté de un empujón y fui a esperar a solas al borde de la elevación. No quería su consuelo. Acababa de sentenciar a un pueblo indefenso a morir y si había sufrimiento que padecer, me lo merecía. La única diferencia entre Vigdis y yo era la marca de un ojo que llevaba en el pecho.

Las llamas envolvían Utan allí abajo, y los cuerpos tendidos en el camino yacían inmóviles. Un silencio hueco cayó sobre el frío bosque. Aquel era el aspecto que debía de haber tenido Ljós la noche del ataque de los Svells. Aquello era lo que padecería Hylli en cuestión de días, el mar teñido de rojo con la sangre de los Nādhirs.

Llevé una mano a la bolsita de cuero que tenía contra el pecho, las runas escondidas de forma segura junto a mi corazón. Deseé no haberlas lanzado nunca. Ojalá nunca me hubieran encontrado en esa playa. Una muerte lenta y congelada, a la deriva en el mar, era mejor que aquello. Más amable.

—Si no lo encontramos… —dijo Jorrund con suavidad.

—No importa —murmuré con voz ronca.

—¿Qué es lo que no importa?

—Nada de esto.

—¿Por qué dices eso? Claro que importa.

—No importa si Vigdis pide mi cabeza o si el Nādhir aparece y me raja la garganta él mismo. —Me giré para mirar hacia arriba mientras las lágrimas me corrían por el rostro—. Porque me has convertido en portadora de la muerte, Jorrund. Y no hay ofrenda de desagravio que compense un crimen semejante.

—Tova. —Extendió la mano para tocarme, pero me alejé de su alcance.

Parpadeé, respiré para calmar el dolor de la mandíbula, donde Vigdis me había pegado, y noté el sabor metálico de la sangre en la lengua. Me rodeó el corazón y apretó, la verdad me abrasó por dentro con la intensidad del calor de la fragua de un herrero.

La runa *Hagalaz* no era solamente por los Svells. También era por mí.

CAPÍTULO DIECISÉIS

HALVARD

Mantuve la cabeza gacha mientras volábamos entre los árboles, el golpeteo de los cascos nos seguía mientras los caballos subían la colina.

El ejército Svell había marchado desde Ljós como una horda, pisoteando el suelo y convirtiéndolo en pulpa blanda debajo de nosotros. Vimos señales suyas por todas partes, arañazos en los árboles y rastros a través de la maleza. Debían de contar con más efectivos de los que habíamos visto solo un día antes y ese pensamiento hizo que se me tensara hasta el último músculo del cuerpo mientras avanzaba. Puesto que sus guerreros habían sido llamados a Hylli días atrás, Utan tal vez tuviera a treinta o cuarenta de los nuestros tras sus puertas.

Treinta personas contra ochocientas.

Estiré el brazo hacia atrás, saqué el hacha de la vaina y la dejé apoyada en la pierna antes de azuzar al caballo para que fuera más rápido. Nos topamos con el sendero desgastado que llevaba de la montaña hasta el fiordo y clavé la vista en la oscuridad de delante, esperando a que la puerta apareciera entre los árboles. Pero ya podía oler en el aire lo que encontraríamos allí. Sangre y ceniza esparcidas sobre los restos destrozados y caídos de un pueblo tranquilo del interior. Llegábamos demasiado tarde.

Tan pronto como la puerta quedó a la vista, tiré hacia atrás de las riendas para desacelerar, me bajé del caballo de un salto y lo dejé atrás mientras corría hasta el matorral más cercano. Los caballos se quedaron atrás, pateando el suelo con nerviosismo y estirando el cuello, y Asmund y Kjeld se agacharon a mi lado mientras observaba el bosque.

Asmund chasqueó la lengua antes de internarse por una abertura entre los árboles y yo lo seguí hasta la maleza que coronaba la colina y dominaba el pueblo. Me agaché y tracé el camino desde la puerta hasta la casa ritual con la mirada. Ahí no había movimiento, pero había cuerpos esparcidos en todas direcciones, tendidos en el suelo y al otro lado de las puertas abiertas de las casas vacías. Las llamas todavía ardían en algunas de ellas, llenando de humo todo el pueblo.

Traté de quitarme de la cabeza la imagen de Fela, el pueblo en el que había crecido, en las montañas. Pero aún podía verlo con suma claridad. Las siluetas ensombrecidas de los Herjas apareciendo entre los árboles. Unas manos arrastrándome hacia el bosque, gritos. Todo ardía en la nieve.

Los ojos de Asmund revolotearon sobre los silenciosos tejados.

—Puede que no haya llegado —dijo, casi para sí mismo.

Yo estaba pensando lo mismo. Por el aspecto del fuego, los Svells habían atacado hacía solo una o dos horas. Bard debería haber tenido tiempo de advertirles, pero parecía que el pueblo no estaba vacío a la llegada de los atacantes. Si Bard había estado allí, lo más probable era que fuera uno de los cuerpos que yacían debajo.

—¿Listo? —Esperé a que Asmund me mirara a los ojos.

Respondió con un movimiento de barbilla y Kjeld lo siguió, sin apartar la mirada del pueblo.

Agarré la correa de mi vaina e hice una mueca cuando me la apreté alrededor del cuerpo. Me rozó la herida que tenía debajo de las costillas mientras Asmund tomaba el arco de Kjeld y colocaba una flecha, listo para cubrir mi rastro. Cuando me dedicó un asentimiento, salí del amparo del bosque y crucé la hierba iluminada por la luna. El débil aullido de un lobo resonó en la quietud y exhalé despacio mientras descendía hasta el suelo, tratando de calmar mi acelerado corazón. Cuando llegué a la puerta, me agaché detrás del poste de madera, vigilante.

Asmund salió de entre los árboles y encontró un sitio a mi lado, sus ojos fijos en el camino principal que atravesaba la aldea. El barro aún brillaba alrededor de las huellas que el ejército había dejado sobre la tierra blanda. Detrás de mí, Kjeld comenzó a rezar por lo bajo y el nombre de Naðr resonó en su voz como una canción.

Silbé con suavidad e incliné la cabeza hacia la casa ritual, donde un rastro de humo blanco todavía subía en espiral desde el tejado. Cuando lo vio, Asmund entró en el camino y Kjeld lo siguió, espada en ristre.

Cruzamos la puerta abierta de una casa que ardía con fuerza y volví a mirar a Asmund. Él también lo vio. Una mujer muerta con los pies descalzos estaba tendida justo en medio, con los brazos rodeando a un niño inmóvil. Un hacha embarrada yacía junto a ellos, y ella todavía tocaba ligeramente el mango de madera con las yemas de los dedos.

Apreté los dientes y corrí más rápido, el impulso de lanzar mi hacha me subió por el brazo como un rayo. Estaban indefensos. Indefensos. Los Svells habían llegado del bosque como una inundación y los Nādhirs no habían tenido ni una oportunidad.

Asmund pasó a mi lado y se detuvo junto a la enorme puerta de la casa ritual que teníamos delante. Apoyó la espalda contra la madera tallada, escaneando el pueblo a nuestro alrededor antes de dedicarme otro asentimiento.

Me saqué el cuchillo del cinturón y me apoyé con suavidad en la pesada puerta hasta que una grieta ámbar de luz naranja atravesó la oscuridad. Eché un vistazo al interior, donde habían derribado los bancos y el fuego del altar se había apagado, pero las brasas aún iluminaban la habitación con un resplandor brumoso, el humo ondeaba hasta la abertura del techo. Tomé aire y empujé para abrirla, luego me deslicé dentro con Asmund y Kjeld justo detrás.

Había charcos de sangre brillantes en la piedra, los cadáveres aún yacían allí donde habían caído peleando.

Tan pronto como vimos que estaba despejado, Asmund me miró.

—Se mueven rápido.

—Lo sé.

El siguiente pueblo era Lund. Quedaba a las afueras del territorio Nādhir, en la base de la montaña. Pero si Bard no había llegado a Utan, entonces no se estaba dirigiendo a Lund. Y tampoco había nada que impidiera que el ejército Svell subiera la montaña. Lo único con lo que podíamos contar era con que fueran a por el fiordo primero y que el ejército Nādhir estuviera esperando.

Asmund volvió a enfundar la espada en el cinturón, pasó por encima de un cuerpo y recogió un hacha que estaba en el suelo junto a él justo cuando fuera se oyó un suave silbido. Volvió a desenfundar y me miró a los ojos.

—¿Qué pasa? —Lo observé pensar antes de que un amago de sonrisa le levantara las comisuras de los labios.

—Es Bard —susurró—. Es una de nuestras llamadas.

Volví a la puerta para asomarme y Asmund se acercó y se colocó al otro lado. Pero el humo espeso que se cernía sobre el suelo hacía imposible que viéramos nada. Con los dedos apretados alrededor de mi cuchillo, abrí la puerta y el sonido ensordecedor del chasquido de un hacha al clavarse en la pared a mi lado hizo que la habitación diera vueltas. Me giré, enarbolando mi arma, y detrás de nosotros había un guerrero Svell de pie bajo otro par de puertas, con la mano todavía levantada tras el lanzamiento.

Me lancé hacia delante y corrí hacia él, recortando la distancia entre nosotros en unos pocos pasos y moviendo el hacha a mi alrededor de modo que el lado desafilado de la hoja le diera en la mandíbula. La espada se le cayó de la mano mientras caía hacia atrás y resbalaba sobre las piedras hasta salir rodando por el umbral y aterrizar en el barro de fuera.

—¡Halvard! —Asmund gritó mi nombre y me giré, buscándolo entre el humo.

Unas voces resonaron en el silencio y apenas pude ver a Kjeld balanceando su espada en el camino que tenía delante, entrechocando su filo con el de otra hoja y soltando una chispa que iluminó la oscuridad. La luz de la luna atravesó las nubes y en cuanto las sombras se despejaron, un Svell salió de detrás de la siguiente casa blandiendo su espada. Asmund levantó el hacha, detuvo el golpe del hombre por encima de la cabeza y le estrelló el puño cerrado en la cara. Se ladeó y perdió el equilibrio, y el Svell se esforzó por recuperar la postura antes de que Asmund le asestara una patada en el pecho y lo enviara volando hacia atrás. Pero antes de que Asmund tuviera la oportunidad de acabar con él, el hombre se arrojó hacia delante con la espada en ristre de nuevo, listo para caer sobre su espalda.

Dejé que el cuchillo que tenía en la mano se hundiera en el aire por detrás de mi cabeza y lo lancé hacia delante, dejándolo volar con la hoja por delante del mango. Dio en el blanco, se le hundió en la carne entre los omóplatos, y el hombre cayó de bruces a los pies de Asmund.

Un sonido estrangulado escapó de sus labios cuando me arrodillé y le deslicé la hoja de mi hacha por la garganta. Parpadeó y abrió la boca mientras me miraba, y no esperé a ver cómo moría. Me quedé quieto con el cuchillo en la mano, buscando en la oscuridad hasta que vi a otro Svell corriendo hacia nosotros, describiendo un arco con su espada por encima de la cabeza. Agarré el hacha con mayor firmeza y planté bien los pies en el suelo para encontrar un buen equilibrio. Esperé hasta que estuvo a unos meros pasos de distancia antes de lanzarme hacia delante y atacarlo, apuntando a su costado con la hoja puntiaguda de mi hacha al pasar.

Otro cuerpo se estrelló contra mí y la empuñadura de una espada conectó con mi cara, lanzándome la cabeza hacia un lado. Bajé el codo para darle un golpe y atraparle el brazo, y cuando aflojó las manos, rodé y salí de debajo a él. Se me abrió la carne quemada del costado y siseé por culpa del profundo dolor que me explotó entre las costillas, tratando de respirar.

—¡Levántate! —Asmund apartó el cuerpo del Svell hacia un lado de una patada y me agarró del chaleco con ambas manos.

En cuanto estuve de pie, corrimos hacia la puerta. Oímos el ruido de unos pasos detrás de nosotros y Asmund se descolgó el arco del hombro y empezó a darse la vuelta. Colocó una flecha mientras giraba en círculo, pero se detuvo de repente, con los ojos muy abiertos. Bard corría a nuestro encuentro por el camino, arrastrando un lado del cuerpo y con el rostro medio cubierto de sangre.

Asmund soltó el arco y corrió hacia él, se pasó el brazo de su hermano por el hombro y cargó con su peso mientras subían la colina hasta el bosque.

—Tú.

Una voz suave y uniforme me encontró y recorrió cada centímetro de mi piel en la oscuridad; me detuve en el umbral de la puerta, girando en redondo con el hacha levantada ante mí. El mango casi se me escurrió de entre los dedos y me quedé petrificado, respirando de forma entrecortada mientras de repente los árboles parecían balancearse a mi alrededor. Volví a llevarme la mano a la herida, que ahora me sangraba a través de la túnica, y parpadeé, pero la visión no se disolvió.

Allí, a la luz de la luna, se alzaba la chica Kyrr, observándome.

CAPÍTULO DIECISIETE

TOVA

No hay silencio como el de la muerte.

Me estremecí a causa del frío, el cuerpo seguía temblándo-me por culpa del beleño mientras esperábamos en el bosque que se alzaba sobre Utan. Las casas de debajo ya habían sido medio devoradas por el fuego y un silencio espeluznante cayó sobre lo que hacía tan solo unas horas había sido un pueblo. Los guerreros Svells a quienes se les había ordenado quedarse con nosotros acechaban sin descanso entre los árboles, la tensión crecía con cada minuto que pasaba.

—No vendrán —murmuró Gunther a mi espalda, las palabras afiladas y enfadadas.

Lo ignoré, con la vista clavada en la puerta. Lo había visto. Sabía que sí. Allí, debajo de la abertura arqueada en la cerca que rodeaba el pueblo, el Nādhir se alzaría a la luz de la luna.

—No está aquí. Nunca lo ha estado —murmuró uno de los hombres.

El dolor de cabeza me dificultaba mantener los ojos abiertos, cualquier ruido sonaba demasiado fuerte en mis oídos. El goteo del arroyo y el susurro de los pájaros en las ramas por encima de nuestras cabezas. El roce de las botas sobre el suelo del bosque.

—Deberíamos volver con los demás. —El hombre habló otra vez.

—Vendrá —dije con los dientes apretados.

—¿Cuándo?

Miré hacia la luna que colgaba en el cielo.

—Pronto. —Intenté sonar segura. Más segura de lo que me sentía.

Pero la verdad era que no sabía por qué el Nādhir no estaba allí tal como había visto en mi visión. Los pensamientos que poco a poco surgieron de un rincón de mi mente me susurraron que las Hilanderas me habían engañado como castigo. Que habían utilizado la visión para llevarme hasta mi propia muerte.

Puede que lo hubieran hecho.

Me giré hacia el pueblo, donde seguía alzándose el humo de la madera carbonizada y la luz de la luna se reflejaba en la túnica blanca de una mujer que yacía muerta en mitad del camino que llevaba hasta la casa ritual. En mi visión, no había visto la muerte. Solo había visto al Nādhir del claro. El que me había mirado a los ojos. Tragué saliva, esa misma sensación de hundimiento en la boca del estómago regresó. Una parte de mí esperaba que *no* viniera. Una parte de mí que ganaba terreno con cada minuto que pasaba.

—Ya es suficiente. —El hombre dio un paso adelante y me agarró del brazo para tirar de mí hacia atrás y obligarme a mirarlo a la cara, y yo desenvainé el cuchillo que llevaba en el cinturón y apoyé la punta contra un lado de su cuello.

Abrió mucho los ojos mientras los demás se movían hacia mí, pero levantó las manos y eso los detuvo. Se quedó quieto, mirándome y enseñándome los dientes.

—Tova, detente. —Jorrund hizo ademán de alcanzar el cuchillo, pero lo aparté de un empujón.

—Vendrá —dije, mirando al hombre a los ojos—. Vigdis me dijo que lo esperara. Eso es lo que estoy haciendo.

Detrás de él, Gunther me miró con los ojos repletos de sorpresa. Nunca había matado a otra persona. No estaba segura de si sería capaz. Pero tenía que quedarme si quería tener alguna oportunidad de apaciguar a Vigdis.

Tan pronto como bajé el cuchillo, el hombre me empujó con fuerza y me estrellé contra el árbol que tenía detrás.

—Te lo dije. —La mujer que estaba junto a Gunther negó con la cabeza—. Deberíamos volver.

—No sin el Nādhir —respondió Jorrund, que bajó la voz a modo de advertencia. Yo no era la única sobre quien recaería la ira de Vigdis si volvíamos con las manos vacías.

—Ya basta. —Gunther habló por fin, desde las sombras en las que se encontraba—. Todos vosotros. Nos quedaremos hasta el amanecer. Si no está aquí para entonces, volveremos con los otros y que Vigdis se encargue de ella.

—Esperad —susurró Jorrund, que miraba por encima de nosotros.

Me giré y vi a una figura saliendo de entre los árboles al otro lado del pueblo. Un hombre. La luz de la luna se reflejó en la hoja del hacha que llevaba a un costado y se detuvo ante el poste antes de que dos sombras más lo siguieran.

—Es él —susurré.

Jorrund se inclinó más cerca de mí.

—¿Cómo lo sabes?

—Te lo dije. Lo *vi*.

Nos agachamos y nos quedamos en silencio mientras las tres figuras cruzaban la puerta y entraban en el camino principal que atravesaba el pueblo.

Gunther dirigió un asentimiento a los demás y retrocedieron por el bosque para salir por el lado oeste con las armas desenvainadas ante ellos cuando los tres hombres desaparecieron en la casa ritual. Descendieron la pendiente en silencio y yo me agaché junto a un árbol, observando cómo saltaban la valla que rodeaba Utan antes de deslizarse en las sombras.

Cerré los ojos por culpa del dolor que sentía en el centro de la frente. La visión del Nādhir ante la puerta permanecía nítida en mi mente. Su hacha ensangrentada, su mano presionada contra el costado. Lo que había visto había sido real, pero todavía me parecía un sueño. Y ahora que estaba a punto de suceder, el nudo que tenía entre las costillas se tensó con más fuerza, la punzada de las lágrimas me acribilló los ojos.

El sonido de los gritos hizo que me volviera a poner en pie y examinara el pequeño pedacito de pueblo que era visible, pero estaba demasiado oscuro. El único movimiento era el de una sombra y el humo. Clavé la mirada en las puertas de la casa ritual, con los dedos entrelazados de tal forma que las uñas se me clavaban en la piel. Cuando otro hombre gritó, Gunther suspiró a mi lado.

—Regresa. —Miró a Jorrund—. Dile a Vigdis que envíe más hombres. —Corrió cuesta abajo con su espada preparada y Jorrund corrió hacia los árboles, dejándome sola.

Pero, aun así, el Nādhir no apareció bajo la puerta.

El corazón se me aceleró con cada respiración mientras veía a Jorrund desaparecer en la oscuridad. Miré por encima del hombro, a la aldea. En la visión, él estaba allí. Estaba justo allí.

Bajé la colina con la falda retorcida entre los puños sudorosos y me detuve, casi tropezando hacia delante cuando una figura salió del humo. Me quedé petrificada, el aire se me quedó atascado en el pecho y lo retuve hasta que me ardió.

Sin pensar, una palabra escapó de mis labios temblorosos.

—Tú.

El sonido que había oído en el claro se estrelló contra mi palpitante cabeza como un océano furioso, haciéndome sentir como si me estuviera escorando hacia un lado. Intenté estabilizarme, mirarlo a los ojos y dejar que me anclaran. Porque esos mismos ojos azules estaban mirándome de nuevo. A mí.

—¿Estás...? —Me miró fijamente mientras se apretaba la herida del costado con la mano. La sangre le goteaba entre los dedos cuando habló entre respiraciones entrecortadas—. ¿De verdad estás aquí?

Pero apenas podía oírlo por encima del enjambre de abejas que zumbaban en mi cabeza. El ruido aumentaba con cada latido de mi corazón.

—Te vi. En el bosque.

Cerré los ojos e hice una mueca por lo mucho que me dolía la cabeza y, cuando volví a abrirlos, su imagen parpadeó.

—¿Quién eres? —Su mirada recorrió mi rostro—. ¿Qué haces con los Svells?

Abrí la boca para hablar antes de darme cuenta de que en realidad no había respuesta. Era alguien de quien los Kyrrs se habían deshecho, sin gente y sin hogar. No era la hija de nadie, era la herramienta de un clan con quien no compartía sangre. No había explicación para eso. No había forma de darle sentido a aquello. Solo... era.

De repente, se estaba moviendo, reduciendo la distancia entre nosotros, y su sombra cayó sobre mí antes de que sus manos ensangrentadas me rodearan la garganta y apretaran. Me puse de puntillas sobre los dedos de los pies y le agarré las muñecas con las manos. Me aferré a él, me ardía el pecho, y pude ver que, aunque él no supiera quién era yo, sí sabía *lo que era*. Se fijó en la marca que tenía debajo de la garganta, su mirada me recorrió la piel antes de volver a mis ojos. Tiré de sus manos, intentando respirar, pero no cedió. El dolor que sentía en la cabeza empezó a desvanecerse cuando lo miré a los ojos. Porque seguían fijos en los míos. Unas lágrimas brillaban allí, reflejando la luz de la luna, y cuando tomó una breve bocanada de aire, una de ellas rodó por su áspera mejilla.

Me sostuvo la mirada mientras el rugido de una corriente de agua explotaba a nuestro alrededor y, al principio, pensé que me sonaba familiar. Que lo había escuchado antes. En algún lugar en lo más profundo de mis recuerdos, la tormenta que me había llevado al otro lado del fiordo había remitido. Tomaron forma, enroscándose y retorciéndose alrededor de fragmentos que reconocí. Parpadeé, tratando de escuchar mientras la oscuridad se deslizaba a mi alrededor, aferrándose a mí con más fuerza. Las manos se me quedaron frías alrededor de sus muñecas y busqué los sonidos, intentando ubicarlos.

Y de repente, lo comprendí. No se trataba de un zumbido, ni de abejas, ni del sonido del agua o el hielo resquebrajándose. Era el sonido de unas voces.

Susurros.

—Naðr.

Las voces desaparecieron de repente, como una antorcha encendida que cae al agua, y el hombre Kyrr que había visto en el claro apareció detrás del Nādhir, sus enormes ojos fijos en los míos.

—Para, Halvard.

El Nādhir me soltó y caí al suelo, asfixiándome. Una sensación de ardor me bajó por la garganta mientras jadeaba en busca de aire frío y recuperaba la sensibilidad en las manos. Alcé una y me cerré el cuello de la túnica.

El Kyrr me miró, el vaho de su aliento se interponía entre nosotros. Un tatuaje de un pez le rodeaba la garganta, la cola desaparecía en el interior de su túnica. Era mayor que yo por muchos años, pero la forma en que me miró me resultó familiar. Cercana.

—Me conoces —susurré, estudiando su rostro. Intentando ubicarlo. Una parte de mí también lo conocía.

—No creía que pudiera ser verdad. —Su voz fue un mero susurro.

Intenté hablar, pero no logré encontrar las palabras. No conseguía alcanzar los recuerdos que flotaban justo más allá de mis pensamientos, fuera de mi alcance. Cuando nos llegaron los gritos del bosque, ambos hombres miraron por encima de mi cabeza.

—¿Qué es lo que no puede ser cierto? —Me puse de pie, todavía acunándome la garganta dolorida con los dedos.

El Kyrr no respondió. Sus ojos cambiaron entonces, el toque afilado de su mirada se suavizó. Parecía casi... triste.

Unas voces gritaron en la noche y me giré hacia la dirección de la que venían los Svells, que salían de entre los árboles al otro lado de la aldea.

—Dame tu hacha —dije, mirando al hombre al que el otro había llamado Halvard.

Se quedó mirando mi mano extendida ante él.

—¿Qué?

—¡Que me des tu hacha! —La alcancé y se la arrebaté de entre las manos—. Echad a correr.

El Kyrr me miró durante otro instante de silencio antes de desaparecer, pero Halvard no se movió. La luz de sus ojos cambió, me fijé en su cuello y vi que el pulso se le había disparado bajo la piel.

—¿Por qué nos ayudas?

Lo miré a la cara y me di cuenta de que eso era justo lo que estaba haciendo. Lo estaba ayudando. Porque era una vida que podía salvar. De repente, me invadió una necesidad desesperada de asegurarme de que no muriera.

—Vete —susurré.

Me contempló durante un largo momento, en el que tragué saliva. Y al instante siguiente, se giró y desapareció entre los árboles.

Miré hacia el pueblo, aquietando el temblor de mis manos mientras volvía a cruzar la puerta y me dirigía hacia el camino. Busqué entre los cadáveres tendidos en el suelo hasta que encontré a un hombre con un chaleco Nādhir tumbado boca abajo, con el pelo largo y oscuro. Tomé una profunda bocanada de aire antes de darle la vuelta y mirarlo a la cara. Era mayor que Halvard, pero tendría que servir. Me había quedado sin opciones. Me había quedado sin tiempo.

Planté los pies delante de él, ahuyentando todo pensamiento de mi mente, sintiendo el peso de la fría hoja del hacha en mi mano abierta. El grabado de una rama de tejo hecho con sumo cuidado sobre el brillante acero refulgió bajo la tenue luz de los fuegos que aún ardían. Respiré hondo, con los ojos fijos en el cielo nocturno. Y cuando levanté el hacha por encima de la cabeza, conjuré hasta la última sombra oscura de mi interior. Cada recoveco marchito de mi alma moribunda. Me entregué a esa oscuridad. Y con el corazón frío e inmóvil de una muerta hundido en el pecho, bajé el hacha.

HACE DOS AÑOS

Aldea de Liera, territorio Svell

Tova llegó a casa de Bekan, en la colina, solo unos momentos antes de que saliera el sol sobre el pueblo de Liera. La capa le resultaba pesada y húmeda por culpa de la niebla que se arremolinaba en el aire mientras recorría los senderos del bosque. Pero fue el dolor inquietante que sentía en el estómago lo que hizo que sus pasos vacilaran. Habían pasado seis días desde el primero en que la hija de Bekan, Vera, había quedado postrada en la cama por culpa de la fiebre. Y si Jorrund había llamado a Tova, debía de haber empeorado durante la noche.

Se detuvo frente a la puerta y respiró hondo para tranquilizarse antes de levantar la mano para llamar. En el interior, oyó unos pasos sobre las tablas del suelo mientras las sombras se extendían por la madera bajo la luz ambarina. El pestillo se movió y la cara de Jorrund apareció cuando se abrió la puerta, pero su mirada ya delataba la respuesta que Tova debía dar y por la que la habían llamado.

Se puso de puntillas para mirar por encima del hombro de él, donde Vera estaba tendida en un catre junto al fuego. Su cara demacrada hacía que los ojos parecieran hundidos en las cuencas, y una mano pequeña reposaba sobre las pieles. Tova no pudo evitar pensar en la bebé que se había pasado los días acunada en brazos de Bekan y el recuerdo llevó el escozor de las lágrimas calientes a sus ojos.

Enrolló un dedo alrededor del cordón que llevaba debajo de la túnica y tiró, sintiendo el mordisco en la parte posterior del cuello. Bekan se alzaba junto a su hija, sin armadura y con la ropa arrugada. Incluso las trenzas le caían medio deshechas por la espalda, y una sombra oscura adornaba la zona de debajo de sus ojos. Llevaba días sin dormir.

Jorrund agarró a Tova del brazo y tiró de ella hacia dentro. Sin una palabra, limpió la mesa y desenrolló el pellejo. Bekan no la miró mientras se quitaba las piedras rúnicas de alrededor del cuello y abría la bolsita. Los ojos de Vera no estaban cerrados del todo, solo eran unas rendijas en las que se reflejaba la luz. Pero tenía la boca abierta, el pecho le subía y le bajaba al ritmo de una respiración lenta y trabajosa.

Tova no necesitaba lanzar las piedras para saber qué destino había sido tallado en el árbol de Urðr para ella. Y no podía evitar pensar que las Hilanderas eran crueles. Bekan ya había perdido a su esposa y ahora perdería a su única hija.

Jorrund arrojó un manojo de hierbas al fuego y el humo ascendió mientras el sanador se sentaba en el catre y le limpiaba la cara a Vera. Tenía el cabello rubio y lacio peinado hacia atrás y caía por el borde del jergón como una cortina.

Tova se apretó las manos para evitar que le temblaran antes de dejar caer las piedras en su palma. Vera había sido una de las únicas almas en Liera que había sido amable con ella. Una de las únicas Svells que no murmuraba amenazas cuando pasaba junto a ella ni dejaba amuletos malditos en su puerta. Y ahora, las Hilanderas iban a arrebatarle incluso aquello.

Susurró las palabras en voz baja y ronca, el dolor que sentía en el estómago se volvió más intenso.

—Ojo de los dioses, permíteme ver.

Las palabras rodaron por su lengua mientras cerraba los ojos y encontraba el rostro de Vera en el centro de su mente. Su armadura de piel de alce perfectamente lisa, la espada reluciente en la cadera. La visión parecía real, y Tova se preguntó si se trataría del espíritu de Vera, alejándose ya de su débil cuerpo. Esos ojos grises le devolvieron la mirada a Tova, las trenzas pulcras y tensas pegadas al cuero cabelludo.

Las piedras cayeron sobre el pellejo desde los dedos resbaladizos de Tova y, de repente, sintió la mirada de Bekan sobre ella. Cuando le sostuvo la mirada, vio algo nuevo en sus ojos. El vacío que se hundía en las sombras de los ojos de Vera había encontrado el camino hasta los de Bekan y la luz titilante hacía que pareciera un cadáver. Su mirada se clavó en ella, muerta y quebradiza, y por debajo, vio que él la odiaba. Que le daba asco. Porque al igual que Tova no necesitaba mirar las piedras para saberlo, él no necesitaba oír que ella lo dijera.

Y Tova no perdió un aliado esa noche, sino dos.

Pueblo de Hylli, territorio Nādhir

Halvard se alzó sobre el ciervo y arrancó la flecha de donde se la había clavado, entre las costillas. Su ojo negro y brillante le devolvía la mirada, reflejando el cielo sobre su cabeza, y le pasó una mano por el arco del cuello y sobre el hombro mientras murmuraba una oración de agradecimiento.

Se había pasado horas acechando al venado y había pasado la mayor parte de la noche agazapado entre los altos juncos que rodeaban el prado, pero por fin había sido capaz de disparar un único tiro antes de que el sol saliera por encima de los árboles. La luz iluminó el rocío sobre las briznas de hierba cuando se lo colocó sobre los hombros y emprendió el camino de vuelta hacia Hylli.

Su aliento se convirtió en vaho a causa del frío, pero la calidez del ciervo eliminó el dolor rígido de sus manos congeladas. El pueblo estaría repleto de los Nādhirs que estaban llegando desde todos los pueblos de la montaña y del fiordo para la reunión de los líderes de las aldeas que se llevaba a cabo en la casa ritual de Hylli cada primavera. Sería la primera vez en un año que vería a su hermano Iri, que vivía en la montaña. El nacimiento de otro bebé lo había mantenido alejado del fiordo más tiempo de lo habitual, pero harían el viaje y se quedarían en Hylli durante los meses cálidos, lo que significaba que Halvard pasaría más tiempo cazando en el bosque y pescando en el agua para alimentarlos a todos. Sus hermanos se reunirían con los líderes durante las próximas semanas y la colina sobre el pueblo quedaría cubierta de tiendas. Los Talas contarían historias sobre los dioses y rememorarían las temporadas de lucha que habían gobernado la vida de su gente antes de la paz. Era una época para recordar el pasado y planificar el futuro. Pero muchos sospechaban que la guerra se acercaba por el oeste, donde el clan Svell habitaba en los acantilados boscosos que desembocaban en el mar.

Una figura apareció en la niebla, delante de él, y Halvard se detuvo en mitad del camino, y echó la mano hacia atrás para alcanzar el cuchillo. Pero una voz familiar lo llamó por su nombre y las pieles de zorro naranja que cubrían los hombros de Fiske aparecieron entre la niebla.

Dejó caer la mano del mango del cuchillo cuando lo vio, y Halvard trató de descifrar la expresión de su rostro. Pero Fiske se quedó quieto mientras la niebla se movía a su alrededor, con una expresión ilegible.

—¿Qué pasa? —Ahora era casi tan alto como su hermano y lo miró a los ojos cuando se detuvo ante él, pero Fiske no respondió.

Le quitó el ciervo de los hombros a Halvard y lo cargó sobre los suyos antes de emprender el regreso hacia la aldea.

—Espen pregunta por ti.

Halvard frunció el entrecejo y miró fijamente la espalda de Fiske mientras este echaba a andar.

—¿Qué ocurre?

—No pasa nada —respondió en tono más alegre y, por un momento, Halvard creyó que a lo mejor le estaba diciendo la verdad.

Siguió a Fiske en silencio y los sonidos y los olores del mar se intensificaron a medida que se acercaban a la aldea. Los Nādhir que acampaban ya estaban despiertos, muchos de ellos cocinando en sus hogueras, y el humo que salía de la casa ritual era espeso y blanco. Fiske le hizo cruzar la puerta y cuando pasaron por su casa, vio a su madre de pie en el umbral de la puerta abierta, con las manos enredadas en el delantal. La misma mirada aprensiva que había plagado los ojos de Fiske apareció en los de ella.

Halvard tragó saliva con fuerza, se le había acelerado tanto el pulso que podía oírlo sonar en sus oídos. Cuando llegaron a las puertas de madera tallada de la casa ritual, Fiske se detuvo y dejó que el venado le resbalara por los hombros.

—¿Qué sucede? —preguntó Halvard de nuevo, esta vez dejando que el miedo se filtrara en su voz.

Su hermano abrió la puerta y el calor del fuego del altar salió a toda velocidad hacia el aire frío. En el interior, Espen estaba de pie ante los demás líderes de los pueblos, esperando.

Fiske apoyó la mano en el hombro de Halvard y lo condujo por el pasillo central. Los líderes de los Nādhirs se hicieron a un lado mientras encontraba un lugar entre ellos, entrelazaba los dedos a la espalda e intentaba ponerse bien recto.

—Halvard. —Espen habló el primero, levantando la barbilla a modo de saludo.

Halvard asintió en respuesta y miró a los ojos a cada uno de los líderes. Pero lo que fuera que estuviera pasando, lo disimulaban bien, se dedicaban a examinarlo en silencio.

—Tenemos algo que decirte.

Tragó saliva y sin querer dio un pasito que lo acercó más a Fiske.

—Sabes que los mortales tenemos los años contados —comenzó Espen—. Cuando esta vida acabe para mí, necesitaremos un nuevo líder. Uno que pueda ocupar mi lugar como jefe.

Halvard le sostuvo la mirada mientras la inmovilidad se instalaba en sus huesos.

—No tengo hijos, y me gustaría que tú aceptaras esa responsabilidad.

Retrocedió de nuevo, pero la mano de Fiske lo empujó hacia delante, de vuelta a su sitio.

—Yo no...

—No es una pregunta —dijo Espen, interrumpiéndolo antes de que pudiera terminar—. Está decidido.

—Pero... —Miró a Fiske, pero este mantuvo la mirada al frente—. ¿Por qué me elegís a mí?

Espen cruzó los brazos sobre el pecho.

—Porque la paz no durará para siempre. Eres de la primera generación de Nādhirs. Tienes un alma buena y no anhelas el poder. Te has convertido en un hombre fuerte, Halvard.

—Solo tengo dieciséis años. —Miró al suelo, le ardía el rostro.

—Yo ya estaba matando guerreros Rikis en el campo de batalla mucho antes de esa edad —se rio Espen—. Empiezas mañana.

Levantó la mirada.

—¿Empezar qué?

—A aprender a ser un padre para tu gente. —Espen sonrió y levantó una mano para darle una palmada en el brazo, y los demás hicieron lo mismo cuando pasaron junto a él de camino a las puertas.

Halvard se tragó las náuseas, el aire tibio de la casa ritual de repente lo hizo sentir como si no pudiera respirar.

Cuando las puertas se cerraron, se giró hacia Fiske.

—¿Qué has hecho?

—¿Crees que yo he sido el responsable? —Estaba a punto de reírse, pero a Halvard no le parecía que fuera gracioso. De hecho, estaba enfadado.

—Tienes que decirles que han cometido un error. Tienes que decirles…

Fiske agarró a Halvard por el chaleco y lo atrajo hacia sí para envolverlo en un abrazo.

—Estás asustado —dijo en voz baja—. Eso es bueno.

Halvard tragó saliva para disolver el nudo que tenía en la garganta.

—Fiske… —Buscó una forma de decir las palabras sin hacer que su hermano se avergonzara de él.

Fiske le dio un beso brusco en la mejilla antes de tomar la cara de Halvard entre sus manos y obligarlo a mirarlo a los ojos.

—Nunca te dejaré. Ya lo sabes. Y cuando llegue el momento de seguirte, lo haré.

Soltó a Halvard y pasó junto a él para dirigirse hacia las puertas, y cuando se cerraron, su sombra se alargó por el pasillo, pintada sobre la piedra. El fuego desprendía calor a su espalda y observó cómo la sombra oscilaba en la luz cambiante antes de mirar hacia arriba, a las dos caras que lo observaban desde las tallas que presidían el arco.

Thora y Sigr.

Los dioses de la montaña y el fiordo, enemigos convertidos en aliados. La madre y el padre de un nuevo pueblo. Se puso de pie, inmóvil, mientras sus miradas caían pesadamente sobre él. Y en el siguiente aliento, se arrodilló y les rogó que cambiaran de opinión.

CAPÍTULO DIECIOCHO

HALVARD

La guerra es fácil.

Las palabras de Aghi acudieron a mí mientras cabalgaba, y recordé lo tristes que parecían sus ojos al pronunciarlas. Pero se había equivocado al decir que la guerra era fácil. Las caras de aquellos que habían muerto en Utan hicieron acto de presencia en mi mente. Inundaron el bosque a mi alrededor. Desconocidos, pero Nādhirs. Mi gente.

Gente a la que había fallado en la tarea de protegerla.

No pude evitar pensar que, si Espen hubiera sobrevivido al ataque en el claro, habría encontrado una forma de mantenerlos a salvo.

Cabalgamos durante horas, atravesamos partes del bosque que nunca había visto. Eran zonas que los saqueadores conocían bien, tierras donde nadie iba a buscar nada. Pero lo que yo veía a mi alrededor era Hylli. Podía sentirlo. Ese pensamiento era como un rastro de pasos que seguía a cualquier otro pensamiento. El viento que me golpeaba en la cara mientras cabalgaba era el aire del mar, que subía por los acantilados. El sonido de los árboles por encima de mi cabeza era el rugido de olas coronadas de blanco.

Mýra me estaría esperando debajo de la puerta, con la mirada fija en la extensión de tierra que bajaba hacia la aldea desde el bosque. Si mis hermanos y Eelyn habían regresado de Fela, estarían junto a ella. Pero yo no estaba allí para reunirme con ellos. Tal vez nunca lo estaría.

Intenté tomar una respiración que no acudió a mí, sentía el pecho tenso debajo del chaleco reforzado mientras buscaba las palabras que necesitaría para contarles lo de Aghi. Lo de Ljós y Utan y el claro. No había palabras para eso. No había nombre para ello. Mi familia lo había arriesgado todo para darme una vida diferente de la que ellos habían conocido. Creían que ahora las cosas eran distintas. Pero si lograba volver a Hylli, los llevaría de vuelta a eso.

Llegamos a la cresta que dominaba el río desde arriba y Asmund silbó, dejando que el sonido viajara hacia atrás para hacernos saber que se iba a detener. Los caballos empezaron a frenar, con pasos irregulares después de haber corrido toda la noche.

Asmund ayudó a Bard a desmontar y este fue con sumo cuidado cuando sus botas impactaron contra el suelo, cojeaba de la pierna izquierda. Me agaché delante de él e inspeccioné la herida. Parecía culpa de una espada, un corte limpio lo bastante profundo como para seccionar la mayor parte del músculo, pero había dejado de sangrar.

Asmund ayudó a su hermano a cortar la lana de sus pantalones para retirarla.

—¿Qué pasó? —preguntó con aspereza.

Bard miró al cielo mientras Asmund le limpiaba la piel destrozada.

—Les dije que los Svells se acercaban, pero solo unos pocos partieron hacia la montaña. —Tragó saliva—. No querían abandonar sus hogares.

Me quedé mirando al suelo, con la mandíbula apretada. Habían sabido que los Svells iban a por ellos. Lo habían sabido y, aun así, se habían quedado. Y no estaba seguro de por qué no había podido prever que eso sería lo que harían. Era lo que mi familia habría hecho. Lo que hasta la última alma de Hylli habría hecho.

Me arrodillé y tiré de los dos extremos de la herida abierta en busca del hueso blanco de la pierna. Era similar a la herida que le había provocado a Aghi su cojera en la batalla contra los Herjas. El corte era profundo, pero si se mantenía limpio, volvería a caminar.

—Ten. —Bard metió la mano en su chaleco reforzado y me arrojó una lata pequeña—. Me lo dio el sanador de Utan para ti antes de… —Se tragó el resto de la frase.

Me pregunté si el sanador que había preparado la medicina habría huido a Möor o si se habría quedado en Utan, pero conocía la respuesta. El sanador nunca habría abandonado a su gente si se avecinaba una pelea.

—Gracias. —Asentí mientras le daba vueltas en la mano.

Asmund ayudó a Bard a llegar hasta el agua y recurrió a la alforja de su caballo para coserle la herida. Retiré la tapa de la lata para oler el aroma dulce de la miel y la savia de pino. Aquel olor me recordó a mi madre y el aguijón del recuerdo me provocó una quemazón en el centro del pecho.

Kjeld se subió la manga de la túnica y examinó un corte profundo que tenía en la parte posterior del brazo antes de colocar un pedazo de lino seco encima.

—La conoces, ¿no? —pregunté.

Se ató el vendaje.

—¿Qué?

—A la chica que va con los Svells. ¿De qué la conoces?

Rasgó otro pedazo de tela con los dientes.

—No he dicho que la conociera.

—No ha hecho falta. —Esperé una respuesta, pero me ignoró y se bajó la manga de la túnica—. ¿Por qué nos ayudó? Podría habernos delatado. Podría haber gritado, pero nos dijo que huyéramos.

Asmund paseó la mirada entre nosotros desde donde trabajaba en la pierna de Bard.

Una vez más, esperé a que Kjeld respondiera. Pero él me miró directamente, sin vacilar. Lo que fuera que supiera, no pensaba contárnoslo.

Me desabroché el chaleco y me lo quité por la cabeza junto con la túnica antes de ir directo hacia el agua helada y adentrarme en ella hasta que me llegó a la cintura. Ahuequé las palmas para recoger agua y frotarme la cara, cerrando los ojos al sentir el aguijón que me recorrió por debajo de la piel. Era un dolor bienvenido. Era mejor que el recuerdo de aquella mujer y su hijo tendidos junto a la puerta abierta. Cualquier cosa era mejor que eso.

Me hundí bajo la superficie y dejé que el zumbido de la corriente ahogase todo lo demás. La luz del sol confería al agua el tono azul de una joya y dejé que el aire me hiciera arder el pecho mientras el corazón me latía en los oídos. El sonido de la voz de Aghi volvió a mí, ese profundo rasguño que recordaba al fuego. Sus ojos claros y su barba rojiza salpicada de vetas plateadas.

La guerra es fácil.

En el momento en que cruzáramos la puerta de Hylli, los Nādhirs me buscarían. Pero solo yo sabía lo que Espen y Aghi y los demás no habían llegado a ver.

Me habían elegido para la paz, no para la guerra.

Los líderes ancianos de las aldeas habían depositado su fe en mí para el destino equivocado. Y tan pronto como llegaran los Svells, listos y capaces de arrebatarnos todo lo que teníamos, ellos también lo sabrían.

Cuando los pulmones no me aguantaron más, me impulsé hacia la superficie del agua con un jadeo. El sol calentaba, el viento ya no transportaba el olor a invierno. Se acercaba la primavera. El hielo se estaba derritiendo. Y no había nada que retrasara la batalla que los Svells ansiaban.

—Deberíamos dormir una hora. —Asmund se agachó junto a la orilla del río para tomar un trago. Enarcó una ceja en mi dirección cuando no respondí—. ¿Prefieres caerte del caballo?

Sus ojos se posaron en la herida vendada de mi costado. Si no la limpiaba, estaría medio muerto antes de que los Svells llegaran a la linde de nuestro bosque. Pero yo no era el único en quien pensaba Asmund. El rostro de Bard mostraba un color blanco pálido debido a la sangre que había perdido. Necesitaba descansar si quería tener una oportunidad de llegar al fiordo.

—Una hora. Ni un minuto más —dije.

Retiré con cuidado el vendaje que llevaba debajo del chaleco reforzado, haciendo una mueca cuando aparté el último pedazo que tenía pegado a la piel abierta y en carne viva. Ni siquiera había empezado a curarse, la carne que rodeaba la abertura estaba inflamada e hinchada donde había recibido el corte.

Asmund bajó la silla de montar de Bard y la dejó caer en el suelo delante de él antes de venir a sentarse a mi lado y meter la mano en su chaleco en busca de un paquete de carne de venado seca. Tenía dos vetas de sangre oscura en el dorso de la mano, provenientes de dos cortes profundos.

—Estás herido —dije, tendiéndole la lata de ungüento.

—Estoy bien. —No lo aceptó y se miró la mano como si hubiera olvidado que estaba ahí. Partió un trozo de venado en dos y se lo metió en la boca. Detrás de él, Bard se recostó en la silla de montar y cerró los ojos.

Dejó escapar un largo suspiro mientras masticaba.

—¿Qué pasará? ¿Cuándo llegues a Hylli?

—No estoy seguro —admití. Había tenido cuidado de no pensar en ello.

—Te iniciarán, ¿verdad? ¿Como jefe de los Nādhirs?

Apoyé los codos en las rodillas, mirando al suelo.

—No sé si él me aceptará.

—¿Quién? —Asmund frunció el ceño.

—Latham.

Se encogió de hombros.

—Tiene que hacerlo.

Pero Latham no era el tipo de hombre al que se pudiera obligar a hacer nada. Después de Espen, era el líder más antiguo de los Nādhirs, y si él me rechazaba, sabía que era posible que los demás lo imitaran. Tal vez deberían.

—Lo entendería si no lo hiciera.

—Te eligieron a ti, Halvard. Se pusieron de acuerdo.

Pero no me refería a eso y él lo sabía. Espen y los demás líderes no me habían elegido para aquello.

Nos quedamos sentados en silencio mientras Bard se dormía y Asmund lo vigilaba, con los brazos cruzados sobre el pecho mientras se reclinaba hacia atrás, contra el árbol. Estaba preocupado.

—¿Estará bien?

—No podrá luchar —dije—, pero estará bien.

—No le hará ninguna gracia. —Se rio.

Extendí el ungüento sobre la piel quemada y volví a vendar la herida con cuidado mientras Asmund se acomodaba para dormir. Kjeld ocupaba su lugar contra el árbol que había a mi lado al tiempo que limpiaba la sangre de su hacha.

—¿Quién es ella? —volví a preguntar, respirando hondo mientras apretaba el nudo de la venda.

Kjeld limpió la curva de la hoja contra la lana gruesa de sus pantalones.

—Alguien que se supone que no debería estar viva.

Dejó que el hacha volviera a caer en la vaina que llevaba a la espalda y se dio la vuelta, y yo miré al cielo, que seguía cubierto por una espesa capa de nubes. Estaríamos de regreso en Hylli antes de que el día llegara a su fin. De regreso al olor salado del fiordo y la luz plateada reflejada en el agua. Intenté no cerrar los ojos. El sueño traía consigo demasiadas caras que no quería ver. Voces que hacían que me dolieran las entrañas. Me quedé mirando el reflejo de la luz en el agua ondulante del río hasta que el sol estuvo bien alto en el cielo, coloreándolo todo de luz amarilla.

Y a medida que llegaba el calor del sol, también lo hacían los recuerdos. Metían los dedos por dentro de mis costillas, me agarraban el corazón y apretaban. Porque aquellos días habían desaparecido. Para todos nosotros. De niños, muchas mañanas, Asmund y yo habíamos seguido la corriente y echado las redes contra el viento. Nos habíamos sentado alrededor del fuego por la noche, riendo y escuchando las historias que contaban mis hermanos. Y me pregunté si aquella sería mi última historia. Ese pensamiento se elevó como un muro de niebla que se cernía sobre mí.

Yo era una antorcha en el viento.

Estaba a punto de apagarme.

CAPÍTULO DIECINUEVE

TOVA

No había presagios para aquello. No había señales ni piedras rúnicas ni oraciones que pronunciar.

Avancé por el bosque, con Jorrund y Gunther detrás de mí y el peso frío de la cabeza en las manos. La llevaba apretada contra el pecho, la sangre me manchaba la parte frontal del vestido y la cara apuntaba hacia arriba, mirándome. Boca abierta. Piel amarilla y gris.

Me había reconocido. Los ojos del Kyrr habían estado llenos de reconocimiento al encontrarse con los míos. No sabía por qué estaba en el continente o por qué estaba con Halvard, pero me conocía. Y si él me conocía, entonces conocía mi historia.

Bajé la mirada hacia los ojos abiertos acunados en mis brazos, aliviada de que el hombre no estuviera vivo para verme la cara. Me había quedado sola en la silenciosa aldea mientras los Svells buscaban por el bosque, había bajado el hacha y había decapitado el cadáver.

Nunca olvidaría ese sonido.

En el campamento aún estaban despiertos cuando las hogueras aparecieron a la vista, los Svells se estaban dando un festín con el ganado que se habían llevado de Utan para llenarse la tripa antes de la batalla. Gunther pasó por delante de mí, abrió la tienda y nos metimos dentro. No había hablado desde que habíamos salido de la aldea y yo había notado que la tensión de su rostro se incrementaba con cada día que transcurría desde lo que había pasado en Liera. Se colocó a mi lado, con las manos escondidas en el chaleco, cuando Vigdis levantó la mirada desde donde estaba sentado con un tazón de carne asada al vapor.

La mano con la que sujetaba la cuchara se quedó inmóvil cuando sus ojos negros se posaron en la cabeza que llevaba en brazos.

La mesa tembló cuando apoyó las manos en ella y se levantó.

—¿Es él? ¿El que mató a mi hermano?

Respiré para tranquilizarme, tratando de no temblar.

—Lo es.

Rodeó la mesa, me quitó la cabeza y le dio la vuelta para quedar cara a cara.

En realidad, el hombre no se parecía en nada a Halvard, excepto tal vez por el color del pelo. Ni siquiera los ojos eran los adecuados. Marrón oscuro en lugar del azul brillante que todavía podía ver en mi mente, llenos de lágrimas mientras me rodeaba la garganta con las manos. Alcé la mano y me toqué con suavidad la piel magullada por encima de la clavícula. Si el Kyrr no hubiera salido del bosque, me preguntaba si de verdad me habría matado.

Pero nadie parecía uno mismo tras la muerte, y esperaba que eso fuera suficiente para convencer a Vigdis. Levantó la cabeza ante él, como si mirara al muerto a los ojos. Frunció el ceño mientras lo estudiaba.

—Llegaron a Utan en mitad de la noche. Mató a dos de nuestros guerreros antes de que lo derribara. —Gunther habló a mi lado.

Me quedé helada y levanté la mirada hacia su expresión pétrea, pero él miraba al frente, sin parpadear.

Yo ya le había cercenado la cabeza al cadáver cuando Gunther y Jorrund me habían encontrado junto a la puerta. Le había dicho que había visto a uno de los Svells matarlo, y él no había hecho preguntas. Tan solo había caminado hacia el bosque sin esperar a que Jorrund y yo lo siguiéramos. Ahora, le estaba mintiendo a Vigdis, pero no sabía por qué.

Vigdis dejó escapar un largo suspiro antes de dejar la cabeza sobre la mesa, junto a su plato de estofado.

—Asegúrate de que estén preparados —le dijo a Siv, aunque su atención estaba puesta en mí cuando por fin levantó la mirada. Sus ojos se clavaron en los míos, un frágil silencio cayó sobre la tienda.

Jorrund me tomó del brazo con suavidad y me alejó, y miré hacia atrás una vez más, a Gunther, que seguía de pie ante la mesa. No me devolvió la mirada mientras Jorrund abría la lona y me rodeaba los hombros con un brazo.

—¿Estás bien? —Preocupado, me pasó una mano por el pelo y tuve que resistir el impulso de apartarlo.

—¿Que si estoy bien? —susurré con voz ronca mientras me detenía—. Acabo de decapitar a un hombre y he cargado con su cabeza por todo el bosque.

—Por supuesto. Lo siento. —Levantó las manos delante de él—. ¿Quién era? —Cuando vio que no le respondía, de fruncir el ceño pasó a arquear las cejas sobre sus ojos rasgados, con complicidad—. ¿A quién pertenecía esa cabeza? —preguntó de nuevo.

Retorcí la tela de mi falda con las manos.

—Era un hombre muerto de los de la aldea. Tenía que… —Tragué saliva, volvía a sentir las piernas flojas—. Tenía que volver con algo.

Pero la verdad era que, en ese momento, bajo la puerta, con Halvard mirándome a los ojos, no había podido hacerlo. Había algo en él que me resultaba demasiado familiar. Un sentimiento que, cuando lo veía, tiraba de mí como si tuviera un ancla en el pecho. Si su destino era morir, debería haber muerto en el claro. Y no pensaba ser yo la que cambiara eso. Esta vez, no. Me dije a mí misma que era porque ya había visto suficiente muerte, pero sabía que se trataba de algo más que eso. No quería que el hombre que me miraba a los ojos muriera. No quería pensar que nunca volvería a verlo.

Jorrund me examinó con detenimiento y le salieron algunas arrugas de preocupación alrededor de la boca cuando su mirada descendió hasta mi garganta, donde todavía podía sentir el dolor que habían causado las manos de Halvard.

—¿Qué pasó?

Alcé la mano y me subí el cuello de la túnica.

—Nada —dije por lo bajo—. Necesito hablar contigo.

Volvió a mirarme a la cara.

—¿Qué pasa?

—Me parece… —Me detuve a pensarlo antes de decirlo—. Me parece que hemos cometido un error.

Miró a nuestro alrededor con cautela antes de volver a rodearme con el brazo y conducirme hasta nuestra tienda, al final de la hilera. Una vez que estuvimos dentro, se giró hacia mí, alzando la antorcha entre nosotros.

—¿De qué hablas?

—Es un error.

—¿El qué?

—Todo. Utan, Ljós. Hylli. Tenemos que detenerlos. Tenemos que volver.

—Tova, ya viste lo que el futuro nos depara. Vigdis tomó una decisión difícil, pero era la correcta.

—¿Y si me equivoqué? Sobre las runas. Sobre todo. —Me senté en el catre y me tapé la cara con las manos. Me había estado persiguiendo la idea de que tal vez no pudiera ver el futuro. De que a lo mejor no entendía el idioma de las Hilanderas ni la voluntad de los dioses en absoluto.

La mano de Jorrund aterrizó en mi hombro y me dio un apretón.

—No te equivocaste.

—Pero vi algo cuando tomé el beleño, Jorrund. Algo...

Se agachó ante mí.

—¿Qué? —Las llamas vacilaron por culpa del viento que venía del exterior y observé que su rostro cambiaba con ellas—. ¿Qué viste?

—Creo que era un recuerdo. De antes.

Se quedó muy quieto.

—¿Antes? ¿Te refieres a antes de que Eydis te trajera hasta nosotros?

Pero yo ya no me creía eso y tampoco sabía si él se lo seguía creyendo. Solo era algo que Jorrund decía para dar sentido a cosas que no podían ser comprendidas.

—No lo sé. Pero creo que las Hilanderas están intentando hablarme, Jorrund. Hay algo en Halvard... —Lo llamé por su nombre sin darme cuenta siquiera y sentí un ardor en los labios.

—¿Quién?

—El Nãdhir del claro. —Levanté la cabeza para mirarlo—. Creo que su camino está enredado con el mío de alguna forma. Me da la sensación de que los dioses se enfadarán con nosotros si no...

Se levantó.

—Tova, no podemos deshacer lo que se ha hecho. No podemos detener una guerra en la que ya se ha derramado tanta sangre.

—Pero los dioses...

—¡Silencio! —rugió de repente y me estremecí al tiempo que me echaba hacia atrás—. ¿Qué sabrás tú de los dioses? Eres una niña. —Se frotó la frente con la palma de la mano y respiró hondo—. Recuerda tu lugar, Tova. No te corresponde a ti decidir.

Clavé la vista en mis manos cruzadas y apreté la lengua contra el paladar para no hablar. Lo que fuera que me vinculara a Jorrund era como el hielo que se aferraba a las playas de las afueras de Liera, más fino con cada momento que pasaba.

—Necesitas dormir. Hablaremos de esto por la mañana. —Me contempló durante un largo momento antes de salir, llevándose la antorcha con él y dejándome en la más absoluta oscuridad.

Me recosté en el catre y me acurruqué de lado. Pero las manos me seguían temblando contra el pecho, pegajosas por la sangre del hombre muerto. Podía olerlo. Por todas partes. El hedor de la muerte y la podredumbre se habían aferrado a mí en Utan y me preguntaba si alguna vez me dejarían ir.

Volví a invocar la visión del agua. Las profundidades grises. La corriente de burbujas desplazándose hasta la brillante superficie. Mis manos, flotando delante de mí. Y el sonido. El zumbido profundo que me envolvía y me hundía en el frío.

Hasta que un destello de luz se encendió a mi alrededor. Iluminando la oscuridad como un relámpago y haciéndome contener la respiración, a la espera. El corazón me latió con fuerza cuando un estallido de luz volvió a encenderse tras mis párpados y me incorporé, aferrándome con las manos al lateral del catre, mientras otra visión emergía de la oscuridad.

La imagen vacilante de una mujer esbelta pasándose los dedos pálidos por su melena roja, sentada frente al fuego. Y había un sonido. El suave y dulce tarareo de una canción que una parte de mí reconoció.

Más imágenes fragmentadas se fueron superponiendo. Acantilados altos y escarpados. Pies descalzos sobre piedra negra. Los afilados dientes de unos carámbanos goteantes colgando del borde de un tejado de paja. Aflojaron las costuras de puntadas prietas que sellaban los recuerdos en el fondo de mi mente y respiré hondo a pesar del dolor palpitante que sentía en el pecho.

Retiré las pieles y me encaminé con ligereza hacia el fuego. La sombra de Gunther se perfilaba en la tela justo donde estaba apostado, en el exterior de mi tienda, y contuve la respiración y me arrodillé. No me molesté en desplegar ninguna piel. Me quité las runas de alrededor del cuello y las sostuve frente a mí. Jorrund nunca me permitiría lanzar las runas sola. Decía que era demasiado peligroso. Que necesitábamos el favor de Eydis para que me protegiera de la mirada perversa de las Hilanderas. Pero no era el futuro de los Svells lo que iba a examinar en esa ocasión.

Era el mío.

Vacié la bolsita en mi mano y junté las palmas con fuerza. Cerré los ojos y me senté bien recta mientras respiraba hondo y me centraba.

—*Augua ór tivar. Ljá mir sýn.*

—*Augua ór tivar. Ljá mir sýn.*

—*Augua ór tivar. Ljá mir sýn.*

Las palabras rodaron por mi lengua y un cálido hormigueo me recorrió la piel.

Ojo de los dioses, permíteme ver.

Durante la que duraba una respiración, alcancé a oír otra voz haciéndose eco de las palabras. Una que conocía, aunque no la reconociera. Amplió la corriente de recuerdos que destellaban en mi mente y mi propia voz sangró con ella.

—*Augua ór tivar. Ljá mir sýn.*

—*Augua ór tivar. Ljá mir sýn.*

—*Augua ór tivar. Ljá mir sýn.*

Entoné el canto, mi voz se volvió más profunda mientras extendía las manos ante mí e invocaba cada susurro de esperanza y desesperación de donde estaban escondidos en mi interior y suplicaba. Y entre los latidos irregulares de mi corazón, dejé caer las piedras.

El aliento se me enroscó en el pecho cuando extendí la mano y encontré las runas en la oscuridad para después trazar sus símbolos con las yemas de los dedos con mucha atención. Pero necesitaba verlas. Me arrastré por el suelo y usé una piedra plana de las que contenían el fuego dentro de un círculo para sacar un gran carbón incandescente. Lo hice rodar ante mí hasta que su luz iluminó las piedras lo suficiente para que pudiera distinguirlas.

Eihwaz estaba en el centro. El tejo. Fuerza e integridad. Me mordí el labio con fuerza, se me aceleró el corazón. A su lado estaba *Dagaz*, los bordes de ambas tocándose. Amanecer. Un despertar. Y a su derecha estaba *Pethro*, la copa de la muerte y la runa de los secretos.

Pero desvié la mirada hacia una esquina, donde una última piedra se había desviado, apartada de las demás.

Othala. La tierra de nacimiento. La herencia. La historia de un pueblo.

De fuera me llegó el crujido de las rocas bajo unas botas y levanté la mirada para ver las sombras en movimiento sobre la lona. Junté las piedras en un frenesí y las barrí debajo del catre antes de ponerme de pie, mientras las voces aumentaban de volumen.

Maldije al recoger el carbón caliente con los dedos. Lo arrojé de vuelta a la zona del fuego mientras soltaba un siseo entre dientes. Me tapé con las pieles justo cuando la lona se movía y el corazón se me estrellaba contra las costillas dentro del pecho al tiempo que una larga sombra se extendía sobre el suelo delante de mí.

Por la forma, me di cuenta de que era Jorrund, arrebujado en su túnica. Se detuvo en la entrada de la tienda, en silencio. Puede que hubiera cambiado de opinión sobre lo que yo había dicho. A lo mejor volvía para disculparse. Pero justo cuando iba a abrir la boca y hablar, desapareció.

Dejé escapar un largo suspiro y cerré los ojos con fuerza cuando sentí el escozor en la mano, allí donde el carbón me había chamuscado la piel. Rodé y busqué debajo de la cama las piedras rúnicas para devolverlas a la bolsita, que volví a pasarme por la cabeza.

Dagaz. Petro. Othala.

No era el oscuro destino que esperaba ver. Pero *Eihwaz* estaba en el centro. El tejo. Y su forma tiraba de un pensamiento como si se tratara del hilo de una rueca. Era el símbolo que llevaba marcado en el hueco de la garganta, por encima del símbolo de la Lengua de la Verdad.

Abrí la boca al recordarlo, la mirada se me fue al hacha de Halvard, que yacía en el suelo. Me senté, la alcancé y tragué con fuerza antes de levantarla a la luz de la luna que entraba por la abertura de la tienda. Froté la sangre seca de la hoja de hierro con el pulgar hasta que revelé la forma de una rama. Y no cualquier rama.

Una rama de tejo.

CAPÍTULO VEINTE

HALVARD

Tenía aves marinas en el pecho.

Podía sentir sus alas batiendo detrás las costillas. Sus chillidos al alejarse de la costa, el sol caliente sobre mi piel a pesar de la gelidez del viento.

La primera vez que vi el mar tenía ocho años. Estaba encaramado a la grupa del caballo de mi hermano, con los dedos enganchados en su chaleco mientras subíamos la colina y, delante, la tierra desaparecía para dar paso al agua. Había vislumbrado destellos desde lo alto de la montaña, en los días más calurosos del verano, cuando la niebla se despejaba lo suficiente. Pero al verlo de cerca, me asustó tanto como me fascinó. Era más profundo que alta la montaña y parecía no terminar nunca.

Después de solo unas pocas semanas en Hylli, el pueblo ya me parecía un hogar. Pero la esquiva sensación de paz había requerido más tiempo. Sentía que era algo en lo que no se podía confiar. Que no podía ser real. Contener la respiración entre temporadas de lucha había sido nuestra forma de vida hasta la llegada de los Herjas, que lo había cambiado todo. Era difícil desembarazarse de aquello, y no sabía si los Nādhirs lo conseguirían de verdad en algún momento.

—Halvard.

No me di cuenta de que me había quedado dormido hasta que el sonido de la voz de Asmund irrumpió en la visión del mar que veía tras los párpados cerrados. Abrí los ojos, vi retazos de cielo púrpura asomando entre las ramas de las copas de los árboles y respiré hondo, recordando dónde estaba. Me froté la cara con las manos, respirando entre los dedos. No había dormido en días, y el hambre de hacerlo provocó que me temblara el cuerpo cuando me incorporé.

Asmund se cernió sobre mí, la luz del sol de la tarde brillaba detrás a él.

—Kjeld se ha ido.

Eché un vistazo a mi espalda, al hueco donde Kjeld se había sentado, apoyado contra el tronco del árbol. Faltaba su silla de montar, solo el susurro de las agujas de pino servía de prueba de que alguna vez había estado allí.

—No estaba cuando me he despertado —dijo Asmund, recogiendo su silla de montar y colocándola de nuevo en el caballo.

—Es supersticioso. —Bard se apoyó en una roca junto al agua, haciendo una mueca por el dolor de la pierna—. Sea quien fuere esa chica, creo que lo asustó.

—Pero ¿a dónde habrá ido?

Asmund se encogió de hombros.

—Es posible que espere a que se acabe la guerra en la montaña. Puede que vaya al sur o se reúna con los demás.

Quería enfadarme, pero no podía. Los Nādhirs no eran el pueblo de Kjeld. Él había llegado al continente con nada y aunque hubiera encontrado un lugar entre Asmund y los demás, no les debía nada. Así no era como funcionaba la vida entre los saqueadores.

Asmund y Bard prepararon sus monturas y se sostuvieron la mirada por encima de las sillas de montar. Si Kjeld tenía pensado huir, me pregunté por qué no lo había hecho después del claro. ¿Por qué había ido con nosotros a Aurvanger? Puede que ver al ejército en Utan hubiera sido suficiente para asustarlo. O tal vez Bard tuviera razón y ver a la chica había provocado su huida. Quienquiera que fuera, se había llevado el secreto con él, y esa idea pesaba más en mi mente de lo que debería. Porque incluso en mitad de la guerra y con todo lo que se nos venía encima, no podía dejar de pensar en ella ni en la forma en que me había mirado en Utan mientras le rodeaba la garganta con las manos. Como si, de alguna manera, me conociera.

Me sacudí la tierra de los pantalones y recogí mi silla de montar.

—Vosotros deberíais hacer lo mismo. Puedo apañármelas solo desde aquí.

—Vamos contigo —dijo Asmund, esperando a que lo mirara—. Nos quedamos contigo.

Abroché las correas y coloqué la silla en su sitio.

—Dijiste que me llevarías a Hylli. Ya casi lo has hecho.

—Quiero pelear a tu lado —dijo.

Bard observó a su hermano con un brillo de orgullo en la mirada. Tal vez fuera por haber visto lo que había sucedido en Utan o por haber pensado que había perdido a su hermano por culpa de los Svells. No me importaba el motivo.

—Si me quieres a tu lado —añadió, esperando.

—Podemos llegar a Hylli en unas pocas horas si cabalgamos sin parar. —Sonreí—. Estarán esperando.

Asmund se colocó en cabeza mientras recorríamos el último tramo de bosque y yo mantuve la vista clavada en la tormenta que se estaba gestando sobre el fiordo. En cuestión de días llegarían las lluvias y no sabía si en la batalla estarían a nuestro favor o si favorecerían a los Svells. Solo existía una forma de ganar contra un ejército como ese, y era evitar que alcanzaran la línea de los árboles que quedaba sobre el pueblo. Pero parecía una tarea imposible con tan pocos guerreros. Necesitaríamos la ayuda de los dioses, y no estaba seguro de si acudirían cuando los llamara igual que habían hecho por Espen hacía diez años.

En la distancia, Hylli yacía al otro lado del valle y yo me hallaba al pie de la montaña, atrapado entre mundos moribundos. A aquellas alturas, Latham se habría enterado del ataque de los Svells en Utan. Dondequiera que estuvieran, mis sobrinas estarían viendo cómo su madre y su padre preparaban sus armas, igual que yo había observado a mi padre y a mis hermanos cuando era niño.

En cualquier momento, el mar aparecería debajo del cielo y estaría en casa. Ya podía oler el agua, mezclada con la lluvia lejana y la hierba reciente de principios de la primavera.

El caballo aceleró el ritmo mientras cruzábamos aquel territorio familiar, recordando el camino, y aunque dentro de mí todo quería estar en casa, algunos recovecos también temían el momento en que traspasara el portón. Cuando salimos de debajo de los árboles, la cálida luz del sol me dio de lleno en la cara y respiré para deshacer el nudo que sentía en la garganta. La elevación del terreno caía más adelante, el agua gris se encontraba con el cielo, y cuando subí la colina, el caballo se detuvo, con sus pezuñas resbalando sobre el suelo húmedo.

En la pendiente que llegaba hasta el pueblo, los Nādhirs habían acampado y colocado hileras de carpas pintadas con la sangre de los sacrificios. Las habían cubierto con las formas y los símbolos de Sigr y Thora, oscuros contra el lienzo blanco. Guerreros de todas las aldeas del fiordo y la montaña aguardaban la batalla que vendría del otro lado del valle. El enorme campamento cubría la hierba, ocultando los tejados del pueblo que quedaba a sus espaldas.

Tragué saliva con fuerza cuando sonó el cuerno, cuyo eco subió por la colina y avanzó a la deriva entre los árboles que habíamos dejado atrás. Vimos cómo la gente se movía debajo, cómo salía de todas las puertas y carpas, y apreté el talón de la bota contra el flanco del caballo para avanzar despacio cuesta abajo. Las caras se alzaron para mirarme, muchas me resultaban desconocidas. Pero conocía el aspecto que tenían los guerreros que esperaban a ver si sobrevivirían a la batalla, aunque nunca me hubiera pasado a mí.

Mýra se abrió paso a través de un grupo de hombres que había en la puerta y en cuanto me vio, se quedó helada, dejó caer las manos a los costados como si le pesaran. Sus labios se movieron como pronunciando una oración y luego echó a andar, un pie delante del otro mientras subía por el camino para acudir a mi encuentro. Pasé la pierna por encima de la silla de montar, me deslicé hacia abajo y en cuanto me alcanzó, me rodeó el cuello con los brazos, aferrándose a mí con más fuerza que nunca.

Sus palabras quedaron amortiguadas contra mi hombro y me eché hacia atrás para observar su cara enrojecida. Sus ojos verdes brillantes estaban llenos de lágrimas, las sombras oscuras que tenía debajo delataban que había dormido poco en los días que habían transcurrido desde nuestra partida.

—Creía que estabas muerto —gritó—. Creía que iba a tener que decirles que estabas muerto.

—Lo siento. —Tiré de ella hacia mí otra vez y la envolví con los brazos—. ¿Están aquí?

—Todavía no. Vienen de camino.

Tragué saliva, el dolor que sentía en la garganta se estaba intensificando.

—Aghi...

Pero vi en su rostro que ya lo sabía. Asintió, limpiándose las lágrimas de la cara con ambas manos.

—Esta mañana ha llegado un hombre de Utan y nos ha contado lo que pasó. —Se le quebró la voz—. Debería haber ido contigo. Debería haber estado contigo.

Me abrazó con más fuerza y me estremecí, el chaleco reforzado tiró de las vendas que llevaba debajo.

—¿Qué pasa? —Me recorrió con las manos en busca de la herida.

—No es nada.

Pero levantó la cabeza y me lanzó una mirada indignada por entre las pestañas.

—¡Halvard!

Latham avanzaba camino arriba, vestido con su armadura; las gruesas pieles que llevaba sobre los hombros ondulaban por culpa del viento frío. Freydis iba a su lado, sin esconder su expresión aliviada cuando sus ojos aterrizaron sobre mí. Mýra se apartó y avancé para encontrarme con ellos.

Latham levantó una mano y me la apoyó en el hombro a modo de saludo. Yo hice lo mismo.

—Te has enterado de lo que ha pasado.

—Justo esta mañana. —Apretó la mandíbula mientras pronunciaba las palabras—. Me alegra verte, Halvard. —Y vi que lo decía en serio.

Freydis levantó una mano y me tocó la cara.

—Gracias a Thora.

Tragué con fuerza antes de hablar.

—Lo siento. —Esperaba que captaran lo que quería decir. Que no solo lamentaba la pérdida. Lamentaba no haberlo impedido. Lamentaba no haber podido salvar ni siquiera a uno de ellos.

—*Lag mund* —respondió Latham y Freydis se hizo eco de sus palabras, aunque sus ojos dejaban traslucir cuánto los había afectado el dolor.

Era propio de los ancianos responder a la muerte con «la mano del destino». Habían pasado gran parte de sus vidas razonando las pérdidas de las temporadas de lucha. Despidiéndose de sus familias y sus clanes antes de partir hacia la batalla. Estaban más familiarizados con la pérdida que yo.

Miré por encima del hombro, buscando a Asmund y a Bard entre la multitud. Seguían montados en sus caballos en la cima de la montaña. Habían pasado unos cuantos años desde que los hermanos habían vuelto a casa, y esperaba que los recuerdos de aquel lugar no los llevaran a desaparecer como lo había hecho Kjeld.

—¿Cuánto tiempo tenemos antes de que nos alcancen? —Latham bajó la voz.

—Estarán en Hylli por la mañana. Ya no tenemos tiempo.

—¿Cuántos son?

Un silencio cayó sobre todos los reunidos a nuestro alrededor e intenté que no me temblara la voz al responder.

—Más que nosotros. Calculo que a lo mejor son unos ochocientos.

Latham miró al suelo, pensativo.

—El resto de nuestros guerreros llegarán antes del amanecer. Celebraremos la ceremonia esta noche. —Se giró hacia la puerta.

—¿Ceremonia?

Se detuvo a mitad de camino y me miró.

—Espen ha muerto, Halvard. El cargo de jefe recae ahora sobre ti.

Lo miré, sin saber qué decir. Pero él me observaba con una mirada que me recordó a Aghi, con cierta chispa de humor en los ojos. Desde el día en que me habían comunicado que ocuparía el lugar de Espen, nunca había creído que Latham apoyara la decisión. Me había cuestionado en cada paso del camino.

Había discutido cada una de mis decisiones. Pero ahora, en el momento más oscuro desde la llegada de los Herjas, con todas las miradas puestas en nosotros, no dudaba en depositar su confianza en mí.

—Ven, hay mucho que hacer.

Lo vi alejarse, sentía las miradas de los Nādhirs tan pesadas sobre mí que parecían clavarme al suelo. No podía moverme. Casi no podía respirar.

Mýra me dedicó una pequeña sonrisa, sus ojos todavía brillaban cuando me tendió una mano abierta.

—Es hora de ponerse en movimiento, Halvard.

CAPÍTULO VEINTIUNO

TOVA

El valle del este se abría más adelante, como si se tratara de un nuevo mundo.

El dulce y familiar olor a pino se desvaneció y dio paso al olor penetrante de la primavera, y el suelo se volvió verde bajo nuestros pies cuando dejamos atrás las tierras fronterizas. El fiordo cambiaba el terreno, los ríos se entrelazaban como las raíces bajo la montaña en su camino hacia el mar. Era diferente de los densos bosques del territorio de los Svells, donde la tierra quedaba interrumpida abruptamente por acantilados que daban pie a la amplia extensión del mar abierto. Allí, todo estaba cercado, la costa se curvaba hacia arriba y rodeaba el fiordo, guardando Hylli como una madre que protege a su hijo.

Era precioso.

Los Svells hicieron silencio mientras avanzábamos a través de la niebla como una horda oscura de cueros y pieles. Cada susurro era amortiguado por el viento creciente que soplaba desde el mar, donde, en el horizonte, se acumulaban unas nubes oscuras. La primera de las violentas tormentas primaverales estaba en camino, justo a tiempo para lavar la tierra de la sangre que sería derramada en Hylli.

El ejército aminoró la marcha cuando llegamos a la colina que coronaba el fiordo. La niebla aún era espesa, pero estaba ahí. El pueblo se asentaba sobre el agua, a la distancia, apenas visible por encima del bosque donde el mar plateado se encontraba con la tierra en una línea torcida.

Se parecía más a los promontorios que a Liera. Los recuerdos del lugar donde había nacido no dejaban de convertirse en visiones completas cada vez con más frecuencia, y podía apreciar incluso más detalles que el día anterior. Pero los Kyrrs eran menos claros, solo la silueta de una mujer delante del fuego quedaba afianzada entre las imágenes del pueblo o del agua. Parpadeé para retener las lágrimas que brotaron de mis ojos al pensar en ella. El recuerdo me atenazaba el centro del estómago, casi haciéndome desear que no hubiera resurgido de lo más profundo de mi mente. Porque quienquiera que fuera, lo más probable era que hubiera sido ella la que me había entregado al mar. Y ese era un momento que me daba miedo evocar.

El ejército redujo la velocidad cuando llegamos al otro lado de la colina. Se desplegaron las tiendas y se descargaron los carros mientras los guerreros se preparaban para una última noche de sueño antes de la guerra. Si ganaban la batalla de Hylli, a continuación se producirían otras a pequeña escala por la montaña y los llanos, hasta que hubieran peinado todo el territorio al que los Nādhirs llamaban «hogar».

Jorrund colocó los postes de nuestra tienda y yo deslicé una esquina de la tela sobre ellos. La sostuve en su sitio mientras él clavaba una estaca en el suelo blando, pero no me miró a los ojos. No me había dirigido la palabra desde la noche anterior, cuando le había dicho que el curso que habíamos tomado era equivocado, y me preguntaba si había cometido un error aún mayor al contarle la visión que había tenido después de haber tomado el beleño. Pero era difícil imaginar que cualquier cosa que me sucediera pudiera ser peor que lo que ya había pasado. De hecho, ya no me importaba. Lo único que me importaba a aquellas alturas era mantener a Halvard con vida. No había prestado atención a las Hilanderas cuando había abandonado Liera con los Svells, y no cometería el mismo error dos veces. Habían ubicado a Halvard como una estrella en la constelación que regía mi destino, y encontraría una forma de terminar con lo que había empezado. Tenía que encontrarla.

—Es una noche importante —dijo por fin Jorrund, clavando la última estaca en el suelo entre nosotros—. El ojo de Eydis está mirando y necesitamos su favor para terminar esto.

Escuché en silencio, presionando la yema del dedo contra la hoja del hacha de Halvard, que llevaba en el cinturón.

—Sé que puedo confiar en ti —dijo mientras volvía a ponerse de pie.

Me dejó donde estaba sentada, en la hierba fría; el viento levantaba mi falda larga por los aires. Sabía lo que estaba preguntando. Lo que quería. Pero no volvería a lanzar las piedras para él. Jamás.

Las tiendas habían sido dispuestas en filas ordenadas por toda la ladera, y se habían encendido las fogatas nocturnas, provocando que una luz naranja dotara de vida al campamento. Jorrund tomó un barril de un carro mientras los Svells se reunían en la oscuridad, formando grandes círculos alrededor de un anillo de hierba verde, y extendió la mano hacia mí, señalando con la cabeza el hacha de Halvard que llevaba en la cadera.

Se la di y observé cómo la usaba para partir la madera de la tapa de la barrica, y un penetrante olor a brea inundó el aire húmedo. Me devolvió el hacha, con la atención fija en el suelo bajo sus pies mientras lo memorizaba. Una vez que todo Svell, hombre o mujer, estuvo en su sitio, Jorrund empezó en el mismo centro del círculo, inclinando el barril hacia delante hasta derramar el alquitrán de pino en un chorro espeso y constante. Despacio, dio un paso hacia atrás, con cuidado de mantener una línea recta, y comenzó a pintar el símbolo en la hierba. Los Svells lo observaron mientras el viento arreciaba y él se movía a la izquierda alrededor del círculo y otra vez hacia el interior, siguiendo un intrincado patrón visible solo para él.

Alguien abrió un barril más grande en la parte trasera de un carro y se sirvió cerveza hasta que el último guerrero Svell tuvo un cuerno del que beber. Cuando Jorrund terminó, estaba en la punta norte de la colina, con una antorcha encendida en la mano. Todas las miradas estaban fijas en él, hasta la última palabra quedó silenciada mientras levantaba la llama en dirección al cielo.

—¡Eydis! —rugió, el sonido apagado por el aullido del viento.

Vi la inquietud en sus ojos. Escuché el miedo en su voz. Pero a juzgar por las caras que me rodeaban, parecía ser la única.

—¡Te llamamos! ¡Rogamos tu protección y tu favor cuando tomemos el fiordo!

El viento azotó a su alrededor, la llama de la antorcha tembló con violencia y hasta el último cuerno de cerveza se levantó en el aire, a excepción del mío. Los gritos mezclados de los guerreros sangraron a la vez, todo hombre y mujer llamó a un antepasado para solicitar su protección en la batalla.

Pero no había nadie a quien yo pudiera llamar. Nadie que fuera a escuchar. Así que elevé mi súplica a las Hilanderas. Pedí su perdón. Rogué por su ayuda.

Con todas las miradas fijas en el cielo oscurecido, bebieron; la cerveza bajó por las barbas y empapó las túnicas. Fue entonces cuando Jorrund dejó caer la antorcha a sus pies y la llama consumió la tierra, retorciéndose sobre la hierba, y fue siguiendo el trazado que él había dispuesto hasta que todo el símbolo estuvo en llamas.

El *Skjöldr*.

Era un símbolo antiguo, el escudo de los guerreros Svells caídos. Y allí, en el valle que dominaba Hylli, estaban llamando a los espíritus de los muertos para que lucharan junto a ellos en el campo de batalla.

A mi lado, el rostro de Gunther estaba iluminado por el *Skjöldr* en llamas, el cuerno vacío todavía agarrado en su mano.

—¿A quién llamas? —pregunté, tomando un trago de cerveza agria.

Su expresión se volvió suspicaz ante la pregunta.

—A mi hijo. Aaro.

Bajé la mirada, deseando no haber preguntado.

—Lo siento.

No dijo nada y volvió a mirar el *Skjöldr*. Los guerreros se erguían a su alrededor, los cuernos aún alzados en el aire mientras oraban, y me pregunté si la gente en Hylli podría verlo desde el fiordo.

—¿De qué pueblo vienes?

—De Hǫlkn —respondió con más normalidad.

Por supuesto que sí. Vigdis era el líder de la aldea de Hǫlkn y le había pedido a Gunther que me vigilara porque confiaba en él. Pero a pesar de que contaba con la confianza del nuevo jefe Svell, Gunther no le había contado la verdad después de Utan. Y aunque me odiaba, también me había ayudado en el pasado. Había más en su historia de lo que tal vez incluso Vigdis supiera.

—Anoche mentiste.

No dejó de mirar al frente; su rostro era inmutable.

—¿Por qué le dijiste a Vigdis que tú mataste al Nādhir?

Una mujer pasó cerca con el barril de cerveza y Gunther extendió su cuerno para que se lo rellenara. En cuanto ella avanzó por la fila, tomó un largo trago.

—Porque eso era lo que necesitaba escuchar. Y creo que le salvaste la vida a ese chico por una razón.

Me quedé petrificada, con los dientes apretados, sin saber si lo había oído bien.

Pero cuando volví a levantar la mirada, me quedó claro por sus ojos que sabía lo que había hecho.

—¿Me viste?

—No, pero no soy tonto. Conozco la mirada de un hombre que lleva varias horas muerto.

—No lo entiendo. ¿Por qué ibas a mentir por mí?

—No he mentido por ti. He mentido por ellos. —Inclinó la bebida hacia el círculo de Svells que teníamos delante.

—No quieres luchar contra los Nādhirs, ¿verdad? —Me arriesgué a preguntarlo. Lo había llevado pintado en la cara desde que habíamos abandonado el claro.

—No hay necesidad de ir en busca de la guerra. La guerra se muestra fiel cuando se trata de venir a buscarnos una y otra vez.

—Entonces, ¿por qué estás aquí?

—Porque mi lealtad está con los Svells.

—¿Incluso aunque se equivoquen?

Entonces sí me miró, con la boca apretada en una línea fina.

—Sabes tan bien como yo que esto empezó cuando lanzaste las piedras.

Eso no podía discutirlo, pero, aun así, retrocedí ante las palabras cuando las dijo. Sentí su peso en todos los huesos. Y al mirar a Gunther ahora, me pregunté si él también sentiría parte de ese peso. Había sido quien me había ayudado tantos años atrás. En cierto modo, me había mantenido con vida cuando la mayoría de los demás me querían muerta. Puede que ahora se estuviera arrepintiendo. Puede que estuviera pagando su penitencia.

—Estoy aquí para empuñar mi espada junto a los miembros de mi clan.

—Yo no sabía que esto sucedería —dije, tomando otro trago.

—Si de verdad puedes ver el futuro en las runas, encuentra una forma de cambiarlo.

Me miró a los ojos durante un largo momento y, por un instante, pude ver lo que había en ellos. El dolor de alguien que había perdido algo. El deseo de que las cosas hubieran resultado de forma diferente. Tenía la edad suficiente para ser mi padre, y me preguntaba si tendría hijas de mi edad esperándolo en casa, en Họlkn. Pero de él emanaba una soledad que me hacía pensar que tal vez no fuera el caso.

Antes de que pudiera decir algo más, volvió a meterse entre los hombres que tenía detrás, dejándome sola. Cuando levanté la mirada, Jorrund me miraba con la luz del fuego brillando en su rostro.

Busqué el cordón bajo mi túnica y enrollé el dedo en él, levantando el peso de las piedras rúnicas de donde colgaban contra mi pecho. Quería creer que el destino de los Svells estaba tallado en el árbol de Urðr y que no cambiaría. Que, de alguna manera, encontrarían su fin en Hylli. Pero lo escuché en el repentino silencio del cielo. Lo vi en la quietud del pueblo Nādhir brillando a lo lejos sobre el bosque. No importaba lo que dijeran las piedras.

Nada era seguro hasta que llegaba la muerte.

CAPÍTULO VEINTIDÓS

HALVARD

Me desabroché el chaleco reforzado, me lo quité y lo dejé caer sobre la mesa junto a mi túnica. El dolor que sentía en el costado volvió y siseé mientras Mýra me inspeccionaba a la luz del fuego. La infección había empezado a remitir, pero sería una debilidad en la batalla. Una que probablemente no me podía permitir.

Me limpió la herida con un paño humeante antes de tomar el ungüento de mi madre del estante y esparcirlo sobre mí, sin molestarse en ser delicada. Gemí al sentir su toque y cuando bajé la mirada, me di cuenta de que estaba sonriendo. Era un castigo por haberla tenido preocupada. Me fulminó con la mirada desde arriba mientras colocaba el vendaje en su sitio.

Mýra nunca había tenido una naturaleza maternal y aunque había tenido varios amantes a lo largo de los años, nunca había tenido niños. En vez de eso, había convertido a mis sobrinas en suyas, y había empleado todas las tardes del último verano en enseñar a Náli a usar una espada. Isla pasaba la mayor parte de sus días siguiendo a Mýra por el pueblo, desde la mañana hasta la noche.

Me había preguntado muchas veces si haber perdido a toda su familia cuando era más joven era la razón por la que

había decidido no tener nunca una propia. Pero juntos habíamos construido nuestro propio tipo de familia. Mi madre y
Aghi nos habían vigilado a todos y no sabía qué se sentiría
ahora al sentarnos a la mesa sin él.

Me acerqué a la pared y abrí la pesada tapa del baúl que
habíamos llevado con nosotros desde la montaña hacía diez
años, al venir a vivir a Hylli. La armadura de mi padre estaba
perfectamente colocada encima de la ropa de vestir, el hierro y
el cuero oscuro me resultaban muy familiares. Todavía recordaba haber visto su cuerpo convertirse en ceniza en la pira funeraria, transportada por el humo hasta el próximo mundo. La
mayoría de mis recuerdos de él eran como dibujos medio raya-
dos, pero otros estaban muy nítidos. Su cara era lo más ensom-
brecido. Como si la única vida que de verdad hubiera vivido
fuera aquí, en el fiordo. Como si el tiempo anterior nunca hubiera sucedido.

A veces, me preguntaba si lo reconocería siquiera en la
vida futura. Pero había un momento que se había quedado
conmigo incluso después de que muchos otros hubieran desaparecido. El día que murió mi padre fue el día que entendí por
primera vez que la muerte venía a por mí. Y en ese momento
había decidido que, cuando llegara, la recibiría de buena gana,
igual que había hecho él.

Me puse la túnica limpia, tomé el chaleco reforzado de mi
padre y lo sostuve frente a mí. El cuero brilló pese a la poca
luz, limpio y aceitado, me lo coloqué sobre los hombros y me lo
abroché, apretándolo hasta que lo sentí tirante en el pecho.

Los ojos de Mýra me recorrieron, casi tristes, mientras retrocedía y me inspeccionaba.

—Deja que te ayude.

Recogió la vaina de la mesa y se puso de puntillas para
pasármela por la cabeza.

—Ellos querrían estar aquí —dijo, con voz tensa.

—Lo sé.

Pero me alegraba que mi madre, mis hermanos y Eelyn no fueran a estar presentes en la casa ritual para ver cómo me convertía en jefe. No estaba listo para enfrentarme a ellos y no sabía si alguna vez lo estaría. La historia de lo que había sucedido en el claro era una que todavía no estaba listo para contar. Y más que eso, mi familia me conocía. Cada detalle frágil e indigno que reposaba en lo más profundo de mi corazón. Quería sentirme fuerte cuando me presentara ante los Nādhir. Quería pensar que era lo que Espen creía que era.

—¿Estás listo? —preguntó Mýra, pasando las manos por las mangas de mi túnica.

Asentí, descolgué la espada de mi padre de la pared y la deslicé en la vaina que llevaba en la cadera antes de salir. Caminamos por el pueblo en silencio, siguiendo el río de personas que ya se dirigían hacia la casa ritual en la oscuridad. Los tambores retumbaban como un corazón constante, y el resplandor del fuego del altar ardía más adelante, recortando las siluetas de los cuerpos reunidos ante la enorme puerta arqueada.

—Halvard. —Mýra se detuvo y levantó la mirada hacia el este.

Una sensación como de agua fría corriendo por mis venas se extendió a mi alrededor cuando lo vi. A la distancia, un pentagrama ardía en llamas en la colina. Eran los Svells.

—¿Qué es? —Me agarró del brazo.

No conocía el símbolo. Era probable que los Svells estuvieran haciendo sacrificios a su diosa en el valle, preparándose para marchar a través del bosque hasta Hylli. Me removí, las armas que llevaba a un costado y en la espalda repentinamente pesadas.

—No parece correcto —dije, viendo cómo brillaba el símbolo en la oscuridad.

—¿El qué?

—Dedicar tiempo a una ceremonia. Nada de esto importará mañana.

—Por eso tenemos que hacerlo. —Me agarró del chaleco—. Si vamos a luchar, hay que saber que seguimos siendo quienes somos. Si vamos a morir, tenemos que saber que moriremos por algo. —Como no respondí nada, tiró de mí hacia ella—. ¿Qué más pasa?

Medí las palabras antes de decirlas. Era algo que nunca había dicho en voz alta, solo los susurros más débiles en el fondo de mi mente me retaban a hacer la pregunta.

—¿Qué pasa si se equivocaron?

Me miró fijamente, sin entender.

—¿Y si hicieron mal al elegirme?

Sonrió con tristeza y deslizó la mano en la mía.

—Nunca la has visto. Nunca has visto tu propia fuerza. Crees que, como nunca has combatido en la guerra, no eres fuerte. Te equivocas, Halvard.

Se dio la vuelta y me llevó con ella mientras se encaminaba hacia la casa ritual. Ya estaba llena, la gente se desparramaba por las puertas y en los caminos que serpenteaban por el pueblo. Daban la vuelta al edificio, hombro con hombro, y al verme, todas las voces se acallaron.

Los tambores guardaron silencio y me detuve debajo del arco, donde los rostros tallados de Sigr y Thora nos miraban con los ojos muy abiertos. El calor aumentó en el silencio; el golpeteo de mis botas contra la piedra era el único sonido que oía mientras nos abríamos paso por el pasillo central hacia el altar. Mýra retiró la mano de la mía antes de desaparecer entre la multitud y, más adelante, Latham se erguía ante el fuego con el Tala y los demás líderes de las aldeas. Todos los ojos estaban fijos en mí.

Ocupé mi lugar ante ellos, de pie, de espaldas a la habitación. El aire cálido resultaba demasiado denso, el corazón se me aceleró debajo de las apretadas pieles del chaleco reforzado. Una gota de sudor me corrió por la frente y resistí el impulso de limpiármela, dejé las manos descansando sobre el cinturón.

Cuando los tambores empezaron a retumbar de nuevo, el Tala empezó a cantar y todas las voces se le unieron, llenando las paredes de la casa ritual hasta que sentí como si estuvieran temblando a nuestro alrededor. Era una canción antigua, que había quedado grabada en los huesos del pueblo mucho antes de convertirse en Nādhirs. Contaba la historia de los dioses. Triunfos y derrotas. El destino a manos de las Hilanderas. Los destinos tallados en el árbol de Urðr. Canté los versos, mi voz sangrando con las demás a mi alrededor. Versos que me sabía de memoria desde que era un niño pequeño.

Al oír el sonido del nombre de la diosa Kyrr, Naðr, el altar que tenía delante pareció cambiar de repente, ondulando bajo la luz del fuego hasta que una silueta adquirió forma en la penumbra. Podía verla. A la Lengua de la Verdad. Las voces crecieron a mi alrededor, provocando que la habitación diera vueltas, y cerré los ojos, tratando de deshacerme de esa visión. Pero cuando los volví a abrir, ella estaba de pie frente el fuego del altar con su vestido de lino negro y la marca del ojo en su pecho abierto de par en par. Mirándome.

Cuando parpadeé de nuevo y los ojos me escocieron por culpa del sudor, se desvaneció, y la luz anaranjada que inundaba la casa ritual regresó. Miré a nuestro alrededor, buscando el suyo entre el mar de rostros, pero había desaparecido.

El Tala dio un paso adelante, sacó un cuchillo largo y fino de su túnica, y los líderes de las aldeas se hicieron a un lado,

214 • LA CHICA QUE NOS DEVOLVIÓ EL MAR

dejándome solo. Extendí la mano y el Tala la tomó y alzó la hoja entre nosotros. Las voces continuaron cantando, elevándose con más fuerza mientras él gritaba.

—Os pedimos, Thora y Sigr, que encomendéis a vuestro pueblo a Halvard, hijo de Auben.

Cerré los dedos con firmeza alrededor de la hoja y el Tala colocó un cuenco de madera debajo antes de pasar el cuchillo con un movimiento rápido sobre el corte que me había hecho justo el día anterior, en Aurvanger. La sangre caliente corrió con libertad, goteando entre mis dedos y cayendo en el recipiente mientras las voces rugían a nuestro alrededor. Cuando el reguero empezó a disminuir, saqué una tira de lino del chaleco y me la até alrededor de la palma.

El Tala levantó el cuenco ante él y entonó las palabras rituales antes de entregármelo. Di un paso adelante, hacia la fila de los líderes de las aldeas, ocupando así mi lugar ante la multitud de guerreros, que estaban todos mirándome. Tragué saliva y me detuve ante Latham primero.

Se erguía muy recto, con la barbilla alzada.

—Latham, líder de Möor. —Mantuve la voz firme—. ¿Me aceptas? ¿Me seguirás y lucharás a mi lado?

Él no titubeó, una pequeña sonrisa se encendió bajo su barba espesa cuando estiró el brazo y me quitó el tazón. Sus ojos no abandonaron los míos cuando se lo llevó a los labios y tomó un trago, y luego me atrajo hacia él y me abrazó con tanta fuerza que apenas podía respirar. Me tragué el ardor de las lágrimas que sentí en los ojos.

—Te necesitaré —dije, antes de que me soltara.

Asintió.

—Entonces, me tendrás.

Espen había tenido razón sobre él. Aghi también. Y si Latham me seguía, sabía que todos lo harían.

Me dio un apretón en el hombro antes de que siguiera hacia Freydis. Su rostro pálido brillaba bajo una corona de trenzas rojas que le rodeaban la cabeza.

—Freydis, líder de Lund. ¿Me aceptas? ¿Me seguirás y lucharás a mi lado?

Sus manos tomaron el cuenco de las mías y lo levantaron para dar un trago. Me atrajo hacia ella y apoyó la barbilla en mi hombro.

—Sí, te acepto.

Avancé por la fila cuando me soltó, mirando a los ojos a los hombres y mujeres bajo cuyo cuidado había crecido. Me doblaban o, en algunos casos, triplicaban la edad, y habían confiado a Espen no solo sus vidas, sino también el futuro de sus propias familias.

Ahora, estaban confiando *en mí*.

Cuando me detuve ante Egil, el último líder de una aldea, la sensación de un leve susurro atrajo mi mirada hacia la parte posterior de la casa ritual, donde las puertas seguían abiertas al cielo nocturno. Y lo supe antes de verlos. El aire se me quedó atrapado en el pecho cuando encontré sus caras entre las demás.

Mi familia.

Mis hermanos Fiske e Iri estaban de pie junto a Eelyn debajo del arco, mirando por encima de la multitud. Mi madre cruzó las puertas detrás de ellos, su mirada se encontró con la mía y se llevó la mano a la boca para apretar los dedos contra los labios.

Tragué saliva y cerré las manos con más fuerza alrededor del cuenco para que no temblara.

—Egil, líder de Æðra. ¿Me aceptas? ¿Me seguirás y lucharás a mi lado?

Tomó el cuenco mientras yo miraba de nuevo a Fiske. Él no apartó la mirada de la mía mientras empezaba a mover los labios pronunciando una oración que no pude oír. Iri y mi madre lo siguieron, pero Eelyn se quedó inmóvil, el brillo de las lágrimas que caían por su rostro era visible incluso desde donde yo estaba. Había visto esa mirada suya, aunque rara vez la había mostrado en todo el tiempo que hacía que la conocía. Ella estaba hecha de hierro y acero. Era el hielo sólido bajo mis pies en el fiordo helado en invierno.

Pero en aquel momento, estaba asustada.

CAPÍTULO VEINTITRÉS

TOVA

El *Skjöldr* ardió como un faro en la noche.

Me senté en el suelo, frente a mi catre, y observé a través de la abertura de la tienda. Fuera, los Svells estaban reunidos alrededor de hogueras humeantes, borrachos de cerveza y disfrutando de lo que para algunos de ellos sería una última comida. Pero Gunther seguía de pie junto a la puerta, con los pies plantados uno al lado del otro y su sombra recortada contra la tela.

El pestilente humo del alquitrán sobre la hierba seguía aferrado a mi nariz y no podía dejar de pensar que Hylli olería igual al cabo de un día. Había permanecido en aquella colina mientras se ponía el sol, observando cómo la aldea Nādhir desaparecía bajo la niebla a la distancia.

Me preguntaba si Halvard estaría en casa en aquel momento. Me lo imaginé durmiendo en su cama junto a su familia, con el calor del fuego y el sonido del mar. Pero si estaba en casa, no debía estar durmiendo. Los Nādhirs se estarían preparando para una batalla que no podían ganar. La batalla que yo misma había llevado al fiordo.

Ser una Kyrr en el continente era vivir como un fantasma. Como un espíritu atormentado, abandonado en el mundo de los mortales y condenado a deambular. Cuando cerré los ojos, la misma visión que había tenido en Ljós tras haber tomado el beleño se reprodujo en la oscuridad. Las aguas grises plateadas. La roca negra que desaparecía en la niebla que se cernía sobre el mar. Unas manos cuidadosas que trabajaban en mis marcas a la luz de las velas y el tarareo suave y ronco de la voz de una mujer cantando una canción.

Hogar. Pero ni siquiera eso era cierto. Porque, aunque esas marcas todavía manchaban mi piel, la sangre que corría por mis venas era desconocida para mí.

En el exterior, las botas de Gunther se movieron sobre las rocas y la voz de Jorrund se oyó por encima del ruido del campamento. Apareció en la tienda un momento después.

—Ven, Tova. Te necesito.

Pero sabía lo que necesitaba. Lo había sabido desde la primera vez que se había ordenado un ataque contra Hylli. Quería que lanzara las runas antes de la batalla. Quería volver a pintar mis manos con sangre.

—No. —La palabra sonó débil y ni siquiera tuve el coraje de mirarlo cuando salió de mis labios. Esa era la primera vez que le decía que no a Jorrund. Era la primera vez que le negaba algo.

Se quedó inmóvil delante de mí, sin palabras.

—La última vez que lancé las piedras, matasteis a todos los hombres, mujeres y niños del claro y de Utan. No lo volveré a hacer. Jamás. Si quieres tomar Hylli, tendrás que hacerlo solo.

Acaricié con los dedos la cabeza del hacha que tenía en el regazo, resiguiendo la forma del tejo grabado en el acero brillante. No le haría eso a Hylli. Y no se lo haría a Halvard.

—Tova... —Jorrund se esforzó por mantener la voz tranquila.

—Te lo dije. —Lo miré desde abajo sin mover la cabeza, solo los ojos—. Esto es un error.

Pero no podía oírme. Tenía el rostro retorcido por sus propios pensamientos, su mente iba a toda velocidad.

—Te salvé la vida. Te he tratado como si fueras mía —murmuró—. Te lo he dado todo.

—Todo excepto la verdad —lo corregí.

Retrajo los labios para enseñar los dientes.

—¿Cómo dices?

—¿Qué te dijo la Hilandera sobre mí? ¿Quién soy?

—No me dijo nada sobre ti.

—¿Quién *soy*, Jorrund? —presioné—. Por favor.

—¡No lo sé! —Se metió las manos temblorosas en la túnica, sorprendido por la explosión de su propio temperamento. Cerró los ojos y respiró hondo antes de volver a hablar—. Lo único que sé es que Eydis te trajo a nosotros. *A mí*. Ya te he contado la historia.

—Hay algo más. Algo que no me estás contando. Siempre lo he sabido. Pero creía que con el tiempo… Creía que podría confiar en ti —susurré.

—Tova. —Suavizó el tono de voz—. Escúchame.

—No. —Repetí la palabra y, esta vez, con fuerza. Llenó el aire entre nosotros.

Un destello afilado parpadeó en sus ojos, como la chispa del pedernal.

—Lo único que he hecho desde el día en que te encontré en ese bote medio quemado ha sido cuidarte. Tu propia gente…

—¿Qué? —rugí mientras sus palabras se fueron apagando bajo la repentina tormenta que daba vueltas en mi mente. Me puse de pie, mis manos encontraron las piedras rúnicas—. ¿Qué has dicho?

—He dicho que lo único que he hecho es…

—Has dicho que era un bote medio quemado.

—¿Qué? No, yo… —Se trabó con las palabras, tratando de alejarlas de mí.

Pero era demasiado tarde.

—Nunca me habías contado que el bote estaba medio quemado.

—Te he hablado del bote cientos de veces.

—Acabas de decir que estaba medio quemado cuando me encontraste. Eso nunca me lo habías dicho.

—¿Qué importa? —Alargó una mano en mi dirección—. Tu gente no te quería, Tova. Te arrojaron al mar.

Pero había algo en esas palabras que ya no parecía correcto, a pesar de que yo misma las había dicho mil veces. Cerré los ojos y volví a ver el agua. La corriente plateada llena de burbujas. Una ristra de huesos brillando a la luz del sol.

Eso sí parecía real.

Extendí las manos delante de mí, con las palmas hacia abajo para que las marcas quedaran entre nosotros.

Milenrama y beleño. Vida y muerte.

Parpadeé, enviando así una lágrima caliente hacia mi mejilla fría. Si el bote estaba quemado, no estaba destinado a un sacrificio ritual. Era un barco fúnebre. Tenía que serlo. Los Kyrrs no me había abandonado. No me habían entregado como ofrenda a Naðr.

—No era un sacrificio. —Lo dije en voz alta, como un encantamiento.

Jorrund tensó la mandíbula y su voz también delató esa tensión.

—¿De qué estás hablando?

—Era un bote fúnebre, ¿no?

—No estaba quemado, Tova. Me he equivocado al decirlo. *Yo* quemé el bote. ¿No te acuerdas?

Sí que recordaba las llamas en la playa. Pero conocía la cara de Jorrund. Cada arruga. Cada expresión. Era la única cara que se había atrevido a mirar la mía hasta el día en que había visto a Halvard en el prado. Y en ella vi la mentira con más claridad de lo que la había visto nunca. Una sonrisa rota elevó las comisuras de mis labios.

Me encaminé hacia la puerta de la tienda, pero él se acercó a mí con las manos levantadas delante del pecho.

—Lo siento. Por favor, tenemos que...

—Apártate. —Lo miré a los ojos y bajé la voz.

—Tova...

Lo rodeé y Gunther levantó la mirada y se quedó contemplándome mientras yo iba directa hacia el bosque. Jorrund gritó, su voz resonó en el campamento, y cuando escuché el ruido de unas botas, miré hacia atrás y vi unas siluetas moviéndose hacia mí. Me recogí las faldas, las sujeté contra el pecho y corrí hacia los árboles. Mi aliento formó ráfagas de vaho e intenté entrecerrar los ojos para ver, pero estaba demasiado oscuro. Las formas se desplazaban en la niebla, haciéndome sentir que no estaba corriendo en una única dirección. El bosque giraba a mi alrededor y me estampé contra el tronco de un árbol, la manga se me desgarró cuando se enganchó con la corteza. La liberé de un tirón y no miré atrás cuando las voces se acercaron, corrí dejando el brillo del campamento a mi espalda hasta que alguien me agarró y tiró de mí, provocando que me diera un fuerte golpe contra el suelo.

La cara de un hombre apareció sobre mí antes de que se arrodillara y me levantara hasta que volví a estar de pie. Ni siquiera apartó la mirada cuando un sollozo me resquebrajó el pecho. Me agarró con una mano del cuello de la túnica y me arrastró hacia atrás, hacia la luz del fuego. Me tropecé con piedras y raíces hasta que estuvimos de vuelta en el campamento, donde Jorrund nos estaba esperando junto a un Gunther de expresión ilegible en el rostro.

Jorrund echó a andar hacia la tienda de las reuniones y el Svell tiró de mí con brusquedad en esa dirección. Me dio un empujón para que entrara y trastabillé y caí al suelo. Me raspé las palmas con el barro seco y agrietado, y cuando miré hacia arriba, Vigdis estaba de pie delante de la mesa, con la vista clavada en mí. Sin pausa, tomó el cuchillo de la mesa.

—Lanzarás las piedras o perderás esa mano. —Señaló el puño ensangrentado que tenía apoyado en el regazo—. Y luego, las leerás de todos modos.

Los ojos me ardieron por culpa de las lágrimas calientes, y las retuve mientras sorbía por la nariz, negándome a dejarlas caer. Jorrund me miraba con una expresión extraña y desconocida. Culpa. O tal vez lástima. Bajó la mirada a mi vestido sucio, a mis manos raspadas, y, por un momento, pensé que vendría a mí. Que me rodearía con sus brazos y me diría que lo sentía. Pero no lo hizo.

—Eres un alma maldita procedente de un pueblo maldito. Deberías haber muerto como querían los dioses, pero Jorrund y mi hermano fueron estúpidos y débiles. Eres la enfermedad que le arrebató la vida a mi sobrina y eres el cuchillo que se llevó la de mi hermano. —Vigdis habló con calma, el sonido de su voz era inquietante—. Mientras seas útil, te mantendré con vida. En el momento en que ya no seas valiosa, terminaré con tu vida y te devolveré a los dioses.

Clavó la mirada en el cuello abierto de mi túnica, donde mi piel mostraba la marca del ojo. Pero yo no dejé de mirarlo a él, rezando para que, si mi mirada podía comportar alguna desgracia, cayera sobre él de diez formas distintas. Invoqué el trabajo más oscuro de las Hilanderas, imaginando a Vigdis muerto en el campo de batalla, ahogado en su propia sangre. Conjuré la visión en el centro de mi mente y todas las esperanzas en llamas de mi interior la hicieron arder.

Como si pudiera escuchar mis pensamientos, de repente se alejó de la mesa y los demás lo imitaron, apoyando la espalda en las paredes de la abarrotada tienda. Jorrund me miró suplicante, me tendió una mano y me conminó a avanzar. Apreté los dientes, una lágrima traidora rodó hacia abajo desde el rabillo del ojo, y di un paso adelante.

Me quité las piedras de alrededor del cuello mientras Jorrund extendía sus pieles de alce para sustituir al pellejo habitual. Lo hizo con cuidado, moviéndose con lentitud, como si yo fuera un pájaro a punto de echar a volar. Pero en mi corazón, ya me había alejado de Jorrund y de todas las mentiras que me había contado. Me había ido. Y nunca volvería.

Abrí la bolsita y la piel se me enrojeció debajo de la túnica cuando la ira me invadió. No hubo humo ritual, ni palabras sagradas. Esa vez, las pronuncié en mi corazón, con más fervor del que nunca antes había empleado al pedir algo a las Hilanderas.

Augua ór tivar. Ljá mir sýn.

Augua ór tivar. Ljá mir sýn.

Augua ór tivar. Ljá mir sýn.

Ojo de los dioses. Permíteme ver.

Me llenaron, se enroscaron alrededor de mi espíritu. Serpentearon entre cada hueso y pensamiento. Y cuando cerré los ojos, no fue el futuro de los Svells lo que pedí ver. Fue el de Halvard. Vi su rostro en la oscuridad, debajo de las puertas de Utan. Todavía podía sentir el hormigueo de sus ojos azules en la piel, como el ardor del carbón al agarrarlo con los dedos quemados.

Las piedras rúnicas cayeron de mi mano y golpearon la mesa de una en una. Me daba miedo mirar. Me producía temor ver qué maldición había hecho caer sobre él y su gente. Pero cuando eché un vistazo a las pieles, las manos se me quedaron petrificadas delante del cuerpo. Incliné la cabeza hacia un lado y cerré los dedos sobre las palmas hasta que me clavé las uñas en la piel tierna y rota.

Tres piedras. La primera, *Sowilo*. Dejé escapar un largo suspiro.

El sol. Victoria. Honor. Esperanza.

Sonreí y derramé otra lágrima. La runa me miraba desde abajo como si fuera un ojo bien abierto.

Pero al lado estaba *Thurisaz*, la espina. De modo que el camino no estaba claro. Habría una gran dificultad. Y encima, *Tiwaz*, el sacrificio de uno mismo.

Jorrund se acercó, tratando de aguzar la vista mientras miraba la mesa.

—Esto es bueno, ¿no? —susurró.

Asentí. No me costó nada mentirle.

—*Sowilo*. —Señaló la piedra, sonriendo a Vigdis—. Eydis nos otorgará la victoria.

—Quiero oír que ella lo dijera —gruñó Vigdis, con los brazos cruzados con fuerza sobre su ancho pecho.

Tragué antes de hablar y mostré un rostro sin expresión.

—Tiene razón.

—Debido a Ljós. Y a Utan. Has cambiado nuestro destino, Vigdis. —Jorrund juntó las manos ante él, como si estuviera rezando—. Tenías razón.

Vigdis dejó escapar un largo suspiro.

—¿Lo ves, hermano? —Lo dijo en voz tan baja que casi no lo escuché, su expresión estaba cargada de emoción. Se sentía aliviado—. Por la mañana, tomaremos Hylli. Y los Svells empezarán de nuevo.

Los guerreros salieron de la tienda, dejándonos solos a Jorrund y a mí de pie ante la mesa de la tienda de reuniones.

Me quedé mirando las piedras, sintiendo el peso de mis propias palabras. Nunca había mentido sobre las runas. Nunca, hasta ahora. Me preguntaba si había roto algún juramento antiguo y sagrado o si las Hilanderas me maldecirían por ello.

Pero en ese momento, no logré que me importara.

Sentía el significado de las runas debajo de la piel. Lo escuchaba, como si se tratara de una canción. Y si era lo último que iba a hacer, me aseguraría de que aquel destino se hiciera realidad.

HACE DOCE AÑOS

TOVA

Aldea de Liera, territorio Svell

Tova apoyó un dedo en la piedra rúnica que tenía delante y la deslizó por la mesa.

—*Mannaz.*

—*Mannaz* —repitió Jorrund, recogiéndola y colocándosela en la palma.

Estudió el símbolo con detenimiento, haciéndolo girar en un círculo en la palma de la mano para verlo desde todos los ángulos. Había pasado casi un año desde que había llevado a Tova a Liera, pero sus lecciones no habían hecho más que empezar. El Tala de los Svells quería conocer las runas como las conocía ella. Quería entenderlas. Pero cuando se lanzaban las piedras, no podía ver los patrones como los veía Tova. No podía relacionar los significados ni encajar las piezas en su sitio.

—La humanidad, amigos, enemigos —dijo, en voz baja—, el orden social.

Recordaba las runas igual que recordaba cómo cerrar los broches de bronce de su delantal o cómo atarse las intrincadas trenzas que caían sobre su hombro. Simplemente, lo sabía. De alguna forma, lo recordaba. Pero cuando intentaba tirar de los recuerdos de antes de llegar a Liera, todo se desvanecía. Eran los bordes desmoronados de imágenes que nunca llegaban a formarse.

A veces, aparecían en sueños, girando como una columna de humo, hasta que desaparecían de nuevo. Se despertaba con el corazón acelerado, intentando volver. Intentando volver a invocar la visión para poder encajarla con los demás fragmentos que flotaban en su memoria.

Se miró las marcas que le cubrían el brazo, que se juntaban hasta formar un laberinto por el que no podía desplazarse. ¿Por qué podía recordar las runas, pero no esos detalles? ¿Por qué no podía desenterrarlos de donde estuvieran enterrados en su mente?

—¿Qué pasa? —Jorrund se inclinó hacia delante, hablando en tono amable. Le dedicó una mirada gentil desde sus ojos rasgados.

—No es nada —respondió, colocándose la mano en el regazo y apretando los dedos en un puño. Jorrund nunca era cruel con ella, pero no sabía lo profundo que era el pozo de su amabilidad. No quería averiguarlo.

Él inclinó la cabeza con curiosidad.

—¿Qué pasa, Tova?

Lo pensó con cuidado, repasando las palabras en su cabeza antes de atreverse a decirlas en voz alta. Ya le había preguntado antes sobre su gente y el lugar del que procedía. Pero Jorrund nunca le había dado respuestas. Solo convertía sus preguntas en otra cosa.

—¿Alguna vez has estado en los promontorios?

Parecía sorprendido por la pregunta, arqueó las cejas al tiempo que retiraba los codos de la mesa.

—No. Nadie ha estado.

Tova tragó saliva con fuerza, pensando que tal vez había leído mal el momento. No debería haber preguntado.

—¿Por qué quieres saberlo?

Tiró de un hilo de la tela deshilachada del borde de su manga.

—Dímelo tú. —Intentó esbozar una sonrisa rígida.

Tova lo estudió, intentando ver más allá de la expresión de su rostro. Había aprendido, no mucho después de que Jorrund la llevara al pueblo, que él rara vez explicaba a qué se refería. Siempre estaba moldeando a las personas a su alrededor. Siempre conspirando.

—Quiero irme a casa —susurró con la voz más frágil. No importaba que no pudiera recordar el lugar del que procedía. Quería volver con todas sus fuerzas.

Jorrund la observó mientras enderezaba la espalda.

—No puedes ir a casa, Tova.

Empezó a verlo borroso por culpa de las lágrimas que brotaban de sus ojos.

—Pero ¿por qué?

Él respiró hondo y su boca se transformó en una línea dura.

—No quería contarte esto. —Hizo una pausa, esperando a que lo mirara—. No te perdiste y te alejaste de los promontorios, *sváss*. Te echaron.

Escondió las manos debajo de la mesa, intentando entenderlo.

—¿Qué?

—No quería decírtelo —repitió—. Pero tu gente... se deshizo de ti.

—Se deshicieron de mí. —Repitió las palabras, como si el decirlas con sus propios labios ayudara a darles sentido.

Jorrund se inclinó para acercarse más a ella.

—¿Sabes qué es un sacrificio?

Ella asintió, despacio.

—Eso es lo que eres. Tu gente trató de sacrificarte. A su diosa.

Una sensación horrible y retorcida hizo acto de presencia detrás de las costillas de Tova, y presionó las palmas sudadas contra las rodillas en un intento por tranquilizarse.

—No podrás volver nunca —dijo—. Si lo haces, te matarán.

Las lágrimas brotaron de sus ojos y, aunque se tragó el grito que le nació en la garganta, no intentó evitar que cayeran. Jorrund volvió a colocar la pequeña piedra rúnica sobre la mesa y la deslizó hacia ella. Se quedó mirándola.

Mannaz.

Amigos. Enemigos.

Miró a Jorrund y parpadeó, preguntándose qué era él.

Aldea de Fela, antiguo territorio Riki

Halvard contempló el cubo de agua a sus pies, desde donde su reflejo vacilante le devolvía la mirada. Tenía los ojos rojos e hinchados y el pelo lleno de enredos y recogido en la nuca. Se limpió las lágrimas de la cara con ambas manos antes de abrir la puerta, tras la que lo esperaba su madre.

Ella levantó la mirada desde donde estaba sentada, junto al cuerpo de su padre, y le dedicó una pequeña sonrisa. Se había despertado en el desván por culpa del ruido del llanto de sus dos hermanos, y en cuanto abrió los ojos, supo que su padre estaba muerto. Al ponerse el sol la noche anterior, se había preguntado si se iría a dormir y nunca lo volvería a ver y había tenido razón. Tener una madre curandera le había enseñado a reconocer el aspecto de la muerte.

—Ven. —Inge extendió las manos hacia el cubo y él ocupó su lugar junto a su padre mientras ella recuperaba la tetera caliente, que estaba sobre las brasas del fuego.

La observó verter el agua humeante sobre la nieve derretida y ambos tomaron un paño de lino y lo doblaron con cuidado antes de sumergirlo en el agua tibia. Ella lo pasó por el hombro y el pecho de su padre, limpiándole la piel, y Halvard hizo lo mismo en el otro lado, enjuagando la tela a medida que avanzaba. El aroma dulzón de las hierbas inundó la casa y él intentó no mirar el rostro de su padre y concentrarse en el trabajo. Llevaba días enfermo, y su madre quería que fuera limpio al fuego funerario. Ya le había preparado una de sus túnicas elegantes y había engrasado sus botas, para que tuviera el mejor aspecto posible cuando cruzara a la otra vida.

Ella terminó de lavarlo y se sentó junto al cuerpo en la mesa, tomándose su tiempo para trenzarle la barba de forma elaborada. Halvard dejó caer su paño en el cubo y la escuchó tararear una canción que la había oído cantar toda su vida mientras entretejía cuentas plateadas en los extremos de las trenzas y las ataba con tiras finas de cuero.

No parecía correcto que su padre hubiera muerto por culpa de una enfermedad cuando había sobrevivido a tantas batallas. Durante las últimas tres noches, Halvard se había sentado en el desván y le había rogado a Thora que le perdonara la vida. Y al despertarse esa mañana, se había preguntado si alguna vez volvería a rezarle.

La puerta se abrió y entró Iri, con las manos y los brazos pintados con el mismo barro gris que manchaba su túnica. Tenía cortes y rasguños de un rojo oscuro en la piel, consecuencia de haber reunido la madera para la pira fúnebre. Halvard esperaba que dijera algo, pero no lo hizo. Se quitó la túnica sucia por la cabeza, la tiró al suelo y sus trenzas rubias le cayeron por la espalda mientras se lavaba el barro de los brazos en silencio.

Iri había llegado a su casa prácticamente muerto solo tres años antes, un superviviente enemigo de la batalla. Pero ahora, era el hermano de Halvard. Era el hijo de Auben. Y no había posibilidad de pasar por alto lo mucho que había afectado a Iri el dolor de esa muerte. Sus hombros sufrían sacudidas por culpa de su llanto silencioso mientras ahuecaba las manos para recoger el agua y lavarse la cara.

Era casi mediodía cuando Fiske abrió la puerta. Iban vestidos con sus mejores ropas, el pelo peinado y trenzado. Fiske e Iri llevaron a su padre sobre un conjunto de tablones e Inge y Halvard los siguieron. Él había encajado la mano en la de ella y ella se recogió la falda mientras atravesaban la nieve para dirigirse a la casa ritual, donde todo el pueblo se había reunido para honrar a Auben. Había nacido en Fela y después de cuarenta y seis años de vida y seis temporadas de lucha, se encontraría con sus ancestros en el más allá. Allí, esperaría a su esposa y a sus tres hijos.

Fiske e Iri colocaron el cuerpo de su padre en lo alto de la pira funeraria que habían construido esa mañana y luego ocuparon sus lugares junto a Inge. Iri apoyó una mano en el hombro de Halvard mientras la Tala dejaba caer la antorcha y juntos vieron a su padre convertirse en cenizas.

Cuando todos se hubieron marchado, Halvard seguía de pie, contemplando las ardientes brasas, tratando de entender cómo era posible que su padre se hubiera ido. Levantó la mirada al cielo, donde el humo desaparecía, e imaginó que lo llevaba a la próxima vida. Pero había algo en aquella idea que no le proporcionó el alivio que parecía conceder a los demás.

El crujido de unas botas sobre la nieve hizo parpadear a Halvard, que miró hacia atrás y vio a Fiske regresando por el sendero. Cuando lo alcanzó, desenvainó el hacha que llevaba a la espalda y la sostuvo entre ellos, la imagen de un tejo grabada en la hoja. Era la de su padre.

Halvard se la quedó mirando.

—Es tuya —dijo Fiske, poniéndosela en las manos.

Halvard levantó la cabeza para mirarlo.

—¿Tú no la quieres?

—Quiero que la tengas tú.

Halvard la abrazó contra el pecho, el hierro le pesaba en los brazos, y Fiske se arrodilló ante él y lo miró a los ojos. Todavía estaban empañados por la falta de sueño y las lágrimas que había derramado.

—Ahora me corresponde criarte —dijo.

Halvard se miró las botas, enterradas en la nieve entre ambos.

—¿Confiarás en mí? —Le tendió una mano abierta.

Halvard respiró hondo a pesar del dolor que sentía en la garganta mientras ponía su manita en la de Fiske. Su hermano se puso de pie, elevándose sobre él antes de auparlo, y Halvard le rodeó el cuello con los brazos, su llanto amortiguado tras enterrarle la cara en el hombro. Y cuando la nieve cayó y se puso el sol, Fiske lo llevó a casa.

CAPÍTULO VEINTICUATRO

HALVARD

Recorrí el sendero que atravesaba Hylli a solas y me detuve ante la puerta cerrada de nuestra casa en la oscuridad, con la mano sobre el frío picaporte mientras prestaba atención.

Había pasado las últimas horas, después de la ceremonia, con Latham y los demás, apiñados alrededor del fuego mientras hablábamos de la batalla que teníamos por delante. Había tratado de sostener la mirada de los líderes, que me hacían preguntas sobre lo que había visto en el claro y en el valle. Cuántos Svells había y con cuánta rapidez viajaban. Cómo habían atacado Ljós y Utan. Las había respondido, intentando sonar seguro.

Pero ahora, mi familia me esperaba dentro, hablando en voz baja alrededor del fuego. Y no había forma de ser lo bastante fuerte para ese momento. No había forma de decirles lo mucho que lo lamentaba, y me pregunté si tendría un aspecto diferente cuando cruzara la puerta. Si verían la vergüenza que albergaba, de la misma forma en que siempre lo veían todo.

Cerró los ojos y tragué con fuerza antes de abrir.

Cuando entré y las bisagras de hierro oxidado crujieron, Fiske e Iri levantaron la mirada desde su posición junto al fuego. Eelyn estaba detrás de ellos, sus ojos pálidos, rojos e hinchados.

Se abrió paso entre ellos y caminó directa hacia mí con movimientos pesados hasta que se apretó contra mi pecho, y la envolví con los brazos cuando un gemido suave y frágil escapó de sus labios. Fiske se colocó detrás de mí y apoyó su mejilla rugosa en la mía, e Iri hizo lo mismo, rodeándonos a los tres con los brazos. El olor familiar que emanaban me inundó, provocando que se me tensara el pecho y me temblaran las piernas hasta que ellos fueron lo único que me mantenía de pie.

—Lo siento. —Hablé con la boca sobre el cabello de Eelyn y emití un susurro estrangulado mientras ella lloraba.

Iri apretó con más fuerza antes de soltarnos y, cuando levanté la mirada, una lágrima le rodó por la mejilla, de camino hacia su barba rubia.

—Halvard. —La voz de mi madre sonó a mi lado y alcé la cabeza para verle la cara.

Había estado llorando, pero tenía los ojos fijos en mí con su fuerza habitual. Puede que porque era una curandera. O tal vez porque había perdido a mi padre hacía mucho tiempo. Pero siempre parecía más capaz de enfrentarse a la pérdida que el resto de nosotros, su fe en los dioses más fuerte que la de todos los demás combinadas. En la melena tenía gruesos mechones grises y me sonrió mientras alargaba la mano, me atraía hacia ella y me acariciaba el pelo. La besé en la mejilla e intenté sostenerle la mirada de forma tranquilizadora. Pero apenas podía contenerme yo mismo y ella lo sabía.

—¿Cómo pasó? —Fue Iri el que hizo la pregunta y todos callaron, esperando mi respuesta.

Aghi no era solo el último familiar sanguíneo que les quedaba a Iri y a Eelyn. Era el ancla de la familia que habíamos construido todos juntos tras el ataque de los Herjas. Y ahora, ya no estaba. No sabía lo que eso significaba. En qué nos convertía eso.

Eelyn se limpió la cara con el dorso de la mano antes de sentarse.

—¿Estabas con él?

Asentí, tratando de reprimir las lágrimas que me inundaban los ojos. Había imaginado sus caras cientos veces cuando les contara lo que había sucedido en el claro. Pero el dolor era mucho más intenso aquí, fuera de las paredes de mi mente.

—Fue asesinado en un claro a las afueras de Ljós. Un cuchillo en el pecho. —Respiré hondo—. Estuve con él. Estuve con él hasta... —Pero no pude terminar, el recuerdo de sus ojos azules y brillantes fijos en el cielo era tan nítido en mi mente que me arrebató el aire de los pulmones.

Eelyn asintió mientras se agarraba la trenza con fuerza.

—Lo siento —repetí, agachándome ante ella—. Yo los convencí para que fuéramos. Latham y Mýra estaban en contra, pero convencí a Aghi y a Espen. Yo...

—Para, Halvard —me cortó Fiske en tono firme—. Murió de forma honorable. Eso es lo único que importa.

Eelyn se inclinó hacia delante y apoyó la mano sobre la mía, e Iri asintió antes de tomar una botella de cerveza de un estante en la pared y colocar copas en la mesa. Las llenó mientras yo me sentaba junto a Eelyn, mi brazo apretado contra el de ella. Mis hermanos tomaron asiento frente a nosotros y la puerta crujió de nuevo cuando Mýra asomó la cabeza, con una sonrisa vacilante en los labios. Cerró la puerta a su espalda y se sentó al otro lado de Eelyn, le pasó un brazo alrededor de la cintura y se sirvió una jarra de cerveza.

—¿Runa?

—Se ha quedado en Fela —respondió Iri.

Me alegré. Las hijas de Fiske e Iri estarían a salvo con ella en la montaña, con mucho tiempo para huir si llegaban los Svells. Pero no parecía mi hogar sin mis sobrinas Náli e Isla

236 • LA CHICA QUE NOS DEVOLVIÓ EL MAR

allí. Y no parecía nuestra familia sin Aghi sentado a su lado, con su pierna mala extendida a un costado de su taburete y un codo apoyado en la mesa.

Paseé la mirada por su asiento vacío, donde aún podía verlo encorvado sobre un tazón humeante de lo que mi madre hubiera preparado para la cena. Comíamos así casi todas las noches, todos juntos, con las niñas encaramadas como pequeños búhos a mi lado.

—¿Mañana? —Fiske me miró.

—Mañana. Ya han acampado en el valle.

—¿Cuántos son? —El ambiente cambió, la ternura abandonó sus expresiones y fue reemplazada por la lucha que albergaban en las profundidades.

—No estamos seguros. Puede que unos ochocientos.

El peso de esa cifra cayó con fuerza sobre nosotros. Las probabilidades no eran buenas, pero mis hermanos, Eelyn y Mýra ya habían afrontado malas probabilidades antes. Cuando habían derrotado a los Herjas, estos los habían superado en número.

—¿Cuál es nuestro plan? —preguntó Fiske.

—O bien nos enfrentaremos a ellos en las tierras bajas o intentaremos mantenerlos en el bosque. Cuando dejen atrás los árboles, la ventaja será de ellos y el final será rápido. —Contemplé mi jarra. En realidad, era solo cuestión de cuánto tiempo les llevaría—. Si podemos derribar a suficientes de los suyos antes de que lleguen al claro, la lucha en campo abierto nos irá mejor.

Vi que Iri y Fiske asentían con aprobación.

—Se te veía guapo ahí arriba —dijo Eelyn, cambiando de tema con una media sonrisa que casi alcanzó sus ojos enrojecidos.

—Parecías asustado. Blanco como una cabra que se dirige al matadero. —Fiske se echó a reír sobre su jarra e Iri lo imitó antes de estirar el brazo sobre la mesa y darle un empujón, lo que provocó que se le volcara la cerveza.

Él volvió a poner la jarra de pie, todavía riendo.

Mýra nos miró mientras apoyaba la barbilla en la mano.

—Aghi habría estado muy orgulloso.

—En efecto. —Iri se rellenó la jarra—. Fue una buena muerte, Halvard. Una muerte que hacía mucho tiempo que quería.

Quería creerlo, pero solo una parte de mí lo hacía. Sabía que estaría orgulloso de morir por su gente, pero también sabía que le quedaban más años de vida. Tenía más que enseñarme.

—Cuando murió nuestra madre, sintió que se quedaba atrás. —Iri sonó cansado de repente—. Cuando los Herjas vinieron por primera vez y ella murió en el ataque, nunca lo superó. Creía que debería haber muerto protegiéndola. Pero Sigr lo mantuvo con vida y siempre estuvo enfadado por eso. Ahora está en la otra vida con ella, esperándonos. —Alargó el brazo por encima de la mesa para tenderle la mano a Eelyn y ella se la dio mientras apoyaba la cabeza en el hombro de Mýra.

El silencio regresó hasta que un trueno suave resonó en la distancia. Antes de ser el hombre al que había conocido en Fela, Aghi era un esposo que había perdido a su mujer y que nunca había vuelto a encontrar el amor. Era un padre que había criado solo a sus hijos. Luego, había ayudado a unir a ambos clanes en un solo pueblo. Era difícil imaginarlo como algo más que el guerrero que había echado a correr hacia el centro de la batalla en el claro. En alguna ocasión, me había preguntado si Aghi y mi madre volverían a encontrar el amor el uno en el otro, pero ambos habían estado solos demasiado tiempo, y habían estado contentos manteniendo solo una amistad.

—Dejé una estela para él en Aurvanger. Está junto al río.

—Me presioné con el pulgar la herida dolorida de la palma, reabierta por el cuchillo del Tala.

—Gracias. —La voz profunda de Iri rompió el silencio.

—Y lo maté —dije—. Al jefe Svell que mató a Aghi. Lo maté.

Fiske me miró entonces, inclinándose sobre la mesa con ambos codos. No había nada que decir. Aquello no amortiguaba el golpe de la pérdida de Aghi, ni siquiera arreglaba las cosas. Pero era una deuda de sangre que sentía como mía. Aunque nuestra gente hubiera dejado atrás esa forma de vida, todavía vivía en mí. Y había arrebatado mi primera vida, lo cual tenía su propio precio. Había matado sin la más mínima vacilación o culpa. Incluso ahora, deseaba poder hacerlo de nuevo. Y no estaba seguro de lo que eso significaba.

Me puse de pie y dejé mi jarra vacía en la mesa antes de que cualquiera de ellos pudiera decir algo. No quería hablar del tema, solo quería que supieran que había hecho lo que ellos habrían hecho. Y no quería que, cuando saliera el sol, buscaran vengar a Aghi en la batalla. Quería que pelearan con la paz de saber que se le había hecho justicia.

—¿A dónde vas? —Eelyn me rodeó la muñeca con una mano, reteniéndome donde estaba.

—A caminar.

Estuvo a punto de oponerse hasta que Fiske la miró y me dejó ir.

—De acuerdo.

Me desabroché el chaleco reforzado de mi padre, me lo quité por la cabeza y lo coloqué en el baúl con las vainas de mis armas. La puerta se cerró a mi espalda y escuché cómo el cálido viento hacía disminuir el sonido de las voces de mis hermanos mientras echaba a andar por el camino que conducía a la playa.

El símbolo que ardía a lo lejos, en la colina, se había apagado, los Svells debían de estar durmiendo antes de marchar hacia el fiordo. Estaba tan oscuro que el lugar donde el agua se encontraba con las rocas negras era invisible, solo el brillo de la luz de la luna creaba una línea tan recta como una espada sobre el agua.

Era el mismo camino que había recorrido durante más de la mitad de mi vida. Los mismos pasos que había dado cuando era niño, cuando era joven, y ahora, como el jefe de un pueblo que ni siquiera existía en el momento de mi nacimiento. No había forma de explicar la voluntad de los dioses o los futuros que las Hilanderas asignaban a los mortales. Era la razón por la que Aghi, Latham y Espen empleaban las palabras *lag mund*. La mano del destino.

La batalla que nos esperaba solo era un nudo en el hilo del tapiz de nuestra gente. Y aunque durante los dos últimos años había sabido que con el tiempo acabaría dirigiéndolos, nunca había sido tan consciente de lo incapaz que me sentiría al enfrentarme al liderazgo.

Los Nādhirs me seguirían hacia la niebla del bosque cuando saliera el sol. Y solo los dioses sabían si alguna vez saldríamos de ella.

CAPÍTULO VEINTICINCO

TOVA

Soñé con el agua.

Sentía el frío contra la piel y la luz centelleante bailaba en la superficie muy por encima de mí. Se fue alejando poco a poco, empequeñeciendo, y la oscuridad no dejaba de expandirse mientras me hundía en las profundidades del mar. Y allí fue donde la canción de la mujer me encontró, la cadencia de un tarareo tranquilo y suave en el vacío.

Despierta, Tova.

Seguí la estela de la voz hasta el fuego de los fragmentos de un recuerdo que siempre me asaltaba cuando estaba dormida. Su resplandor se reflejaba en mi piel mientras permanecía desnuda y sentada en un taburete y un par de manos trabajaban en los cuernos de ciervo que llevaba en el brazo con una aguja brillante. La sombra cambiaba, se movía cada vez que empezaba a resultar más nítida, e intenté que se quedara quieta el tiempo suficiente para encontrar las piezas que encajaban juntas.

Despierta, Tova.

Abrí los ojos y jadeé, con los pulmones rígidos y congelados, como si hubieran estado llenos del agua plateada del mar que me envolvía en mi sueño. Pero ya no me estaba hundiendo en el vacío negro ni estaba sentada frente al fuego. Estaba acurrucada debajo de una piel de oso en mi tienda, con una tormenta rugiendo en la distancia. Estaba en el valle.

La llamada reiterada del halcón nocturno hizo que me desperezara y me incorporara, la piel me resbaló por los hombros. El campamento estaba en silencio, excepto por el ruido del viento en las esquinas de las tiendas. El aire fresco de la noche soplaba desde fuera y retiré la solapa de la puerta hasta que pude ver la luna detrás de un cúmulo de nubes finas.

Delante de ella, El que todo lo ve describía círculos en lo alto.

Respiré hondo, escuchando mi propio corazón, que seguía el ritmo del movimiento de las alas del halcón nocturno. Lo habían enviado las Hilanderas, como siempre habían hecho.

Pero esta vez, había venido a por *mí*.

Me puse las botas a todo correr, sin apartar los ojos de la luz que caía sobre la tienda. No había interpretado mal las runas, pero el futuro no se había arreglado. Era un hilo que cambiaba de color según se modificaban el presente y el pasado. Una ola que se adentraba en el vasto mar abierto. Y si quería estar segura de que tenía lugar, necesitaba estar allí. Necesitaba plantarme ante Hylli y ver venir el futuro.

El hacha de Halvard colgaba pesada de mi cadera mientras retiraba la tela con cuidado y comprobaba si Gunther estaba en su puesto. Se hallaba sentado en una jaula colocada del revés con un cuchillo en una mano y una piedra de afilar en la otra, que deslizaba por el arma en un arco para afilar el hierro resplandeciente. Llevaba la espada envainada en el cinturón, y su hacha, en la espalda. Pero mi única oportunidad era con Gunther. No tenía elección.

Salí a la luz de la luna, y él se puso rígido al oírme y giró el cuchillo. Cerró los dedos con firmeza sobre la piedra, que quedó encerrada en su gran puño, y estudió mis manos manchadas de sangre antes de sostenerme la mirada.

—¿Qué estás haciendo?

—Me voy —respondí con la mirada de vuelta en el cielo, donde El que todo lo ve seguía describiendo círculos.

—¿Cómo dices? —Se puso de pie, escondiéndome en su sombra, y de repente, tuvo el aspecto de uno de esos gigantes de las viejas historias de los dioses. El corazón se me estrelló contra el pecho mientras vigilaba el cuchillo que sostenía a un costado y esperaba a ver si lo levantaba contra mí. Pero transcurrieron varios segundos, el silencio regresó, y no lo hizo.

—Puedo terminar con esto —susurré—. Con todo.

No se movió, excepto por la contracción de su mano sobre el mango del cuchillo.

—He visto el futuro. Deberías volver a Hǫlkn. Vuelve con tu familia.

Entrecerró los ojos.

—No me esconderé en mi casa mientras los hombres de mi clan luchan.

Sabía que no lo haría. Pero no quería verlo yacer en el campo de batalla. No quería enfrentarme a él o verlo caer. Era un buen hombre.

Metí la mano en la manga y me desaté el brazalete que llevaba alrededor de la muñeca.

—Entonces, toma esto. —Se lo tendí, con el pesado disco de cobre en la palma de la mano.

—¿Qué es? —susurró.

—Es un talismán. Te protegerá. —No le dije que no había ningún talismán lo bastante fuerte como para esconderlo de la ira de las Hilanderas.

Gunther me miró durante un largo momento antes de guardar el cuchillo en la vaina. Tomó el brazalete de mi mano y le dio vueltas a la luz de la luna.

—¿Por qué lo hiciste? —pregunté.

—¿El qué?

—¿Por qué viniste a la playa ese día?

—Porque eras una niña —dijo, simplemente.

No era un hombre cariñoso. No había dulzura en él. Pero había sido amable y había hecho lo que creía que era correcto incluso cuando nadie habría estado de acuerdo con él. Era posible que se tratara de la única persona en la que podía confiar a aquel lado del mar.

—No me queda familia. —Levantó la mirada de repente—. Mi hijo Aaro murió en el ataque contra Ljós.

—Lo lamento —susurré.

—No sabía que iba a ir. No sabía lo que habían planeado. No me queda familia —dijo de nuevo.

—Entonces, sigue con vida para encontrar una nueva.

Cerró los dedos sobre el talismán hasta que quedó escondido en su puño y caminó hasta la linde del bosque, donde había atado a su caballo al tronco de un árbol ancho. Le pasó una mano por el hocico antes de retirar mi arco de las alforjas y soltar el carcaj.

Sonreí mientras me los tendía, pero él se limitó a mirar al suelo entre nosotros mientras la sombra del halcón nocturno pasaba de nuevo por encima de nuestras cabezas. Su gemido se oyó sobre nosotros mientras me pasaba el arco por la cabeza.

—Gracias. —Me llevé una mano a la espalda para palpar la pluma que sobresalía por encima de mi hombro mientras la aseguraba.

Sin decir una palabra, se dio la vuelta y me dio la espalda mientras se alejaba. En la poca luz que quedaba, lo vi hacerse más pequeño y contuve la respiración mientras desaparecía entre las tiendas, el nudo de la garganta cada vez más tenso. Esperaba que fuera la última vez que lo veía. Esperaba que no pagara con su sangre el precio de lo que yo había hecho.

El halcón nocturno chilló de nuevo y miré hacia arriba, donde lo vi inclinar las alas y girar para romper el círculo. Sobrevoló el bosque y se dirigió hacia el este, y lo supe. De la misma manera en que reconocía el sonido de la voz de la mujer en mi recuerdo roto. Las Hilanderas habían respondido a mi oración. Me estaban guiando. Y era el momento de seguirlas.

No miré atrás, me fui directa hacia los árboles, en dirección a Hylli, hasta que el campamento desapareció detrás de mí, levantando la mirada cada pocos pasos para mantener a la vista a El que todo lo ve. Aparecía y desaparecía, desvaneciéndose tras las gruesas ramas y luego apareciendo de nuevo contra el cielo centelleante y cubierto de nubes.

La luna describió una curva por encima de mi cabeza a medida que pasaban las horas y el vientre de las tierras bajas me engullía. Me sentí sola por primera vez desde que el Tala de los Svells me había encontrado en aquella playa. Jorrund no me susurraba al oído y ninguna mirada estaba fija en mi piel cubierta de marcas Kyrrs.

Él sabría que me había ido en cuanto se despertara. Se pondría frenético, se asustaría. Y aunque no quería preocuparme por él, una parte muy pequeña de mí seguía haciéndolo. Era un alma frágil, aunque él mismo no lo supiera, que se apoyaba en el poder con el que había tropezado el día en que me había encontrado. Pero ese poder se le escapaba entre los dedos con cada respiración, dejando solo al hombre que había mentido para evitar perder su férreo control sobre todo lo que lo rodea.

Había sido una tonta al creer que le pertenecía a Jorrund. Lo sabía. De hecho, siempre lo había sabido. Pero nunca había tenido ningún otro lugar al que ir. Iría a buscarme, pero no me encontraría.

Esa vez, me había ido de verdad.

Caminé. Caminé hasta que no sentí nada. La piel se me adormeció bajo la lluvia helada, mi pelo y mi ropa empapados. El bosque estaba muy silencioso, mis pasos creaban eco contra los árboles cuando mis pies entraban en contacto con el suelo. Caminé hasta que los huesos de los pies me dolieron dentro de las botas. Hasta que sentí los brazos débiles debido al peso de mis faldas. Hasta que los párpados me pesaron tanto que la forma de El que todo lo ve se convirtió en un borrón contra el oscuro cielo nocturno. La cara de Halvard era la razón por la que seguía arrastrándome por el bosque, saliendo y entrando de mi mente. Ahora, él era la persona a quien le debía algo. El único destino que importaba.

Vigdis tenía razón. Debería haber muerto en el mar vacío, pero las Hilanderas habían ligado mi destino al del joven Nādhir desde lo que había sucedido en el claro. Habían juntado nuestros caminos con algún propósito que no alcanzaba a entender. Estaba tallado en el árbol de Urðr. Estaba escrito en mi alma. Y era lo único que iba a hacer bien. Era lo único que iba a hacer por mi cuenta.

Y con ese único pensamiento en mente, de repente quise verlo. Quería estar cerca de él, como lo había estado bajo la puerta de Utan. Los susurros parecieron volver a la vida en el fondo de mi mente, su sonido se fundió con el viento y el balanceo de los árboles.

Un haz de luz dividió la oscuridad y me detuve, apretando más las faldas contra el pecho. El aroma del mar llegó hasta mí, el agua agitada y resbaladiza sobre las rocas frías rompía el silencio vacío. Llegué a la linde del bosque y me encontré de lleno con una ráfaga de aire fresco y salado. La luz de la luna me dio en la cara y, delante de mí, se desplegó el fiordo negro y dormido. Se convertía en espuma blanca en la orilla, mis botas se encontraban al borde de un acantilado que caía hacia una playa rocosa. El ruido se intensificó y lo inundó todo, llevándose todo lo demás hasta que pude sentir unos susurros siseantes sobre la piel. El chasquido de lenguas contra dientes.

Y supe, antes de levantar la mirada, que estaría allí. Lo sabía tal como conocía el peso de las piedras que me colgaban del cuello.

Parpadeé y reseguí con la mirada el límite del acantilado hasta dar con los pies que estaban justo al borde; la luz de la luna arrancó un breve resplandor a su túnica blanca. El viento lo rodeaba, le soplaba el cabello que le caía sobre la frente. Y cuando lo miré a la cara, los ojos de Halvard estaban fijos en mí.

CAPÍTULO VEINTISÉIS

HALVARD

Podía sentirla. Como el avance de la niebla silenciosa serpenteando entre los árboles.

La Lengua de la Verdad parecía un fantasma contra la noche, su piel tan blanca como la nieve debajo de su vestido negro. Miró hacia abajo, hacia el agua, y dejó caer las faldas que tenía recogidas en las manos, y estas revolotearon detrás de ella como las alas desplegadas de un cuervo.

Parpadeé, esperando que desapareciera como lo había hecho aquella noche en el bosque. Como esa vez ante el altar, cuando la visión que había tenido de ella se había disipado como el humo. Pero no lo hizo. Se quedó inmóvil justo antes de levantar la mirada y se llevó las manos al pecho cuando sus ojos se encontraron con los míos. Y la misma sensación que me había invadido en Utan regresó, como agujas clavándoseme en la piel. Era algo que no había sentido nunca antes de verla en el claro, pero ahora, se estaba volviendo familiar. Se estaba convirtiendo en algo que reconocía.

Eché un vistazo a su espalda, a los árboles, mientras me sacaba el cuchillo del cinturón.

—¿Estás sola? —Mi voz se perdió en el viento que corría por el acantilado.

Se quedó petrificada, como si también esperara que yo desapareciera.

—Sí —respondió mientras se alejaba del borde del precipicio.

Miró el cuchillo que tenía en la mano. Las trenzas que le caían sobre el hombro estaban deshechas casi por completo, las cuentas caían sobre su rostro y la lluvia goteaba de ellas. Intenté no fijarme en los riachuelos que le corrían por la piel.

Su largo vestido ondeaba en el viento, tenía los dedos enredados en las puntas del pelo, que le llegaba hasta la cintura. Lentamente, alcé una mano entre nosotros y ella entreabrió los labios cuando la agarré de la muñeca y tiré de ella hacia mí. Era real. No como el espíritu que había visto en el bosque. En el dorso de la mano tenía un corte que atravesaba de lleno la marca de la milenrama dibujada con tinta y tenía la piel helada, pero era de carne y hueso y la tenía delante. Y, aun así, había algo inquietante en ella. Más sombras que luz.

—Estás aquí de verdad —dije, soltándola.

Cerró la mano en un puño y se cubrió la marca que le había tocado con los dedos mientras daba un paso atrás.

—¿Qué estás haciendo aquí? —pregunté, avanzando para recortar el espacio que había puesto entre nosotros.

—He venido a decirte... —Pero no terminó, movió los pies con nerviosismo mientras se metía unos mechones sueltos detrás de la oreja. Sacó mi hacha de su cinturón y me la tendió. El filo estaba casi completamente cubierto de barro.

La acepté y froté el hierro con el pulgar hasta que vi brillar el grabado del tejo.

Se envolvió el torso con los brazos, temblando.

—Los Svells vienen hacia Hylli.

—¿Te crees que no lo sé? —Elevé la voz por encima del sonido de las olas que se estrellaban debajo y ella se estremeció.

Se giró para mirar el agua y enredó las manos en el arco que llevaba al hombro.

—Lo siento. —Sus labios formaron las palabras, pero no pude oírlas. De repente, parecía pequeña. Delicada.

Suspiré y dejé que el peso del hacha cayera a mi lado.

—¿Por qué me ayudaste? —pregunté, suavizando el tono.

Parecía sorprendida por la pregunta y estudió mi cara antes de responder.

—Porque no debes morir.

—Si no debo morir, entonces no lo haré.

Buscó algo en mis ojos, haciéndome sentir inestable de nuevo.

—No es así como funciona el destino.

La luz de la luna traspasó las nubes sobre nuestras cabezas e iluminó el ojo que llevaba en el pecho. Me miraba directamente, sin parpadear.

—Entonces, ¿cómo funciona?

—Siempre está cambiando. En todo momento. Estoy intentando deshacer lo que ha pasado. Cuando lancé las piedras, no sabía que ellos…

—Entonces, ¿fuiste tú? —Me pasé una mano por el pelo mojado, y me di cuenta de que Kjeld había tenido razón.

No dijo nada, pero encontré la respuesta en la forma en que volvió a mirar al suelo.

—No lo sabía.

Pero eso no era suficiente. Todo un pueblo había muerto. Aghi había muerto.

—¿Qué estás haciendo con los Svells?

—No estoy con ellos. Ya no. —Atenuó la voz—. Quiero ayudaros.

Traté de leer la mirada que se encendió en su rostro. Tenía miedo, y aunque yo nunca hubiera visto la guerra, conocía a la gente. No confiaba en ella, pero la piel pálida de su garganta todavía estaba magullada, los verdugones donde había cerrado las manos sobre su cuello eran visibles incluso en la oscuridad. Había ido hasta allí a pesar de que había estado a punto de matarla hacía solo unos días.

—Y no tengo a dónde ir. —Tragó saliva con fuerza, la vergüenza de su confesión impregnaba cada palabra.

Parpadeé, su imagen se volvió instantáneamente más clara. Pude verlo. Había algo hueco en ella. Algo desgastado.

—Puedo ayudaros. Puedo intentar manteneros con vida.

—No puedes ayudarnos. —Volví a guardarme el cuchillo en el cinturón y me giré para emprender el camino de vuelta, pero me siguió.

—Por favor. —Me agarró de la manga y me detuvo, y me estremecí al sentir su piel fría a través de la túnica. Me rodeó el brazo con los dedos y tragué con fuerza, mirándola a la cara. Las marcas pintadas cubrían cada centímetro de piel que mostraba la abertura de su vestido y las reseguí con los ojos hasta que desaparecieron.

—Quiero ayudaros. —Me agarró con más fuerza todavía.

—Si muero luchando por mi gente, será una buena muerte. Los dioses me honrarán. Iré al más allá con mi padre.

Inclinó la cabeza hacia un lado; los ojos le brillaban, como si pudiera ver algo en los míos.

—No tengo miedo —dije, en un tono más grave.

Se acercó a mí y deslizó la mano por mi brazo hasta llegar a mi muñeca.

—Halvard… —susurró.

El sonido de mi nombre pronunciado por su voz me impulsó a librarme de su agarre y a mover los dedos para volver a sostener el cuchillo. No me gustó la sensación que envió corriendo por mi cuerpo. En sus labios, parecía un hechizo.

—¿Cómo te llamas?

Ella sonrió, y la sensación de que tiraba de un hilo atado a mis costillas provocó que me costara respirar.

—Tova.

—¿Por qué te importa lo que nos pase, Tova?

—Porque nuestros destinos están ligados. Estamos entrelazados —susurró.

Yo había empezado a pensar lo mismo. No sabía por qué, pero había algo entre nosotros. Una atracción que me llevaba de vuelta a ese momento en el claro.

—¿Qué significa eso?

Me miró durante un largo instante, pensando.

—No lo sé. Pero se supone que no debes morir mañana. Lo he visto. —Retiró la mano, dejando atrás solo el aguijón de su roce sobre mi piel.

—¿En las piedras?

Asintió.

—Sí, en las piedras.

—Entonces, ¿has cambiado de bando por lo que te han dicho las runas?

—He dejado a los Svells porque no se suponía que debiera estar con ellos. Se supone que debo estar *aquí*. —Las lágrimas que tenía en los ojos brillaban en la oscuridad—. Cuando leí las runas no sabía que los Svells atacarían a los Nādhirs. No sabía que sucedería todo esto.

—Pero ha sucedido.

—Lo sé. —Respiró de forma entrecortada—. Lo siento —repitió, con los nudillos blancos mientras se apretaba las manos.

Detrás de ella, el bosque estaba vacío. En cuanto los Svells supieran que su Lengua de la Verdad se había ido, lo más probable era que alguien se acercara a echar un vistazo. Pero para entonces, la batalla ya habría comenzado.

Miré hacia el agua negra que quedaba por debajo, contemplé el remolino de espuma blanca antes de que golpeara las rocas y fuera arrastrado hacia el mar. No me interesaban las piedras o la interpretación del futuro. Pero ella había estado con los Svells. Los había visto pelear y sabía cuántos eran. No era lo bastante estúpido como para no aceptar su ayuda.

Pero enterrado debajo de esos pensamientos, había otro que no quería admitir. No quería decirle que se fuera. Ahora que estaba allí, no quería que se marchara.

Resiguió con el dedo el corte que atravesaba la milenrama de su mano y me di cuenta de que estaba esperando mi respuesta. Estaba tan quieta que parecía que ni siquiera estaba respirando.

Tova no solo estaba intentando salvarme a mí. Estaba intentando salvarse a ella misma.

—Puedo lanzar las piedras para los Nādhirs. Puedo…

—No. —No la dejé terminar.

Arrugó el ceño y entrecerró los ojos mientras me miraba.

—¿No quieres saberlo?

—No. —Me giré en la dirección del viento, sin esperar a que me siguiera—. Si voy a luchar, necesito creer que podemos ganar.

CAPÍTULO VEINTISIETE

TOVA

La luz del sol seguía enterrada detrás del horizonte cuando Hylli apareció a la vista.

Seguí a Halvard por el camino, con la mirada clavada en su espalda mientras caminaba. Se había despojado de su armadura, la túnica se le tensaba sobre sus anchos hombros y llevaba el pelo recogido en un moño en la nuca. Había habido un momento, en el acantilado, en el que había creído que me rechazaría, pero el mismo sentimiento que me había inundado en Utan me llevaba ahora a Hylli.

La orilla que abrazaba aquella tierra se parecía un poco a la de las afueras de Liera, pero había algo diferente en aquel lugar. La montaña se alzaba ante el fiordo como si los dioses estuvieran encaramados allí, vigilando el pequeño pueblo.

Era precioso. Era un hogar.

Solo había oído unas pocas historias sobre los dioses de los Nādhirs. Había escuchado aún menos sobre la diosa de mi propio pueblo, Naðr. Pero algunas cosas eran ciertas sobre todos los dioses, por lo que todos resultaban familiares. Y así me sentía en Hylli. Como si fuera un lugar que, de alguna manera, había olvidado.

—Me gustaría ver al Kyrr que estaba contigo en Utan —le dije, acelerando el ritmo para mantenerme a la misma altura que él.

—No está aquí.

Me detuve debajo de la puerta.

—¿Qué?

—Se fue. —Por fin se giró para mirarme—. ¿De dónde lo conoces?

—No lo sé —respondí. Y si se había ido, lo más probable era que nunca la supiera. Me fijé en una ristra de huesos colgados de una viga entre un par de postes. Se balanceaban con suavidad en el viento—. ¿A quién pertenecían?

Halvard se detuvo en mitad del camino y levantó la mirada hacia el arco antes de dejarla caer sobre mí.

—A las últimas personas que intentaron arrebatarnos este lugar.

Los Herjas.

Entró en la niebla y lo seguí, a mi izquierda y a mi derecha aparecieron las formas de varias casas antes de que Halvard se detuviera delante de una puerta de madera gris sacudida por el viento. La abrió y desapareció dentro, donde el sonido de las voces se interrumpió de repente.

La luz de un fuego se derramaba en el suelo delante de mí y el olor a hierbas inundó el aire nocturno. Traspasé el umbral con cuidado, echando un vistazo alrededor de la gran casa. Dos hombres trabajaban en una pila de cueros extendidos sobre la mesa y Halvard recogió un chaleco de un baúl y se lo puso encima de la túnica.

Hasta que uno de los hombres levantó la vista, sus manos no se detuvieron, su rostro medio iluminado por el fuego. Centró la atención en al arco que llevaba colgado del hombro.

—¿Quién es esta? —Sus ojos azules resiguieron mis marcas antes de examinarme la cara.

—Se llama Tova.

—¿Eres…? —Su mirada era más curiosa que temerosa.

—Es Kyrr —respondió Halvard mientras se ocupaba de los broches de su chaleco.

Los dos hombres se miraron antes de que el de pelo rubio sonriera y me di cuenta de que no les había hablado sobre mí. O de lo que había hecho. Si se lo hubiera contado, ya habrían desenvainado sus espadas.

Se oyó un golpe en la puerta y me apreté contra la pared mientras Halvard alcanzaba el pestillo.

—¿Quieres ayudarnos? Esta es tu oportunidad.

La puerta volvió a abrirse y un hombre alto y ancho con una barba negra rebelde apareció entre la niebla con algunos otros, esperando.

—¿Listo? —Pero la cara le cambió cuando me vio, abrió mucho los ojos.

—Ha venido del campamento Svell. —Halvard me hizo un gesto con la barbilla para que fuera tras él y seguimos el ritmo de los cuerpos que se movían en silencio en la oscuridad—. Convócalos a todos, Latham.

El hombre de la barba negra hizo una seña a uno de los otros que caminaban a su lado y este desapareció antes de que atravesáramos las puertas de la casa ritual. La puerta se cerró detrás de nosotros y la calidez del fuego del altar se alzó a mi alrededor, pero todavía tenía demasiado frío para sentirlo.

Se reunieron alrededor de una mesa sobre la que desenrollaron un mapa, todas sus voces sangraban por encima del crepitar del fuego. Encontré un sitio en un rincón en sombras, con mis manos entumecidas apretadas delante de mí.

—Tova. —Halvard me miró por encima de las cabezas de los demás y yo avancé, tragando con fuerza—. ¿Cuántos Svells acampan en el valle oriental? —Los otros guardaron silencio cuando Halvard habló y yo me quedé petrificada cuando sentí el peso de sus miradas. Dieron un paso hacia alguno de los lados de la mesa, dejándome espacio.

—Setecientos sesenta —respondí, repitiendo la cifra que había oído que Siv comunicaba a Vigdis.

—¿Aquí? —Halvard señaló un punto en el mapa, al borde del bosque.

—No tan cerca del agua. —Puse la mano sobre la suya y sentí que se tensaba bajo mi toque mientras desplazaba su dedo hacia el norte—. Pero vendrán del sur.

Sacó la mano de debajo de la mía antes de cerrar el puño a un costado.

El hombre al que había llamado Latham se inclinó sobre la mesa.

—Obligarlos a pasar por las tierras bajas hará que les sea más difícil avanzar.

—Lo hará más difícil para ambos bandos —respondió Halvard.

Arqueé una ceja al ver a todos los líderes de las aldeas mirar a Halvard mientras hablaba. Como si fuera uno de ellos.

—¿Estuviste allí cuando atacaron Utan? —Volvió a dirigirme toda su atención.

Me puse rígida, no quería recordarlo. Quería borrar esa noche de mi mente como había hecho con todo lo demás. Me limité a asentir.

—Sí.

—¿Qué hicieron?

—Yo… —tartamudeé, insegura de qué decir. Insegura de lo que pensarían.

Esta es tu oportunidad.

Las palabras de Halvard resonaron en mi mente.

—Asaltaron el pueblo. Sus guerreros derribaron a todos los Nādhirs antes de prenderle fuego.

Vi a Halvard estremecerse por culpa de mis palabras, aunque lo ocultó bien.

—¿Cómo lo incendiaron?

—Con flechas en llamas —respondí. Todavía podía escuchar el silbido que habían emitido al volar en la oscuridad.

Volvió a examinar el mapa, pensando.

Latham asintió en respuesta.

—¿Qué quieres hacer?

Entrecerré los ojos al escuchar la pregunta, los estudié. Latham miraba a Halvard, esperando su respuesta con paciencia, igual que hacía Siv con Vigdis.

Tragué saliva con fuerza. No era solo uno de ellos. Los estaba *liderando*.

—Aquí. —Halvard señaló una densa área boscosa entre el fiordo y el valle—. Si podemos impedirles que sobrepasen el límite de los árboles hasta que al menos la mitad de ellos estén muertos, tendremos una oportunidad. Sus flechas no podrán llegar a la aldea desde allí. —Deslizó la mano hacia el claro que se abría ante Hylli—. Una cuarta parte de nuestros guerreros esperarán aquí. El resto, en primera línea, en el bosque.

Lo consideraron, un silencio pesado cayó sobre la casa ritual.

—¿Qué os parece? —preguntó, estudiando sus rostros.

—Bien. —Latham asintió y los otros lo imitaron—. Buena idea.

Pero no había ningún buen plan. Las opciones eran reducidas. Confinar la pelea a la zona del bosque era lo mejor que tenían.

Una campana resonó en el pueblo, el agudo tañido creó eco a nuestro alrededor y, sin pensarlo, se movieron como uno solo en dirección a las puertas.

Halvard recogió su hacha del mapa, me tomó del brazo y tiró de mí para que lo acompañara.

—Eres el jefe —dije en voz baja.

Me soltó y guardó el hacha en su vaina.

—Hoy, lo soy.

—¿Por qué no me dejas lanzar las piedras? Puedo ayudar. Puedo...

Al oír eso, se giró y me miró desde arriba mientras los demás salían en fila. Me quedé inmóvil cuando sentí el roce de su respiración en la piel, intentando no inclinarme hacia su calidez.

—Ya te lo he dicho. No quiero saberlo. Confío en los dioses. —Sus ojos repasaron mi cara durante un largo momento mientras tensaba la mandíbula—. Gracias por tu ayuda. —Se giró hacia la puerta—. Quédate en la zona norte y no deberías cruzarte con ellos.

—¿Qué? —Lo aferré del chaleco antes de que saliera fuera—. Voy con vosotros.

—¿Con nosotros?

—Te lo he dicho. Quiero ayudar.

—Y lo has hecho. Ahora, vete a casa.

—No tengo ninguna casa. —Solté los broches de bronce que tenía en el costado y dejé caer los dedos.

Entreabrió los labios en un largo suspiro y entrecerró los ojos.

—¿Sabes pelear?

—Sé disparar. —Sonreí, tocando con los dedos la cuerda del arco que me cruzaba el pecho.

Su mirada no dejaba de saltar hacia la mía y de apartarse a continuación.

—Sabes que lo más probable es que todos muramos, ¿no?

Lo rodeé con un brazo y le quité el cuchillo de la parte posterior del cinturón.

—Ya te lo he dicho. Tú no morirás hoy.

Cruzó los brazos sobre el pecho y me observó mientras me cortaba la larga falda. La campana volvió a sonar y dejé caer el lino desgarrado al suelo. Le entregué el cuchillo y la comisura de su boca se levantó, pero se giró antes de que pudiera verlo sonreír.

Corrí para seguirlo en medio de la avalancha de guerreros que se dirigían a la puerta. Llegamos al frente de la línea, me ajusté las correas del carcaj y empecé a subir la colina detrás de él. Alguien levantó una mano en el aire por delante de nosotros cuando llegamos a los árboles, y vi al hombre rubio de la casa saludando desde la primera fila. Halvard se dirigió hacia él, echó el brazo atrás para agarrarme de la muñeca y tiró de mí con él mientras se abría paso entre todos aquellos cuerpos apretados.

Cuando atravesamos la fila, nos encontramos en la cima de la colina, hombro con hombro con los demás. Una mujer rubia y otra pelirroja aguardaban con ellos, y ambas me dirigieron miradas afiladas.

—¿Qué está haciendo aquí? —Un hombre con el pelo rapado me miró con una sonrisa torcida. Tardé un momento en reconocerlo como uno de los hombres que habían estado con Halvard en Utan.

—Es una larga historia —murmuró Halvard mientras desenvainaba su espada.

—No me tienen miedo —dije en voz baja a su lado.

—¿Quién?

—Ninguno de ellos. ¿Por qué no me tienen miedo?

A la luz de la mañana, sus ojos azules eran del mismo color que el hielo.

—¿Por qué iban a tenerte miedo?

—¡Halvard! —Latham avanzó por la fila de guerreros que se extendía por el bosque y Halvard le hizo una señal con un silbido. Latham se detuvo ante él y le apoyó una mano en el hombro—. A tu señal.

Halvard lo soltó y Latham nos dejó para ocupar su lugar en la fila. Nos encontrábamos al frente, delante de cientos de guerreros que aguardaban a nuestra espalda y hacia nuestra izquierda y derecha. Los hermanos de Halvard lo abrazaron y lo besaron antes de que la mujer rubia se apoderara de su armadura y se la revisara de nuevo.

Cuando miré a nuestro alrededor, todas las caras buscaban a Halvard, a la espera. Respiró hondo antes de liberar su hacha y dejar que su silbido atravesara el bosque, un sonido que resonó entre los árboles. El silencio cayó sobre los clanes hasta que solo quedó el ruido de las olas gélidas al estrellarse en la orilla que rodeaba Hylli por debajo. Traté de no pensar en lo que estaba haciendo, entrar en combate junto a unos extraños para luchar contra los Svells. Pero de repente, parecía que todo me había conducido hasta allí, que el destino se había retorcido y girado desde ese día en la playa con Jorrund. Hasta este momento exacto en el tiempo, con los pies plantados junto a Halvard.

De repente, la fila avanzó, paso a paso, y apreté la mano alrededor de la cuerda del arco que me cruzaba el pecho mientras se me aceleraba el corazón. Los árboles se extendían en todas direcciones y ondeamos a su alrededor como una avalancha de agua, desplazándonos por el bosque mientras la luz cada vez más brillante del sol disipaba la niebla entre los árboles que teníamos delante.

Halvard avanzaba a mi lado, hasta el último músculo tenso alrededor de los huesos, sus pesadas armas a los costados.

Detrás de nosotros, Hylli yacía pacíficamente junto al mar en calma, pero la tormenta estaba a solo unos minutos de estallar. Se podía paladear su sabor nítido en al ambiente.

Me aferré a mi arco con tanta fuerza que la piel de mis dedos amenazó con resquebrajarse contra él, y cuando Halvard volvió a silbar, la fila se detuvo de golpe, hasta el último sonido fue erradicado. Metió una mano en la túnica, sacó una pequeña piedra de debajo de su chaleco reforzado y frotó la superficie con el pulgar antes de besarla y susurrar algo que no pude escuchar. Ese sonido produjo un eco detrás de mí, las voces suaves y reverberantes de los Nādhirs elevaron plegarias a sus dioses.

Alcé el rostro hacia las nubes oscuras y la primera gota de lluvia fría me golpeó en la mejilla. No conocía a ningún dios al que pedir ayuda. Aunque lo conociera, dudaba de que respondiera. A quienes conocía era a las Hilanderas, y no eran protectoras. No les importaba la araña que atravesaba la red del destino, pero me habían concedido una segunda oportunidad. Una oportunidad para hacer las cosas bien.

En vez de a ellas, le recé a la mujer de mi visión. Cerré los ojos y la conjuré. Manos delicadas a la luz del fuego y el tarareo de una canción. Las aguas plateadas y las grandes estatuas de los promontorios como gigantes en la niebla.

Las oraciones se desvanecieron y abrí los ojos para ver las sombras que aparecieron por delante. La tormenta que se acumulaba en el cielo sobre nosotros de repente parecía estar tronándome en el pecho. Me arrebató el aire de los pulmones cuando sentí un pinchazo ahí, como si me estuvieran arrancando el corazón de entre las costillas con la punta de un cuchillo.

Los Svells se distribuyeron entre los árboles que teníamos delante, una fila interminable de guerreros a derecha e izquierda. Los cueros que llevaban puestos se mezclaban con los colores del bosque hasta que resultaban casi invisibles, pero llevaban la sorpresa y la inquietud escritas en las caras. No esperaban encontrarse con los Nādhirs tan dentro de las tierras bajas. Incluso aunque al final llegaran a Hylli, lo harían con menos guerreros. Volverían a territorio Svell arrastrando a sus muertos detrás de ellos.

Parpadeé cuando una cara conocida apareció entre las demás y apreté los dientes mientras un aguijonazo de calor me ardía detrás de los ojos. En la distancia, el Tala posó la mirada en mí.

La cara de Jorrund quedó retorcida por la furia, apretó los dientes con tanta fuerza que parecía que se le iban a partir dentro de la boca. Vigdis estaba de pie a su lado, con sus hombros anchos, y sabía lo que estaba pensando. Que debería haberme matado tras la muerte de Vera. Que debería haberme prendido fuego cuando Bekan cayó en el claro. Cada gota de sangre derramada de allí a Liera era el mar en el que debía ahogarme por maldita. De alguna forma, Vigdis lo había sabido. Había sabido que atraería la muerte desde el momento en que me había visto por primera vez.

Y tenía razón.

CAPÍTULO VEINTIOCHO

HALVARD

La señal se desplazó por el viento como el hilo que atraviesa la aguja cuando los Svells aparecieron.

La línea frontal que formaban sus guerreros se extendía tanto como la nuestra, pero había fila tras fila de ellos esperando para avanzar hacia la pendiente que conducía al pueblo. Vigdis estaba en el centro, delante de los demás, con el pelo alborotado por el viento, e incluso desde esta distancia pude ver que el arma que aferraba era la espada enjoyada que Bekan había llevado al claro como ofrenda de desagravio. Era el arma que le había arrebatado la vida a Espen. La piedra ámbar de la empuñadura casi parecía brillar en la palma de su mano.

Miré a Fiske y él me hizo un firme asentimiento antes de desenvainar su propia espada. Nunca lo había visto pelear. Solo había escuchado historias. Pero al mirar la cara de mi hermano, fue como si una persona diferente hubiera cobrado vida detrás de sus ojos.

—Estoy contigo, hermano. —Su voz profunda transportó las palabras a través del silencio y eran lo único que necesitaba. Con Iri, Fiske, Eelyn y Mýra a mi lado, de repente ya no tenía miedo.

Tova fijó sus ojos oscuros en el ejército Svell. A lo lejos, el Tala con el que la había visto en el claro se hallaba junto a Vigdis, con expresión horrorizada al verla. Pero ella lo miró sin ninguna emoción, sosteniendo el arco con ligereza en las manos.

Sus guerreros se detuvieron y Vigdis echó un vistazo a los árboles que nos rodeaban, estudiando el espacio entre las dos multitudes. En más de una forma, enfrentarnos a ellos en el bosque nos dejaba en desventaja, pero si el destino estaba de nuestro lado como Tova decía que así era, sería la única forma de ganar. Por la expresión de Vigdis, sospechaba de nuestro movimiento.

Me arrodillé, tomé un puñado de tierra fría y húmeda y la aplasté entre los dedos; el contacto con la tierra me centró. Respiré e invoqué una imagen de Hylli al atardecer en el centro de mi mente. El olor del mar y la luz dorada. El sonido del agua contra el casco del bote y las caracolas repiqueteando en las ventanas. Había nacido en la montaña, pero me había convertido en un hombre en el fiordo. Sus aguas fluían por mis venas.

Volví a silbar mientras me ponía de pie, dejando que el sonido se alargara, y respiré hondo por última vez para calmarme. Era el final, y no pude evitar pensar que parecía adecuado. Dejé que el peso de mi espada me devolviera al campo de batalla y clavé la mirada en Vigdis antes de echar la cabeza hacia atrás y gritar.

Choqué contra una ráfaga de viento y la dejé atrás cuando eché a correr y los gritos de guerra de los hombres de mi clan me impulsaron hacia delante. Los pies se me hundieron en aquel terreno blando mientras serpenteábamos entre los árboles y los Svells corrían por el bosque hacia nosotros. Y, a continuación, se produjo un momento de silencio. Un instante que se hizo astillas entre latido y latido de mi corazón, antes de que toda la furia chocara y la guerra devorara aquella tierra.

La imponente figura de Vigdis corrió directa hacia mí desde el frente, con los dientes relucientes al soltar un rugido. Mis pies golpearon el suelo más rápido y no empecé a frenar hasta que un destello que la luz arrancó al acero hizo que me agachara. Un hacha voló por encima de mi cabeza y le dio de lleno a una mujer Nādhir que iba detrás de mí, que acabó cayendo y golpeando el suelo con fuerza. Me puse de pie justo a tiempo para clavarle mi cuchillo al hombre que la había lanzado, haciéndolo caer de un golpe antes de saltar por encima de él. Busqué a Vigdis en la bruma mientras los cuerpos se movían como una inundación a mi alrededor. Pero había desaparecido, perdido en el mar de la batalla que tenía por delante.

Fiske pasó corriendo junto a mí, blandiendo la espada por encima de la cabeza antes de hundirla en la nuca de un Svell. El hombre cayó a sus pies y él recuperó el arma con un tirón hacia atrás, giró y derribó a otro con un segundo golpe. A su espalda, una mujer que levantaba un arco captó mi atención. Apuntó a Fiske con una flecha y abrió la boca mientras deslizaba los dedos por la cuerda.

—¡Al suelo! —Corrí hacia ella mientras Fiske caía en cuclillas y la flecha le pasaba por encima de la cabeza y se clavaba en el Svell que tenía detrás.

Ella fue a disparar otra flecha, pero yo estaba demasiado cerca. Le clavé el hacha en el hombro y cayó de rodillas, intentando alcanzar a Fiske. Él se echó hacia atrás y describió un movimiento ascendente con la espada para empalar a la mujer con ella. Toda la hoja brilló empapada en sangre cuando Fiske la arrancó de donde la había encajado entre sus huesos y se puso de pie, jadeando.

Pasé por encima de la mujer a mis pies y le quité la espada con mi mano libre.

—¿Bien? —Fiske esperó a que asintiera antes de girarse hacia los tres guerreros que corrían en nuestra dirección.

Se preparó, con una mano flotando a un costado para estabilizarse, y yo di un paso adelante, girando sobre el pie para describir un círculo con el hacha a mi alrededor y disponer de más impulso. No miré al objetivo antes de darle, confié en mi puntería para poder vigilar a la mujer Svell que se acercaba. La punta del hacha hizo un corte limpio en la pierna del hombre y dejé que el mango resbalara entre mis dedos cuando la mujer llegó hasta mí. Caí sobre una rodilla y aferré la empuñadura de la espada con ambas manos antes de describir un movimiento ascendente con un golpe seco. La hundí en el centro del pecho de la mujer y Fiske me agarró del chaleco, tiró de mí hacia arriba y me colocó el hacha en las manos. Nos abrimos paso hacia delante, hacia la línea central.

Pero antes de que llegáramos, un hombre se acercó a mí y me tiró al suelo. Mi hacha salió disparada y mientras me preparaba para el impacto de su espada, de repente se quedó inmóvil y cayó de rodillas ante mí. Se llevó las manos al objeto de hierro que le perforaba la garganta. La sangre se escurrió entre sus dedos mientras arañaba la flecha.

Miré detrás de él y vi a Tova, de pie con el arco levantado y los dedos aferrados a la siguiente flecha. Le arrebató el cuchillo del cinturón al Svell caído a sus pies y lo lanzó por el aire hasta que la hoja se hundió en el suelo a mi lado. Rodé hacia un lado, agarré el cuchillo y lo llevé hacia atrás para clavárselo al Svell que iba a por Fiske. Gritó y cayó hacia delante, y volví a rodar hasta quedar de rodillas y hundirle el cuchillo en el costado.

Cuando miré por encima del hombro, Tova ya no estaba.

Otro cuerpo echó a correr en mi dirección mientras arrancaba el cuchillo y me dejé caer de espaldas para levantar el arma cuando él descendió sobre mí y clavársela justo en la zona blanda debajo del esternón. Aterrizó sobre mí y levanté la mirada cuando dos sombras se deslizaron por el suelo. Fiske y Eelyn aparecieron sobre mí, luchando espalda con espalda. Me quité el cadáver de encima y me puse de pie. El bosque estaba plagado de hombres luchando, sus gritos quedaban amortiguados por el rugido de la tormenta que teníamos encima.

Iri me lanzó el hacha por el aire y la atrapé, usando el impulso del lanzamiento para asestarle un tajo a una mujer Svell en el brazo cuando retrocedía para dar un golpe con su espada. Trastabilló hacia un lado y volví a atacar con la otra mano, haciéndole un corte en el chaleco con el cuchillo.

Cayó al suelo cuando Mýra apareció detrás de ella, con el rostro manchado de sangre como si fuera pintura de guerra. Ella sacudió la barbilla hacia la derecha y yo giré con el hacha levantada, que llevé hacia atrás antes de hundírsela en el pecho a otro hombre.

Detrás de él, Vigdis estaba arrancando su espada del cuerpo de un Nādhir mientras la fría lluvia goteaba por su cara pálida.

Me lancé hacia delante con todo mi peso y corrí mientras desenvainaba la espada Svell. Él hizo un giro brusco mientras el arma descendía y erraba el golpe, que impactó contra el mango de su espada. Retrocedí con el arma y volví a atacar, y una esquina le rozó el cuello. Un reguero de sangre le bajó por la garganta y le empapó la túnica. Hizo presión con una mano para detener el sangrado y volvió a blandir la espada y a cargar contra mí. Lo agarré del brazo, lo obligué a girar a mi alrededor, y ambos caímos y chocamos contra el tronco de un árbol.

La espada se me resbaló de la mano, me puse en pie con dificultad y llegué junto a él antes de que pudiera levantarse. Le asesté una patada en el costado y volvió a caer, gimiendo y jadeando mientras rodaba sobre la espalda.

Me miró desde el suelo, con la mano todavía presionada contra la herida sangrante.

Recogí el hacha, mirándolo a los ojos. Quería que supiera que era yo. Quería que se llevara el recuerdo con él a la otra vida. Que la vergüenza lo persiguiera por toda la eternidad. Levanté el hacha por encima de la cabeza, listo para bajarla, y cuando llené el pecho del aire, me quedé petrificado.

El sonido de un grito traspasó el caos y llegó hasta mí. Una voz que conocía.

Eelyn.

Giré en redondo, buscando entre la maraña de cuerpos. Estaba en el suelo, y una mujer Svell estaba levantando su espada con ambas manos.

—¡No! —grité, habiendo echado ya a correr mientras todas las luces del bosque parpadeaban y solo el sonido de los gritos de Eelyn resonaba en mi cabeza.

Cuando la espada descendió, Eelyn se revolvió con violencia y el arma se le hundió en el hombro, perforándole la carne y clavándose en el suelo. Ella aulló, agarró el pelo de la mujer con el puño y volvió a levantar la espada. Yo di una zancada enorme, levanté el hacha por encima de la cabeza y la lancé, el mango mojado se deslizó entre mis dedos mientras el corazón se me alojaba en la garganta.

La espada cayó de la mano de la mujer mientras se tambaleaba hacia atrás y bajaba la mirada, con los ojos muy abiertos, al hacha que tenía enterrada en el pecho.

Eelyn se sentó, arrancó el cuchillo incrustado en la hierba que tenía detrás y se lo clavó a la mujer en el costado.

La mujer se derrumbó y resbaló por el barro, y yo me arrodillé y tiré de Eelyn hacia mí.

—Estoy bien —dijo, pero las palabras acabaron en un gruñido que le salió de la garganta. La herida que tenía en el hombro era ancha, la sangre fluía en un reguero constante por su armadura. Ya tenía la cara blanca.

Me rodeó el cuello con los brazos cuando la levanté del suelo y la puse de nuevo sobre los dos pies antes de empujarla hacia delante, hacia una abertura en la fila. Detrás de nosotros, Fiske e Iri estaban derribando a un Svell y Mýra corría de vuelta a la refriega.

Giré describiendo un círculo, buscando los cueros de los Nādhirs. El suelo ya estaba cubierto de cadáveres, los Svells estaban por todas partes. El claro quedó iluminado por un rayo a nuestra espalda, donde esperaban el resto de nuestros guerreros.

Pero cuando me volví, Vigdis ya se había ido.

CAPÍTULO VEINTINUEVE

TOVA

Un relámpago encendió el cielo mientras agarraba con fuerza el arco que llevaba colgado del hombro y echaba a correr. El profundo gemido de la tormenta llegó rodando desde el mar y desató la lluvia, que cayó en gruesas cortinas mientras todo el mundo salía disparado hacia delante.

Puse un pie delante del otro mientras los guerreros pasaban a mi lado y me dejaban atrás, con sus armas levantadas en el aire, y yo tomé una flecha de mi espalda y la coloqué en un solo movimiento. Encontré a la primera Svell que tenía a la vista, a lo lejos, y la dejé volar. Mis pies se detuvieron y los Nādhirs se deslizaron a mi alrededor como si fuera una piedra en un río. Vi que la flecha se elevaba en el aire antes de que empezara a bajar y se le clavara a la mujer en el pecho. Cayó hacia atrás, la espada se le escurrió de la mano y los dos hombres que tenía detrás se estrellaron contra el suelo.

Giré en círculo sobre mí misma, buscando a Halvard, pero había desaparecido, perdido entre la horda que había inundado el bosque.

Todo parecía borroso y desenfocado en mitad de la bruma mientras me limpiaba la lluvia de los ojos; los gritos de guerra explotaban en todas direcciones. La tormenta se acercaba desde el mar, más fuerte a cada segundo. Cuando vi un afloramiento rocoso en la distancia, corrí hacia allí. Mis botas salpicaron barro mientras sorteaba a los guerreros enredados unos con otros y me dirigía hacia las rocas enterradas y cubiertas de musgo. Un hombre me sostuvo la mirada cuando pasé junto a él y se abalanzó sobre mí. Eché el arco hacia atrás y le di en la mandíbula con uno de los extremos. La cabeza le giró bruscamente hacia un lado y se tambaleó antes de que un Nādhir se acercara a él y ambos cayeran al suelo, resbalando con las agujas de pino.

Llegué al afloramiento rocoso y trepé hasta la parte superior con manos resbaladizas, y una vez allí miré hacia abajo desde aquella posición estratégica y vi la batalla desarrollándose entre los árboles. Saqué otra flecha del carcaj que llevaba en la espalda y, apoyada en las rodillas, apunté con ella al grupo de Svells que estaban rompiendo las filas de los Nādhirs. Escuché el sonido del viento, como Gunther me había enseñado, calculando la trayectoria de la flecha antes de dejar escapar la cuerda entre los dedos con un chasquido. El disparo le dio en el hombro a un hombre que corría hacia la abertura, luego a otro; la roca que tenía debajo me anclaba y mi respiración evitaba que el corazón me explotara en el pecho.

Disparé flecha tras flecha, derribando a los Svells mientras corrían. Pero el arco se quedó inmóvil en mi mano, mis dedos sobre las plumas, cuando vi a lo lejos un carro, detrás de las últimas filas del ejército Svell. En él, había apilados barriles pequeños de madera. Igual que el que Jorrund había usado para trazar el símbolo.

Y como si las Hilanderas quisieran que lo viera, el destello repentino de un rayo iluminó una cara que reconocí en medio la refriega.

Halvard.

Estaba atacando a una mujer con una espada, y la derribó mientras otro Nādhir le hundía su arma en el pecho. Cuando se puso de pie, su rostro estaba plagado de sombras bajo la tenue luz. Su hermano le arrojó un hacha y la atrapó y giró para tomar impulso y atacar a otro Svell en el brazo. El hombre gritó y cayó derribado hacia atrás y Halvard lo remató con un mandoble antes de correr hacia la línea de Nādhirs, donde los Svells empezaban a avanzar hacia la linde del bosque.

Ya estaban cerca. Demasiado cerca.

—¡Halvard! —chillé, pero el trueno se tragó el grito. Estaba demasiado lejos.

Una mujer se abrió paso entre dos hombres que se estaban enfrentando y salió disparada tras él, atravesando la batalla mientras le pisaba los talones. Movió su hacha hacia atrás, lista para lanzarla, y abrí la boca, otro grito atrapado en la garganta.

No pensé. Saqué una flecha del carcaj y levanté el arco. El viento giraba de un lado a otro, la lluvia cambiaba con él. Coloqué la flecha y tiré de la cuerda hacia atrás con mano firme. La calma cayó sobre mí, silenciando el ruido de los rayos, y cerré los ojos para soltar el aire en una respiración larga y cálida. Busqué el sonido del bosque delante de mí. El del mar detrás de mí. La tormenta en lo alto. Visualicé la trayectoria de la flecha en mi mente.

Y cuando otro rayo partió la oscuridad, la hice volar.

El giro del asta hizo que brillara como una llama giratoria sobre el bosque y se le hundió en la parte posterior del hombro. La mujer salió volando hacia delante por la fuerza del impacto y Halvard se giró y se quedó mirando la flecha que le había clavado en la espalda antes de levantar la mirada, inspeccionando el bosque hasta que sus ojos me encontraron.

—¡El carro! —Señalé hacia la formación de los Svells, gritando contra el viento.

Me incorporé y me deslicé por las rocas hasta que golpeé el suelo con las botas y eché a correr, saltando sobre los cuerpos de los caídos mientras preparaba otra flecha.

Halvard desenvainó el cuchillo del cinturón y gritó mi nombre cuando lo lanzó por encima de mi cabeza. Me agaché, tropecé hacia delante y caí al suelo con tanta fuerza que se me cortó la respiración.

Detrás de mí, un hombre se estrelló contra el barro con el cuchillo de Halvard enterrado en el pecho. Tosió sangre cuando se lo arranqué y volví a ponerme en pie. El bosque parecía más oscuro por culpa de las pieles y los cueros de los Svells y los Nādhirs, y sobre los muertos caía un diluvio que moría en ellos. Cuando Halvard me alcanzó, su aliento empañó el aire frío. A nuestro alrededor, los guerreros Nādhirs estaban siendo masacrados, los Svells avanzaban más hacia la linde del bosque con cada segundo que pasaba. En cualquier momento, correrían colina abajo hasta el pueblo.

—¡El carro! —grité de nuevo.

Pero no me entendió. Tomé el carcaj de mi espalda y se lo coloqué en las manos junto con el arco antes de quitarle el hacha.

—¿Qué estás haciendo? —Se quedó mirando el arco, confundido.

—Enmendar las cosas —grité.

Echó un vistazo por encima de mi cabeza, hacia las líneas Svells.

—Estarás muerta antes de alcanzarlo.

Sonreí y levanté una mano para tocarle un corte que tenía debajo del ojo y limpiarle la sangre con las yemas de los dedos. Sus ojos eran muy azules. Y seguían sosteniéndome la mirada,

274 • LA CHICA QUE NOS DEVOLVIÓ EL MAR

desplazándose por mi cara hasta que pude ver mi propio reflejo en ellos. Quería recordarlos. Quería que fueran lo último
que viera.

—He estado muerta la mayor parte de mi vida, Halvard
—susurré.

Él alargó la mano, pero retrocedí antes de que pudiera tocarme.

Giré sobre los talones y corrí hacia el carro ubicado detrás
de las últimas filas de guerreros, que cada vez estaban forma-
das por menos hombres, con la pesada hacha en las manos. Un
hombre corrió hacia mí desde un lateral y aceleré en un intento
de llegar antes que él. Pero no era lo bastante rápida. Le basta-
ron dos zancadas para chocar conmigo y una flecha se le clavó
en el pecho y lo hizo caer hacia atrás.

Salté sobre él, agitando los brazos a los costados, y otro
hombre corrió hacia mí para alejarme, con el hacha en ristre
por encima de la cabeza. Otra flecha me sobrevoló e hizo que
cayera en mitad del camino, y miré por encima del hombro
para ver a Halvard con mi arco en las manos. Sacó otra flecha
del carcaj y yo empleé cada resquicio de fuerza que me quedaba para avanzar mientras el terreno se inclinaba hacia el carro.

Me aupé por encima del pasamanos y aterricé dentro, jadeando. La tormenta empezaba a amainar, la lluvia caía con
más suavidad y tomé un barril de alquitrán en brazos y lo
arrojé al suelo.

—Tova.

Me quedé paralizada con las manos sobre el siguiente barril y sentí todo el peso de su mirada sobre mí antes de levantar la cabeza. Jorrund se erguía, con la túnica empapada, entre
los cuerpos caídos en la retaguardia de los Svells, antorcha en
mano. Estaban obligando a los Nādhirs a retroceder golpe a
golpe, acortando la distancia con la colina.

—¡Tova! —gritó mientras saltaba del carro.

El sonido del cuerno de Hylli retumbó en la distancia, señalando que el primero de los Svells había cruzado la línea de los árboles. El tiempo se estaba agotando.

Oí de nuevo el eco de la voz de Jorrund, pero cuando levanté la vista, era Vigdis quien marchaba hacia mí, abriéndose paso entre el muro de guerreros de la parte posterior. Al instante siguiente, describió un amplio movimiento con el cuchillo y me hizo un corte en el brazo. Caí hacia atrás cuando se abalanzó sobre mí, y encontré el desgarro que tenía en la manga con los dedos. Antes de que pudiera bajar el cuchillo, rodé sobre el costado, cubriéndome la cabeza con las manos. Arrastró la hoja por mi otro brazo, la punta de hierro topó con el hueso, y grité.

Traté de retroceder hacia el carro y Vigdis se detuvo de repente, su alta silueta se elevaba sobre mí como una torre. Lo miré mientras me presionaba las heridas de los brazos con ambas manos y él se giró y miró por encima del hombro. Abrí los ojos como platos cuando detecté el resplandor de un cuchillo enterrado en la parte posterior del chaleco reforzado de Vigdis. Él alargó la mano hacia la espalda y se lo arrancó con un grito. Y allí, con la fría lluvia corriendo por sus cueros, estaba Gunther, con la cara cubierta por una mancha de sangre.

Con un movimiento rápido, Vigdis describió un arco con el brazo y el cuchillo le rajó la garganta a Gunther en una línea limpia. Me incorporé hasta estar sentada, con un grito atrapado en el pecho ante aquel derramamiento de sangre. Él cayó de rodillas y yo levanté los ojos hacia el cielo, tragándome las náuseas que me ardían en la garganta. Aterrizó a mis pies con un ruido sordo muy fuerte y la mano abierta a mi lado. Llevaba el talismán que le había dado atado alrededor de la muñeca.

Vigdis se apoyó en el carro, agarrándose la herida de la espalda, pero no sirvió de nada. La sangre caía en un reguero grueso y constante y después de unos meros segundos, sus movimientos se ralentizaron y el gruñido que emitía desde el fondo de la garganta se convirtió en un gorgoteo.

En el momento en que dejó de moverse, la lluvia dejó de caer. Contemplé el cielo gris, parpadeando. Porque sabía lo que vería allí. El halcón nocturno describía círculos contra las nubes, inclinándose en la dirección del viento.

Me puse de rodillas y levanté el hacha de Halvard por encima de la cabeza. Me estalló el dolor en los brazos cuando bajé el arma y astillé la madera del barril. Jorrund seguía de pie, sin moverse, y movió la boca cuando levanté el barril en brazos y le arrebaté la antorcha de la mano al pasar junto a él. Traspasé las líneas de los Svells y corrí hacia la linde del bosque.

Con el barril inclinado debajo del brazo, dejé que el alquitrán se vertiera en el suelo mientras recorría la longitud de las líneas de los Nādhirs. Llenó charcos, empapó la tierra y, cuando estuvo vacío, lo dejé caer. Halvard apareció al frente de los Nādhirs, gritando órdenes por encima del ruido de los relámpagos, y me quedé esperando mientras se colocaban en posición, dejando a los Svells en los árboles.

Los ojos de Halvard encontraron los míos en mitad del caos y, por un momento, mi corazón dejó de latir.

—¡Ahora!

Dejé caer la antorcha a mis pies.

La llama serpenteó lejos de mí, desplazándose con el viento antes de que un brillo ámbar iluminara la mañana. Una pared de fuego se alzó ante los árboles, las llamas más altas que yo. Los Svells retrocedieron en desbandada y los Nādhirs los siguieron. Era lo único que necesitaban. Solo un momento. Un respiro.

Y lo aprovecharon.

El hermano de Halvard pasó junto a mí, dejando un rastro de Svells a su paso mientras se dirigía hacia Halvard. Levantó un escudo del suelo y lo dejó caer sobre las llamas, creando una abertura en el fuego, y luego otra.

—¡Vamos! —rugió, lanzando un brazo hacia delante, y el resto de los Nādhirs que esperaban en la pendiente cargaron. Inundaron el bosque, haciendo retroceder a los Svells y persiguiendo a los guerreros que huían. Al otro lado de las llamas, vi a Jorrund sobre el cuerpo de Vigdis, el dobladillo de su túnica empapado de barro.

Sentí que los ojos se me inundaban con lágrimas calientes mientras lo observaba, y de repente pensé que parecía muy pequeño. El hombre que me había criado. Que me había cuidado. Que me había enseñado. Había mentido y me había usado. Pero era el único padre que recordaba.

Abrí la boca para gritar su nombre, pero mis palabras quedaron ahogadas por el estruendo del cuerno, que alguien sopló abajo. Emitió tres gemidos cortos y el ritmo de la lucha disminuyó, todos los rostros del bosque se giraron en dirección a Hylli.

Pero lo que había allí estaba más allá de la playa.

En el mar.

Hasta donde alcanzaba la vista, había barcazas emergiendo de la tormenta negra sobre el agua. El cuerno volvió a sonar mientras las velas cuadradas y blancas aparecían como un remolino de estrellas contra un cielo nocturno. Un rayo impactó en la playa y el estruendo resonó en mis oídos, haciéndome sentir que como si fuera a caerme al suelo. Me apoyé en el árbol más cercano, con la vista clavada en el agua, donde las proas lucían cabezas de Naðr talladas en la madera y avanzaban por el agua como un ejército de serpientes marinas.

Los Kyrrs.

CAPÍTULO TREINTA
HALVARD

Me erguí ante las llamas, con la pesada hacha en mis manos mientras los Nādhirs marchaban hacia los árboles, obligando a retroceder a los Svells. Sentí un picor en la garganta por culpa del humo mientras giraba en círculo y buscaba a mis hermanos en el bosque.

Más adelante, dos hombres se dirigían hacia mí seguidos de otro grupo de Svells. Crucé el fuego, que empezaba a apagarse y preparé la espada en una mano y el hacha en la otra cuando una lluvia fría empezó a caer de nuevo, lavándome la sangre de la piel.

Avancé más despacio, las manos me pesaban a los costados y el bosque parecía inclinarse a mi alrededor. Parpadeé, tratando de concentrarme, respirar y observar la longitud de sus zancadas antes de lanzarme hacia delante y derribarlos a ambos con un movimiento torpe. Levanté la mano para lanzar el hacha cuando una mujer apareció detrás de ellos. Le di en la pierna, tropezó y se estampó contra un árbol mientras yo movía la espada hacia atrás. La hundí en el intestino de un Svell y le asesté una patada para liberar el arma.

Me tambaleé hacia delante, los últimos resquicios de mi fuerza abandonaban mi cuerpo junto con mi sangre, y me agaché, tratando de recuperar el aliento. Las copas de los árboles dieron vueltas por encima de mi cabeza y eché un vistazo al pedazo de tela que sobresalía de mi chaleco reforzado. Estaba empapado en sangre fresca. Mi sangre.

Metí la mano por debajo del cuero y toqué la herida, donde la piel se me había vuelto a abrir. Toqué la tierra húmeda con la mano mientras hundía la espada en el suelo y me apoyaba en ella con la intención de ponerme en pie.

El destello de unas joyas brilló por delante de mí, pero empecé a ver borroso. Sacudí la cabeza hasta que pude reconocer la piedra ámbar que adornaba la empuñadura de una espada. A lo lejos, la ofrenda de desagravio yacía junto al cuerpo de Vigdis. Contemplé su ancha figura, tenía un lado de la cara apretado contra el barro y los ojos oscuros abiertos.

—¡Halvard!

Al otro lado del fuego se erguía Iri, mirándome. La mayoría de los guerreros se habían adentrado más en el bosque, dejando el suelo lleno de cadáveres y armas a nuestros pies. Iri pasó por encima de la última de las llamas y me tendió una mano. Pero cuando estaba punto de dársela, alguien sopló el cuerno de Hylli. La llamada resonó en la colina e Iri se giró hacia el pueblo.

Saqué los pies de debajo del cuerpo y me incorporé mientras la negrura cercaba mi mente. Desde arriba, Hylli parecía vacío, nuestros últimos guerreros luchaban detrás de nosotros, en los árboles. Solo unas pocas figuras aguardaban en la playa de abajo, contemplando la niebla sobre el agua.

—¿Qué pasa? —Iri se detuvo a mi lado, hablando entre jadeos.

En la cresta de la montaña se hizo el silencio, todas las miradas puestas en el mar, y me quedé helado cuando los vi, el aliento se me atascó en el pecho.

Barcos.

Barcos de velas blancas, llenos de marcas, salieron de la niebla como si de espíritus se tratara; sus proas en forma de serpiente flotaban hacia la costa rocosa.

Iri murmuró una maldición y, de repente, mi mente se puso a trabajar y el pulso se me estabilizó mientras buscaba una explicación. Eran los Kyrrs. Tenían que serlo.

Di un paso hacia el borde de la montaña cuando los barcos se posaron en la arena uno tras otro. Y de los cascos anchos y engrasados empezaron a surgir cuerpos. Pieles plateadas y mechones trenzados y gritos a pleno pulmón cubrieron la playa hasta tragársela entera. Observé cómo atravesaban el pueblo y se dirigían al bosque, y alcancé a ver las marcas. Cubriéndolos a todos ellos.

Los Kyrrs corrieron con sus armas desenvainadas y sus escudos pintados levantados. Llenaron todos los caminos, invadieron cada esquina, y el silencio cayó detrás de nosotros, el eco de la pelea se apagó antes de que sonara el silbato de retirada de los Svells.

Los guerreros pintados llegaron a la colina que empezaba a las afueras de la puerta del pueblo y no se detuvieron. Más barcos surgieron del muro de niebla y más cuerpos saltaron al agua gris. Volaron hacia nosotros, sus armas destellando, y alcé mi espada mientras afianzaba los pies para prepararme. Iri hizo lo mismo a mi lado y los Nādhirs volvieron a llenar a la pendiente, reconstruyendo lo que quedaba de nuestras líneas.

Respiré hondo y agarré con más fuerza la empuñadura a medida que se acercaban. Las melenas largas y trenzadas de los Kyrrs volaban a sus espaldas mientras corrían, y eché una pierna atrás, listo para enfrentarme al primero que me alcanzara.

Pero no lo hicieron.

La oleada de Kyrrs se abrió y nos rodeó, en dirección a los Svells que retrocedían a trompicones hacia el valle. Bajé la espada y me quedé mirando mientras sepultaban el bosque, donde los cadáveres cubrían el suelo, como si la tormenta hubiera caído sobre los muertos. Volvió a verse un rayo, la luz me cegó y pude sentirlo: el aire del delgado velo entre mundos, cargado de espíritus. En cuestión de segundos, los Kyrrs parecieron evocar ese espacio entre la vida y la muerte.

Pensé que me lo estaba imaginando. Los Nādhirs me miraron, esperando una orden, pero los Kyrrs no estaban allí por nosotros. Me dirigí hacia los árboles y me detuve en mitad de una zancada cuando los vi formar círculos a la distancia.

Tova estaba inmóvil como una estatua, con los ojos muy abiertos mientras los Kyrrs la rodeaban. Desapareció detrás de varias filas de guerreros y mis labios pronunciaron su nombre en silencio, la espada se me resbaló entre los dedos. Impactó contra el suelo y no pensé antes de echar a correr hacia ellos, desapareciendo en la masa de Kyrrs.

Volví a gritar su nombre cuando me acerqué y una mano me agarró y tiró de mí hacia atrás. Pegué un puñetazo y le di al hombre en la mandíbula, y él encajo el golpe y tropezó hacia atrás. Pero cuando me miró, parpadeé para contrarrestar la lluvia que me caía en los ojos, confundido.

—Kjeld... ¿Qué...?

Se limpió la sangre del labio antes de mirar hacia atrás por encima del hombro, hacia el sonido de la voz de una mujer que gritaba en la pendiente. Pasé junto a él, tratando de ver por encima de las cabezas que tenía delante. Los Nādhirs estaban quietos, sosteniendo sus armas, observando con cautela mientras una formación de Kyrrs marchaba por el camino que salía de la puerta del pueblo. Una mujer con una túnica roja apareció allí abajo, con los ojos bien abiertos y rastreando la colina. La oscuridad me presionó de nuevo, sentí las piernas débiles mientras el mundo daba vueltas a nuestro alrededor, y ejercí presión con la mano sobre la herida sangrante que tenía debajo del chaleco hasta que se me escapó un gemido de dolor.

—No hables —me advirtió Kjeld, mirándome a los ojos—. Lo digo en serio, no digas una palabra.

Se colocó frente a mí y levantó una mano en el aire mientras el enjambre de Kyrrs subía por la pendiente. La cara blanca de la mujer resplandecía; sus ojos estaban fijos en mí.

—¿Dónde está?

CAPÍTULO TREINTA Y UNO

TOVA

Examiné las caras de los Kyrrs a mi alrededor, temblando. De sus cuellos colgaban collares de huesos, pieles de un gris pálido cubrían sus hombros sobre la piel entintada. La lluvia tallaba líneas en sus caras pintadas, haciendo que pareciera que se iban a disolver en el aire, justo ante mis ojos. Y por un momento, pensé que podrían hacerlo. Alcé la mirada al cielo y luego la bajé hasta mis manos y me pregunté si estaría muerta. Si habría cruzado al más allá.

Pero la sensación de un montón de ojos fijándose en mis marcas me condujo de vuelta a la realidad y aferré mi última flecha contra el pecho, donde el corazón me latía con tanta fuerza que podía sentirlo por todo el cuerpo.

La voz de una mujer se elevó sobre las demás y el destello de una túnica roja apareció a lo lejos. Se abrió paso entre los guerreros hasta que pude ver su rostro y tragué aire de golpe; el hecho de verla hizo que el temblor en mis manos estallara. Se detuvo ante mí, sin dejar de mirarme a los ojos, mientras su túnica adoptaba el color de la sangre bajo la lluvia.

Abrí la boca para hablar, pero el aire se me había quedado atrapado en la garganta. Aferré la flecha con tanta fuerza que sentí que la punta me cortaba la yema del pulgar.

La mujer se me quedó mirando durante otro instante antes de agarrar mi túnica con sus fuertes manos y acercarme a ella mientras inspeccionaba mi cara con ojos estrechos y penetrantes.

—Yo… —susurré, pero no podía pensar, la cabeza me daba vueltas y más vueltas alrededor de ella. Porque la conocía. De alguna forma, la conocía.

Me hizo girar hacia un lado y trazó un círculo a mi alrededor, despacio, mientras su mirada me escrutaba de la cabeza a los pies.

—¿Quién eres? —dejé caer la flecha y tiré de las mangas de mi túnica hacia abajo para cubrir mis marcas, sintiéndome desnuda ante ellos.

Extendió las manos y tomó las mías en las suyas, con su mirada fija en la milenrama y el beleño negro. En sus ojos se encendió el destello de una sonrisa cuando respondió.

—Soy tu madre, *sváss*.

El viento se detuvo de repente, la tormenta quedó atrapada dentro de mi cabeza. Busqué en su rostro. Pero no fueron sus ojos lo que reconocí. Fue su voz. El sonido profundo y ronco que había oído en mis visiones y que me perseguía en sueños. Contuve el aliento, pero antes de que pudiera hablar, dio media vuelta y volvió a abrirse paso entre la multitud.

—¡Espera! —Me lancé hacia delante en un intento de alcanzarla, pero dos hombres se interpusieron en mi camino. Cada uno de ellos me agarró de un brazo y me retuvo.

Retrocedí, siseando por culpa del dolor palpitante que me producían las profundas heridas que tenía en la carne. Ya no sangraban, pero podía ver a través de la ropa desgarrada que habría que coserlas. Los hombres me arrastraron hacia delante y mis pies se deslizaron sobre la hierba húmeda mientras nos movíamos colina abajo, hacia el pueblo.

Me sujetaron con más fuerza cuando intenté liberarme, buscando frenéticamente entre la multitud antes de darme cuenta de lo que estaba buscando. Halvard. Pero no lo vi hasta que salimos del cobijo de los árboles. Nos estaba siguiendo, abriéndose paso entre los guerreros reunidos a mi derecha. Y a su lado había una cara que reconocí.

El hombre Kyrr que había visto con él en Utan me observaba. No aparté la mirada de mí mientras los otros me arrastraban cuesta abajo hacia la puerta.

El pueblo estaba silencioso y vacío y luché por mantener ese ritmo rápido, sus botas golpeaban la grava con más rapidez que las mías. Cientos de Kyrrs se apartaron a un lado mientras la mujer seguía caminando hacia delante y los huesos que llevaba alrededor del cuello se movían. No me miró cuando cruzamos las puertas abiertas de la casa ritual. Observé por encima del hombro a Halvard, que todavía estaba más allá del portón y levantaba la cabeza por sobre los demás para verme antes de que las puertas se cerraran.

Un fuego refulgía en el altar, iluminando la habitación oscura que nos rodeaba y consiguiendo que la pintura blanca de la cara de la mujer casi brillara. Intenté volver a librarme de las manos que me retenían cuando vi a un hombre alto de pie ante las llamas. Llevaba cortadas las mangas de la túnica para que todas las marcas que cubrían sus brazos gruesos y esculpidos resultaran visibles. Runas, animales, símbolos que no conocía. Excepto uno.

En la parte exterior de su brazo superior izquierdo vi las astas de un ciervo. Y eran como las mías, la curvatura y las puntas eran idénticas. Bajé la mirada hacia donde el mismo símbolo asomaba por la manga desgarrada de mi vestido, con los ojos muy abiertos.

La mujer ocupó el lugar a su lado y los hombres me soltaron y retrocedieron hacia las puertas para dejarnos solos en la oscuridad. Las manos me seguían temblando cuando miré hacia donde la luz del sol se colaba entre los listones de las paredes en haces afilados que aterrizaban sobre la cara del hombre. Ambos estaban quietos al otro lado del fuego, contemplando la escena. Sus miradas me recorrieron, me estudiaron, y sentí vergüenza ante esa sensación, notaba las piernas demasiado débiles para sostenerme.

La mujer llevaba la melena roja recogida en gruesos mechones trenzados sobre el hombro y, debajo de las marcas, pude ver la piel pálida y pecosa. Tragué saliva con fuerza y bajé la mirada hasta la mía, cubierta por el mismo patrón negro.

Cuando por fin habló, me descubrí conteniendo la respiración.

—Tova. —El acento que rizaba sus palabras era diferente al que estaba acostumbrada—. ¿Me recuerdas?

Volví a examinar su rostro, tratando de encontrar algo familiar en él. Algo que reconociera.

—No lo sé —respondí, cambiando el peso de un pie a otro—. A lo mejor.

Pero sí la recordaba. De alguna forma. No me parecían extraños.

Ella sonrió y entrelazó sus largos dedos delante del cuerpo.

—Eras muy pequeña la última vez que te vimos. Ahora eres una mujer.

El hombre no habló. Era una cabeza entera más alto que ella y me miraba en silencio mientras la mujer se apoyaba una mano en el pecho.

—Soy Svanhild. —El sonido fue como un aguijonazo que tiró de los hilos de recuerdos que llevaban mucho tiempo muertos. Puntadas en heridas que nunca habían sanado—. Él es Turonn. —Miró al hombre—. Le estamos muy agradecidos a Naðr. —Se le quebró la voz—. Por haberte traído de vuelta con nosotros.

—¿Te acuerdas? —Cuando Turonn habló por fin, la profundidad de su voz inundó toda la habitación que nos rodeaba. Era cálida, como la sensación de una piedra calentada por el sol de la tarde. También era como el eco de algo que conocía—. ¿Recuerdas lo que pasó?

Sacudí la cabeza, sintiendo frío a pesar del fuego del altar.

—Solo recuerdo haber despertado. Abrí los ojos y estaba sola. No sabía dónde estaba porque la niebla era muy espesa y...

—Y te desplazabas por el fiordo. ¿Es así como acabaste con los Svells? —Parecía ansioso por las respuestas, pero no las tenía. No tenía ni idea de cómo había aterrizado en las costas de Liera.

—Su Tala me encontró. Dijo que una Hilandera del Destino lo había conducido hasta la playa. Que ella me había llevado hasta él. —La imagen de Jorrund de pie bajo la lluvia, solo, volvió a mí. La forma en la que su túnica se aferraba a su cuerpo, su mirada vacía.

—Por supuesto. —Svanhild sonrió más—. Cuando Kjeld acudió a nosotros y nos dijo que te había encontrado... —Respiró hondo mientras las lágrimas brotaban de sus ojos—. Supe que habían mantenido la promesa que nos habían hecho.

—¿Quiénes? —Me envolví el torso con los brazos con fuerza.

—Las Hilanderas.

Las piedras que llevaba alrededor del cuello me pesaban y extendí el brazo hacia el banco que tenía al lado, con la sensación de que me iba a caer.

—Pero ¿por qué... me mandasteis lejos?

—¿Mandarte lejos? —Turonn levantó la voz, sus palabras sonaban enfadadas.

Svanhild lo silenció levantando una mano antes de contestarme.

—Eras nuestra única hija. Pero tu destino ya estaba escrito en el árbol de Urðr antes de que yo te llevara en mi vientre —dijo—. Cuando descubrí que nacerías, lancé las piedras para ver tu futuro y la lectura fue clara. Las Hilanderas dijeron que serías *Dagaz*. Un nuevo amanecer. Pero que la muerte se acercaba a por ti.

Me llevé una mano temblorosa al centro del estómago, donde tenía la runa *Dagaz* marcada en la piel.

—Cuando solo tenías seis años, te ahogaste en el mar.

Las aguas grises. El silencio. La hilera de burbujas que subía hacia la superficie mientras mis manos flotaban a la deriva. Todos los fragmentos regresaron a mí, aún más claros y brillantes de lo que habían resultado al tomar el beleño. Me imaginé a mí misma, pálida y todavía en el bote fúnebre, las llamas alzadas contra el viento frío antes de que desapareciera en la niebla. Me los imaginé a ambos en la orilla de los promontorios a la extraña luz que iluminaba los fragmentos de recuerdos.

—No siempre entendemos la voluntad de los dioses, Tova. Pero Naðr te ha traído de vuelta con nosotros. Tenía un gran destino preparado para ti. —Svanhild se acercó al fuego para colocarse delante de mí y levantó las manos para tocarme la cara—. Aquí estás.

La miré a esos ojos oscuros, en los que pude verme a mí misma. No solo mi reflejo. Pude ver partes de mí que no eran mortales. Me incliné hacia su calor; las lágrimas me caían calientes por las mejillas e intenté tragarme el sollozo que se me formó en el pecho. No la recordaba, pero puede que, de alguna forma, sí la recordara. A lo mejor no la recordaba porque, si lo hiciera, tendría que sentir el agujero con su forma que tenía en mi interior.

Aquello era *Othala*. La runa que, al lanzarla, había roto mi confianza en Jorrund y el último hilo que me vinculaba con los Svells. Me había llevado hasta allí. Hasta aquel momento.

No se habían deshecho de mí. Naðr no me había olvidado. Me había salvado la vida.

—Me trajeron aquí, a Hylli —susurré en voz baja—. Las piedras. Me trajeron hasta los Nādhirs. Hasta vosotros.

Hasta Halvard.

Ella me atrajo hacia sus brazos y me rodeó con ellos con fuerza. Enterré la cara en el grueso lino de su túnica húmeda y lloré. Dejé que todos los recuerdos volvieran a mí. Cada pedazo de luz. Cada pedazo de oscuridad. Dejé que tiraran de mí como el mar atrae al río.

Dejé que me llevaran a casa.

CAPÍTULO TREINTA Y DOS

HALVARD

Con el corazón en la garganta, empujé la puerta para que se abriera.

—Están bien. Antes de que entrara, Fiske me detuvo poniéndome una mano en el pecho.

Detrás de él, Eelyn yacía sobre la mesa, mi madre trabajaba despacio en la herida que le iba del hombro hasta el pecho. La piel abierta estaba extendida, se veía el hueso blanco a través del músculo, y jadeó entre dientes y se retorció cuando Mýra apoyó todo su peso encima de ella para inmovilizarla.

—Chist… —Presionó la boca contra la oreja de Eelyn mientras una lágrima se le deslizaba por la nariz.

Iri estaba sentado en la repisa de piedra de la zona donde encendíamos el fuego, cosiéndose su propio brazo con el extremo del hilo entre los dientes, la piel fruncida por las puntadas descuidadas, poco sistemáticas. La sangre le cubría cada centímetro de piel, pero respiraba. En cierto modo, todos seguíamos respirando.

—Te necesito —dijo mi madre por encima del hombro y Fiske se acercó a ella y se colocó al otro lado de la mesa—. Aguanta aquí.

Él colocó las manos junto a la herida y dejó que Eelyn respirara hondo antes de inclinarse hacia ella y sostener el tejido abierto para que mi madre pudiera limpiarlo.

Eelyn gimió bajo su contacto y yo me acerqué a ella y me hundí junto a la mesa para mirarla a los ojos.

—¿Está bien? —Miré a mi madre, temeroso de lo que pudiera ver en su rostro.

Pero ella me dedicó una sonrisa de medio lado.

—Hará falta más que una espada para acabar con ella, Halvard. Ya lo sabes.

Fiske se rio y le besó la frente a Eelyn, pero verla retorciéndose sobre la mesa hizo que se me revolviera el estómago. No sabía a cuántos habíamos perdido y todavía no había encontrado a Latham, pero mi familia estaba aquí, estábamos todos juntos. Y me avergonzaba el alivio que eso me proporcionaba.

—¿Has visto a Asmund? —Volví a mirar a Iri.

Remató las puntadas y tiró los restos de hilo ensangrentado al fuego.

—Está bien.

Dejé escapar un largo suspiro y apoyé la frente en las manos.

—Trae la tetera. —Mi madre me dio una patadita en la bota con la suya y yo me puse de pie, descolgué el gancho de la pared y la retiré de las llamas. La coloqué en un taburete junto a ella, donde pudiera alcanzarla.

—¿Nos vas a decir qué ha pasado con los Kyrrs, Halvard? —preguntó Iri, que se puso a mi lado. Se habían reunido alrededor de la casa ritual como una horda y habían llevado a Tova dentro. Todos los guerreros esperaban en silencio, vigilando la aldea con sus armas envainadas. No parecían querer pelea, pero no se podía negar que, desde su punto de vista, era un buen momento para una.

—No lo sé —admití.

Los líderes de los Kyrrs habían desaparecido en la casa ritual tan pronto como los Svells se habían ido y no habían salido de ahí. Sus barcos habían invadido las aguas poco profundas, sus guerreros cubrían la playa y una sensación de desazón se había apoderado de mis entrañas mientras cruzaba el portón del pueblo. Los Nādhirs observaban desde el camino y la colina, a la espera de su turno con los sanadores, y sus rostros traicionaban el mismo pensamiento que resonaba en mi mente.

Los Kyrrs nos habían salvado. Pero no había forma de saber por qué. O lo que harían a continuación. Eran un clan de guerreros que se había topado con un pueblo que sangraba y, si quisieran, podrían quitárnoslo todo.

—¿Crees que tiene que ver con la chica? —No me pasó por alto la forma en que la mirada de Fiske se encontró con la de mi madre.

Tenía que ser por Tova. Y por Kjeld. Por ambos, de alguna manera.

—Sí.

Pero si habían venido por algo más que la chica, estábamos listos para ser conquistados.

Miré a Eelyn y le pasé una mano por el pelo. Su piel clara estaba más cenicienta de lo que jamás la había visto, el agotamiento le había dejado los ojos vidriosos. Ya no se resistía a las manos de mi madre. No le quedaban fuerzas para eso. Tomé una nueva botella de cerveza del estante en la pared y la abrí. Levantó una mano temblorosa para quitármela y echó la cabeza hacia atrás para beber.

El pueblo estaba casi en silencio cuando volví a salir al exterior y emprendí el camino hacia la casa ritual. Los Nādhirs ya estaban arrastrando los cadáveres de nuestra gente hasta la playa, y los Svells que los Kyrrs habían encontrado en el bosque estaban arrodillados en la cima de la colina formando una fila, con las manos atadas a la espalda. Tres líneas de guerreros contemplaban Hylli desde arriba, sus caras enfangadas observando las naves coronadas por serpientes que llenaban la cala, ancladas en las aguas tranquilas bajo las nubes de tormenta. Algunos de ellos ya yacían muertos, boca abajo sobre la hierba resbaladiza.

—Halvard. —Freydis me llamó desde donde estaba de pie en la playa, con los ojos enrojecidos debajo de un corte ensangrentado en la frente.

Latham yacía a sus pies, con las manos cruzadas sobre el abdomen y los ojos cerrados. La herida que lo había matado le atravesaba el pecho, su chaleco de cuero estaba desgarrado y descosido en una línea diagonal. Me tragué el nudo de dolor que se me formó en la garganta y me arrodillé a su lado.

—¿Los demás? —pregunté mientras le limpiaba una mancha de barro de la cara con el dorso de la mano.

—También hemos perdido a Egil —respondió en voz baja.

Apoyé la mano en el hombro de Latham y le di un apretón antes de incorporarme. Esperaba que hubiera tenido la muerte rápida que merecía. Esperaba que estuviera en la otra vida con mi padre, reuniéndose con rostros de amigos perdidos y contando la historia de lo que había sucedido. Él había estado listo para morir, pero yo no había estado listo para perderlo. Ahora, buscaría el consejo de Freydis y los demás que quedaban para que me guiaran.

Las puertas de la casa ritual se abrieron a lo lejos y, desde donde me encontraba, vi el pelo rubio de Kjeld mientras daba un paso hacia la luz del sol. Sus ojos recorrieron el camino y se toparon conmigo antes de avanzar en nuestra dirección.

Asmund salió de una puerta abierta mientras yo pasaba por delante; me detuve para darle el brazo y una palmada en la espalda al tiempo que se inclinaba hacia mí.

—¿Bien?

—Bien —respondió, con la atención fija en Kjeld. Avanzamos juntos para encontrarnos con él, y él se detuvo en mitad del sendero, esperándonos.

—¿Qué está pasando, Kjeld? —Observé su rostro, buscando lo que no decía en voz alta. Pero me miró a los ojos y se irguió con orgullo ante nosotros.

—Lamento no habértelo contado. Tenía que estar seguro.

—¿De qué?

Se frotó un punto entre las cejas mientras reunía las palabras.

—La chica, Tova, es la hija de los líderes Kyrrs.

Asmund dio un paso atrás, sin apartar la vista de él.

—¿Cómo lo supiste?

—Las marcas —respondió Kjeld—. Lo supe por sus marcas.

Recordé la forma en que había reaccionado al contarle lo de la chica del claro y el ojo que llevaba pintado en el pecho. Lo deprisa que había cambiado de opinión acerca de venir con nosotros a Hylli y la forma en que la había mirado en Utan. Como si hubiera visto a un fantasma.

—Volviste para decirles que su hija estaba viva.

Asintió.

—Sí.

—¿Y qué es ella para ti? —Llevé la mano a la empuñadura de mi espada.

—¿Qué?

—¿La has usado para arreglar lo que provocó que huyeras de los promontorios?

—Ella *es* la razón por la que dejé los promontorios. Tova es la hija de mi hermana —dijo, tragando con fuerza.

Asmund maldijo por lo bajo, medio riéndose mientras paseaba la mirada entre nosotros.

—¿Qué están haciendo aquí, Kjeld? —Señalé con la barbilla hacia donde su gente seguía reunida por cientos.

—Están aquí por ella. Por Tova.

—¿Qué más?

Me di cuenta, por la forma en que juntó los labios en una línea fina, que sabía lo que estaba preguntando. Daba igual por qué habían ido. Lo único que importaba era lo que harían ahora que estaban allí.

Kjeld sacudió la cabeza y se miró las botas.

—Los Kyrrs no son como vosotros.

—¿Qué significa eso? —Asmund entrecerró los ojos.

—Ven el mundo a través de presagios y runas. No tienen Talas, consejos ni ancianos, arrojan las piedras para consultar a las Hilanderas. Solo existen las piedras.

Esperé, intentando leer su expresión, pero Kjeld nunca regalaba nada. Con él, todo estaba oculto siempre. Pero nunca me había parecido un mentiroso.

—¿Qué tiene que ver esto con Tova? ¿Por qué dijiste que se supone que no debería estar viva?

—Cuando mi hermana lanzó las piedras y dijo que Tova estaba destinada a morir, le dije que podía cambiarlo. Que podía asegurarme de reescribir su futuro. —Hizo una pausa—. Era una promesa que no podía cumplir. Tova se ahogó en el mar cuando tenía seis años y las Hilanderas se salieron con la suya.

El frío volvió a morderme la piel cuando recordé la forma en que se me había aparecido en el bosque.

—Entonces, ¿cómo es que está aquí? ¿Cómo terminó con los Svells?

—¿Las Hilanderas? ¿Los dioses? No lo sé. Cuando enviamos su cuerpo mar adentro en un bote funerario, estaba muerta. La vi. La *sostuve* en brazos, Halvard. —Tragó saliva y retuvo las lágrimas—. Se había ido.

—Y te marchaste de los promontorios.

Respondió con un asentimiento.

—Cuando me hablaste sobre las marcas de la chica del claro, sabía que estabas hablando de Tova. Pero tenía que verlo por mí mismo. No pensé que fuera posible.

—¿Y ahora?

Arqueó una ceja.

—¿Ahora?

—Todo el clan Kyrr está en el continente. En mi pueblo. ¿Qué pasa ahora?

—No lo sé.

Di un paso hacia él.

—¿Qué quieres decir con que no lo sabes? Acabas de decir que tu hermana es su líder.

Me miró, casi disculpándose.

—Ya te lo he dicho, Halvard. Solo escuchan a las piedras.

CAPÍTULO TREINTA Y TRES

TOVA

Svanhild colocó un cubo entre nosotras y sumergió un paño limpio en la fría agua de mar. La observé mientras me lo pasaba por el largo de los brazos, limpiando las heridas de cuchillo que tenía por encima de los codos y retirando la tierra y la sangre. A medida que el ritmo de mi corazón se ralentizaba, el dolor se hizo más patente y me llegó hasta la punta de los dedos; las palpitaciones que me provocó hicieron que se me revolviera el estómago.

En el exterior, Hylli estaba intacta, como si la sangre de innumerables Nādhirs no hubiera sido derramada en el bosque. No era la primera vez que muchos de los mismos guerreros luchaban por su hogar en el fiordo y era probable que tampoco fuera la última.

Estudié la cara de Svanhild mientras trabajaba, preguntándome si planeaba ser enemiga o aliada. Enjuagó la tela y volvió a limpiarme el brazo, hasta que las marcas que me adornaban la piel quedaron visibles.

—¿Me las hiciste tú? —pregunté, tratando de ubicarla en la visión que había tenido cuando había inhalado el humo del beleño. Casi podía sentir el calor del fuego sobre mi piel desnuda y escuchar el sonido de una mujer tarareando mientras sus manos trabajaban con la aguja de hueso a mi espalda.

—Sí.

—¿Y todas tienen un significado?

—Sí. —Sonrió—. Algunas son oraciones; algunas, profecías. Algunas son las historias sagradas de nuestra gente.

Me soltó la muñeca y tracé los símbolos con la punta del dedo, deteniéndome sobre una intrincada estrofa debajo de mi codo.

—¿Qué significa?

Svanhild vino a sentarse a mi lado y se inclinó sobre mi brazo.

—Significa seguridad para el viaje.

—¿Y este símbolo? —Señalé un conjunto de círculos entrelazados en mi hombro.

—Bendecida por Naðr.

Estudié sus formas, el mensaje que transmitían casi parecía hacerlas cambiar. Habían sido diseñados con un significado, todos ellos, pero para mí solo habían constituido un secreto. Un misterio escrito en mi cuerpo en un idioma que no sabía leer.

Me miró por el rabillo del ojo.

—Todavía las tienes. —Su mirada se desvió hacia la apertura de mi túnica, donde asomaba el cordón del que colgaban las piedras rúnicas.

Subí el brazo y tiré hasta que la bolsita quedó libre. Su peso aterrizó con fuerza en la palma de mi mano.

—Te las hice cuando solo eras un bebé. Todas las mujeres de nuestra familia son Lenguas de la Verdad. Descendemos de la niña que las Hilanderas entregaron a Naðr como ofrenda. Pusimos las piedras contigo en el bote cuando lo mandamos mar adentro, para que las tuvieras en la otra vida.

Dejé que una piedra cayera en mi mano abierta, la luz del fuego bailó sobre la runa. *Othala.*

—Kjeld dice que lanzabas las piedras para los Svells —dijo, inclinándose hacia delante para verme la cara.

Cerré los dedos sobre la piedra y me miré los pies, tragando con fuerza.

—No pasa nada, Tova.

Parpadeé cuando nuevas lágrimas me ardieron detrás de los ojos.

—Te avergonzarías si supieras lo que he hecho.

Ella cruzó las manos sobre el regazo, a la espera.

—Conocía las runas —le conté—. Tenían sentido para mí incluso cuando llegué a Liera por primera vez, y cuando vi que me mantenían con vida, las usé. Pero los Svells también me usaron a mí. Los llevé a atacar a los Nādhirs en el claro y luego Utan. Yo fui la razón por la que vinieron al fiordo.

—Ah, sí. Eso parece, ¿no?

—¿Parece? —Me limpié el rastro de una lágrima de la mejilla—. Fue mi lectura de las runas lo que los trajo aquí.

Sonrió de nuevo.

—El destino de los Svells fue tallado en el árbol de Urðr mucho antes de que lanzaras las piedras. Y también el tuyo.

—Entonces, ¿qué fue lo primero? ¿La talla en el árbol o los actos que cambian el destino?

Se rio.

—Son el mismo momento. No entendemos el tiempo, *sváss*. Las mentes mortales no pueden comprender a las Hilanderas o el trabajo que hacen. —Me tendió la mano y esperó a que pusiera la mía encima—. Antes de que nacieras, yo ya sabía que te perderíamos. No entendía por qué Naðr iba a entregarte a nosotros solo para llevarte luego. Pero las Hilanderas ya conocían tu destino. Le dije a Turonn que te tendríamos durante poco tiempo, pero mi hermano Kjeld...

—¿Kjeld? —Abrí mucho los ojos—. ¿El Kyrr que va con los saqueadores?

—Sí. Pensó que podría cambiar tu destino. Y cuando moriste, no solo te perdimos a ti. También lo perdimos a él. Pero las Hilanderas son mucho más sabias que nosotros. Son tejedoras expertas. Y cuando llegó el momento adecuado, te llevaron de vuelta con él para que pudiera cumplir su promesa. —Levantó una mano y atrapó una lágrima en la punta de mi barbilla—. Te entregamos al mar, Tova. Pero el mar te ha devuelto.

Traté de encontrarle sentido, de buscar el patrón en mi mente. Pero tenía demasiados nudos. Estaba demasiado enredado. Ese día, algo había cambiado la corriente. Algo me había despertado de la muerte. Todo lo que creía que entendía sobre las Hilanderas y las runas era como un hilillo de agua goteando en la vastedad del mar. Solo ahora me daba cuenta de lo poco que sabía.

Pero una cosa estaba clara. Resultaba tan nítida en mi mente como la visión de mi madre sentada frente a mí. Había hecho una promesa a las Hilanderas y a mí misma, que protegería a Halvard y a su gente. E incluso si eso significaba ir en contra de los Kyrrs, la mantendría.

—¿Qué haréis ahora? —pregunté.

Apoyó la cabeza sobre la pared que teníamos detrás y me miró.

—Eso lo decidirán las piedras.

—¿Qué? —El nudo que tenía en el estómago se tensó. Si los Kyrrs querían el fiordo, lo único que tenían que hacer era alargar la mano y quedárselo.

—Cada momento es una posibilidad. Las Hilanderas nos han traído aquí para encontrarte. Pero aún no sabemos qué otro propósito nos tienen reservado. No lo sabremos hasta que nos lo digan.

—¿Propósito?

—No se puede confiar en que los mortales y los dioses presten atención a las advertencias de las Hilanderas. Los Nādhirs deberían saberlo. —Su voz se apagó.

—¿Qué quieres decir?

Se sentó y se inclinó hacia delante para descansar los codos sobre las rodillas mientras la luz del fuego le iluminaba los ojos.

—¿Qué sabes de los Herjas, *sváss*?

—Que eran un ejército de demonios. —El tintineo de los huesos por encima de la puerta volvió a mi mente.

—Son más oscuros que los demonios, Tova. Las Hilanderas advirtieron a Sigr y a Thora que había llegado el momento de poner fin a su enemistad mortal. Pero no las escucharon. De modo que las Hilanderas reescribieron el destino de su gente en el árbol de Urðr con su sangre.

La verdad se hundió profundamente en mis entrañas, haciéndome sentir que iba a vomitar. Los Herjas casi habían borrado a los Askas y a los Rikis de la faz de la Tierra. Habían cubierto las tierras y el agua de muertos. Sabía que las Hilanderas eran despiadadas, pero nunca había imaginado que llegarían a tales extremos.

—Entonces, lanzarás las piedras —susurré.

—*Tú* las lanzarás —dijo mientras se ponía de pie.

Levanté la mirada hacia ella y separé los labios para hablar antes de que las pesadas puertas se abrieran y apareciera Kjeld. Llevaba el pelo peinado hacia atrás y, con poca luz, los rasgos afilados de su rostro se parecían a los de Svanhild. De nuevo, esa sensación de recuerdo se encendió en el centro de mi pecho. Había estado sola durante mucho tiempo y, de repente, me encontraba rodeada de toda una familia.

—¿Qué pasa? —La luz del sol que entraba por la puerta cayó sobre el rostro de Svanhild.

Halvard entró detrás de él y me puse de pie sin pretenderlo, con los dedos apretados alrededor de la piedrecilla que tenía en la mano.

—El jefe de los Nādhirs quiere hablar contigo. —Kjeld miró a Halvard.

Svanhild inclinó la cabeza hacia un lado y lo observó mientras avanzaba hacia nosotras.

—Eres bastante joven para ser jefe.

Halvard no respondió y rodeó a Kjeld para colocarse delante de nosotras. Esperé a que su mirada se encontrara con la mía, pero no lo hizo.

—Quiero saber qué planeas hacer con los Svells que has capturado en el bosque.

Ella levantó el cubo y vertió el agua en la esquina del fuego, creando una nube de vapor.

—Quieres matarlos.

—Quiero que los liberes —dijo él.

Mi madre levantó la mirada de sopetón, estudiándolo, y Halvard le devolvió la mirada con una expresión ilegible.

—¿Liberarlos? Cuando pusimos un pie en esta orilla, estaban intentando mataros. Estaban intentando matar a mi hija.

—Son nuestros enemigos. Yo decidiré qué debe hacerse con ellos.

Svanhild parecía divertida, cierta dosis de asombro le curvó los labios.

—¿Por qué ibas a dejarlos vivir?

—No voy a matar guerreros que tienen las manos atadas a la espalda —dijo, simplemente.

—Entonces, ¿qué harás con ellos?

Él alzó la barbilla.

—Déjalos ir.

—No lo entiendo.

—He visto lo que hacen las enemistades mortales. Varias generaciones de nuestro pueblo dieron la vida por una. —Hizo una pausa—. Ya no vivimos así.

Observé su rostro mientras una sensación de orgullo florecía en el centro de mi pecho.

Mi madre se lo pensó un momento antes de mirar a Kjeld.

—Que haga lo que quiera con sus prisioneros. El resto depende de las Hilanderas.

Kjeld asintió en respuesta y Svanhild me tocó el brazo con suavidad antes de deslizarse fuera del edificio, con Kjeld pisándole los talones. La puerta se cerró y la luz del sol desapareció, dejándonos a Halvard y a mí de pie junto al fuego.

—Necesitas que te cosan eso. —Posó la mirada en los cortes de mis brazos y el dolor regresó de repente, enroscándose a mi alrededor hasta que empecé a temblar.

Tiré de las mangas de mi túnica hacia abajo para taparlos.

—Necesito pedirte algo.

—¿El qué? —Parecía aprensivo y acercó la mano a la empuñadura de su espada.

—Hay un cuerpo en el bosque que quiero quemar.

Enarcó una ceja.

—¿Quién?

—Un hombre Svell. Era mi amigo. Eso creo.

Una pregunta cruzó por su rostro, pero no la formuló.

—De acuerdo. —Volvió a mirar la puerta.

Sabía lo que estaba pensando. Quería saber qué planeaban hacer los Kyrrs. Quería saber si los Nādhirs habían terminado ya de pelear.

—No lo sé —respondí con sinceridad a la pregunta que no había formulado.

Respiré hondo, tranquilizándome mientras lo miraba. Se había limpiado el barro del bosque de la cara, pero todavía asomaba por debajo su túnica, rodeándole la garganta como si de dedos se tratara. A la luz del fuego, pude ver el pulso palpitándole debajo de la piel.

—Tenías razón —dijo, curvando una esquina de la boca—. No estamos muertos.

La misma sonrisa despertó en mis labios y sentí calor en las mejillas.

—No, no lo estamos.

—Iba a darte las gracias. —Bajó mucho la voz.

—¿Por qué? —pregunté, confundida. Solo le había traído oscuridad. Desde el día en que había visto su cara por primera vez, en el claro, solo lo había maldecido.

—Por haber venido aquí. Y por lo que hiciste en el bosque.

Dio un paso hacia mí y el corazón me dio un vuelco en el pecho, la sangre me corría a más velocidad por las venas. Reseguí la forma de sus ojos y la curva de su mandíbula con la mirada. Traté de tallar en mi mente un recuerdo que nunca olvidaría.

Se acercó y me llené los pulmones con su olor y lo memoricé también. Se inclinó, escondiéndome en su sombra mientras apoyaba los labios con suavidad en la comisura de mi boca. Su mano herida me rodeó la cintura y, por un momento, me derretí contra él, su calidez inundó mi interior y me llenó. Y cuando se apartó, el fuego ardiente de su roce todavía ardía en mi piel.

—De nada —susurré.

Él sonrió y bajó la mirada al suelo, y las partes ásperas y rígidas que le daban forma desaparecieron, revelando una sonrisa torcida en sus labios. Se dio media vuelta sin volver a mirar y se detuvo delante de la puerta, con la mano en el pomo. Y justo cuando creía que hablaría, la abrió y desapareció en la luz.

CAPÍTULO TREINTA Y CUATRO

HALVARD

Ciento doce guerreros yacían en cinco piras mientras el sol se hundía en el cielo y desaparecía detrás del horizonte violeta del mar. Los Nādhirs que se habían reunido en las rocas delante de las piras aguardaban, y un silencio ensordecedor envolvía la aldea.

Iri y Mýra permanecían junto a los muelles, con el agua a sus espaldas. Yo no había visto arder el pueblo diez años atrás, pero ellos sí. Lucían la misma expresión que había plagado sus rostros después de esa batalla, el agotamiento ceniciento que seguía al derramamiento de sangre y el temor a lo desconocido que quedaba por delante.

Nuestra gente había luchado por el fiordo y la montaña y había ganado. Pero parecía que nunca nos veíamos libres de enemigos. Contemplé el brillo de la casa ritual, donde los Kyrrs estaban reunidos con sus líderes. A nuestra espalda, sus barcos llenaban las aguas poco profundas.

Esperarían hasta que el fuego terminara de arder antes de lanzar sus piedras y decidir qué hacer con nosotros. Pero antes de eso, teníamos almas que enviar a la otra vida y, por primera vez, yo lideraría los ritos funerarios de los Nādhirs.

Asmund se colocó junto a mí mientras recorría el camino hacia la playa; levanté la mirada hacia la colina, que había estado llena de cadáveres solo unas horas antes. Las puertas de la casa ritual estaban abiertas cuando pasamos por delante, y busqué a Tova entre los Kyrrs con la mirada, pero solo encontré caras y voces que no conocía.

No había tenido la intención de besarla. Ni siquiera había tenido la intención de tocarla. Pero la atracción que había sentido en el claro antes de que todo aquello comenzara no dejaba de fortalecerse. Podía sentirla de la misma forma que había podido verla en el bosque. Como un aliento sobre mi piel. Y cuando la había visto ante las llamas en mitad de la batalla, había sabido que ella tenía razón. Muy dentro de mí. El destino nos ataba. Un futuro que estaba a la espera.

Los Nādhirs estaban reunidos abajo, en la playa, bebiendo nuestras provisiones invernales de cerveza mientras esperaban. Que la noche fuera tranquila y estuviera despejada era un regalo de Sigr, el dios del fiordo. La tormenta que había llegado desde el mar había desaparecido, pero ya había otra formándose en las nubes distantes y oscurecidas.

Iri me entregó la antorcha cuando llegué a su altura y me hizo un gesto con la barbilla mientras la tomaba. Fiske se había quedado con mi madre mientras ella trabajaba en las intrincadas costuras de la herida de Eelyn, pero Mýra estaba a su lado, y esa era toda la familia que necesitaba. Ella me dedicó una sonrisa tranquilizadora antes de que me girara para quedar cara a cara con nuestra gente.

Miré a los hombres de nuestro clan, todos permanecían quietos en mitad de aquel silencio. No había nada que decir. No hay forma real de honrarlos con palabras. Yo no poseía el don de Espen para las palabras ni la sabiduría de Aghi, y no fingiría lo contrario. Solo existía el dolor que seguía a la muerte y el vacío que dejaba atrás. Solo existía la mano del destino y todo lo que nunca entenderíamos al respecto.

El agua trepaba a rastras por las rocas a medida que la marea subía a nuestra espalda, y el viento se tornó más frío cuando las estrellas brillaron en lo alto. Bajé la antorcha hasta que tocó la esquina de la primera pira y esta prendió, y las llamas se desplazaron por los cuerpos cubiertos de aceite hasta que el fuego se los tragó.

Empezaron a entonarse las palabras rituales de los Nādhirs, las voces sonaron ásperas y cansadas mientras encendía las demás piras.

Detuve la mano cuando la leve sensación de que me estaban mirando aterrizó sobre mí. La sentí de nuevo, en las sombras. Tova era casi invisible en el lugar que había ocupado delante de la última pira, su vestido negro la escondía en la oscuridad. Solo la luz de la luna en su piel pálida hacía que sus marcas resultaran visibles.

No le había hablado a nadie sobre el hombre Svell al que había dejado en la pira a petición de Tova. Después de que los prisioneros Svells fueran liberados y desaparecieran en el bosque, la había seguido de vuelta hacia los árboles mientras se ponía el sol. La cicatriz irregular tallada en la tierra donde había incendiado el campo era como una enorme serpiente. Encontramos al hombre que estaba buscando junto a Vigdis, y le quitó el brazalete de la muñeca antes de cargarlo a través del pueblo cuando cayó la oscuridad.

Sostenía el brazalete en las manos entrelazadas mientras contemplaba las llamas con una mirada vacía. Las piras ardientes bañaban la playa en una luz roja que se reflejaba en el brillo de las lágrimas.

Los cadáveres de los Nādhirs caídos se convirtieron en cenizas en su camino hacia la otra vida, y recé para que los dioses lo vieran. Sigr, Thora, Eydis, Naðr. Los dioses de los clanes al este y más allá de la montaña, hacia el sur. Recé para que recordaran el hedor de la muerte que se alzaba para encontrarlos. Para que los recordaran como nosotros lo haríamos.

Tova estaba de pie ante el fuego, su cabello oscuro ondeando al viento; su cuerpo era una mera silueta negra contra las llamas. Había llevado la muerte a Utan y luego había traído la salvación a Hylli. Ahora, había convocado a todo el clan de su gente del norte y nuestro destino dejaría de estar en sus manos.

Se limpió la cara con la parte posterior de la manga y yo me resistí al impulso de ir hacia ella y tocarla, recordándome a mí mismo que era un pedazo de carbón ardiente en el fuego de los Kyrrs. Su gente había aparecido en plena tormenta, y ahora podrían ser capaces de arrebatarnos todo aquello por lo que acabábamos de luchar. Y después de que lanzaran las piedras, podríamos encontrarnos en bandos opuestos de nuevo, ella con su gente y yo con la mía.

CAPÍTULO TREINTA Y CINCO

TOVA

Podía sentirlo en los huesos.

El golpeteo rítmico de los tambores llegaba desde el pueblo, donde los Kyrrs estaban reunidos en la casa ritual de Hylli, y me encontró en la playa vacía. La noche transportaba sus voces y sus canciones y me estremecí de frío cuando se retorcieron en el fondo de mi mente, devolviendo a la vida los recuerdos muertos.

—Es la hora. —La voz profunda de Svanhild llegó hasta mí y me giré para mirarla, con las manos sobre mis brazos vendados.

Las piras funerarias para los Nādhirs habían terminado de arder y la playa estaba oscura, pero las brasas aún resplandecían ante el agua. Había visto arder a Gunther hasta que las últimas llamas se habían extinguido, preguntándome si habría llegado a la otra vida o si Eydis lo castigaría por mi traición. Nunca lo sabría. Dondequiera que estuviera, esperaba que se hubiera reunido con su hijo.

—Ven, *sváss*. —Svanhild encajó su mano en la mía y la seguí con los pies descalzos hasta el camino que serpenteaba a través del pueblo, a oscuras. Los Nādhirs todavía estaban bebiendo después de la batalla en la colina, donde se veían multitud de hileras de tiendas que llegaban hasta el bosque. Al día siguiente estarían de camino a casa, de vuelta a sus aldeas, y Hylli quedaría vacía de guerra. Eso es lo que quería creer. Pero hasta que se lanzaran las piedras, nadie sabía lo que harían los Kyrrs. Lo que haría *mi* gente.

Vi que la casa ritual se alzaba con orgullo cuando dejamos la playa atrás, la luz del fuego se derramaba a través de la puerta arqueada, que permanecía abierta.

—¿Qué dirán? —le pregunté, dándole un apretón en la mano antes de que me la soltara.

—¿Qué quieres que digan?

Conocía la respuesta a esa pregunta, pero era algo que nunca diría en voz alta. No cometería el error de tentar a las Hilanderas o de confesar mi propia voluntad ante los dioses. Pero el recuerdo ardiente de la boca de Halvard sobre la mía perduraba, y si hubiera sido lo bastante valiente como para responder, habría dicho que quería quedarme. Con él. Puede que para siempre.

Me apretó la mano antes de soltármela. La canción sonó con más fuerza, todo el mundo giró la cabeza cuando Svanhild apareció ante ellos y atravesó la multitud de Kyrrs con Turonn a su lado. Hasta el último hombre y la última mujer se hicieron a un lado, abriendo un camino claro que se extendía ante mí y que conducía al altar. Cuando Svanhild alzó la mano las voces que cantaban se detuvieron, pero su eco siguió resonando en mi interior.

Saqué la bolsita que me rodeaba el cuello y el peso familiar de las runas en las manos me sirvió de ancla mientras dejaba atrás el viento y entraba en el calor de la casa ritual. Los Kyrrs cubrían hasta el último centímetro de las paredes; eran tantos que casi no había aire para respirar y la piedra estaba caliente bajo mis pies. Todas las miradas estaban puestas en mí mientras recorría el pasillo y me detenía ante el altar para vaciar la bolsita en mis manos.

Yo lanzaría las piedras.

Yo miraría hacia el futuro.

Pero esta vez, para mi *propia* gente.

Los tambores empezaron a sonar de nuevo, a un ritmo que coincidía con el latido acelerado de mi corazón, y el sonido de las voces cambió, disminuyeron hasta convertirse en susurros que envolvieron a aquella masa de personas y me provocaron un cosquilleo en la columna vertebral. Estaban cantando. O rezando. Era como el sonido del agua al caer sobre las brasas calientes. Como la caída de mil cataratas hacia el río.

Parpadeé y, cuando lo comprendí, el impacto fue tan fuerte que me arrebató el aire de los pulmones.

Era el mismo. Era el mismo sonido que había escuchado al ver por primera vez a Halvard en el claro. El sonido que me había llevado hasta él, a Utan y luego a Hylli. No era un recuerdo. Era un momento del futuro.

Era el ahora.

Las lenguas resbalando sobre palabras susurradas y el ruido de los dientes se arremolinaron a mi alrededor, y parpadeé para retener las lágrimas en los ojos mientras volvía a oír las palabras de Svanhild.

Son el mismo momento.

Sus labios se movían con los de los demás mientras tomaba un hatillo de hierbas de la repisa de piedra y las dejaba caer en el fuego. El humo se elevó a nuestra espalda hasta que la habitación quedó inundada, llenándolo todo con una fragante neblina que hizo que me diera vueltas la cabeza. El corazón se me ralentizó, la sangre del cuerpo se me empezó a calentar.

No podía verlo, pero podía sentirlo.

Examiné los rostros presentes en busca de Halvard, pero solo encontré los ojos de los Kyrrs. El humo picante y dulce y el ritmo de los tambores. Y aunque estaba rodeada de rostros que no conocía en una tierra que no era mía, de alguna manera, encajaba. O todo aquello encajaba conmigo.

Turonn desenrolló una piel de zorro en el altar, ante mí, y me aferré a las piedras con manos resbaladizas. Esa vez, no había forma de ocultar lo que dijeran las runas. No podía hacer cambiar de opinión a nadie. No había ningún Jorrund que retorciera el destino a su conveniencia. Mi madre y mi padre permanecían a mi lado, esperando, y de nuevo, busqué a Halvard.

Su rostro apareció al fondo de la habitación, su cabello oscuro recogido detrás de las orejas y sus brillantes ojos clavados en mí. Y el temblor que me había invadido las manos pareció calmarse de repente. Él alzó la barbilla, como para comunicarme en silencio que no pasaba nada. Que todo iba a salir bien. Y de alguna manera, le creí.

Dejé que la visión de su rostro se asentara en mi mente antes de cerrar los ojos, vaciando la cabeza de cualquier sonido, de todo rastro de luz, hasta que me encontré en la oscuridad del silencio.

Apreté las piedras entre las palmas y las sostuve ante mí mientras me inundaba una calma que nunca antes había sentido. Aquel era el lugar en el que debía estar. El bote no me había llevado hasta Jorrund. No me había llevado hasta los Svells. Me había llevado hasta allí, hasta aquel momento.

Hasta el ahora.

—*Augua ór tivar. Ljá mir sýn.*

Pronuncié las palabras en voz alta y cayeron rítmicamente sobre el sonido de las voces a mi alrededor.

—*Augua ór tivar. Ljá mir sýn!*

Las dije de nuevo, más fuerte.

—*Augua ór tivar. Ljá mir sýn!*

Las grité, con la garganta ardiendo, y las palabras se doblegaron y rompieron alrededor de mi súplica desesperada.

Ojo de los dioses. Permíteme ver.

De nuevo, coloqué a Halvard al frente de mi mente: el futuro que quería ver.

La calma me atravesó y separé los labios, conteniendo el aliento cuando dejé caer las piedras.

Los tambores se detuvieron, todas las bocas vacías, y el silencio se desplegó la casa ritual cuando repiquetearon sobre las pieles una tras otra, cayendo en su sitio. No abrí los ojos, temerosa de lo que pudiera ver. Temerosa de lo que tal vez no viera. Contuve el aliento y la voz de Svanhild me encontró de nuevo.

—Tova —susurró.

Abrí los ojos y la luz del fuego volvió a inundarme, alejándome de la oscuridad de mi mente. Bajé la cabeza y mis ojos aterrizaron sobre las piedras, donde las runas me miraban en una constelación escrita solo para mí. Y para él.

El calor del beso volvió a encenderme la piel y subí la mano para tocarme la comisura de la boca mientras una lágrima se deslizaba por mi mejilla. Mi madre había tenido razón. Había un nuevo comienzo tallado en el árbol de Urðr.

Y las piedras nunca mentían. A mí, no.

Las Hilanderas eran sabias, pero no siempre eran amables. A veces, el destino era un nudo enredado. A veces, era una soga. O una red.

Pero, a veces, era la cuerda que te impedía ahogarte en lo más hondo.

Levanté la mirada y encontré la de Halvard entre el mar de caras mientras una sonrisa tomaba forma en mis labios. Y como si lo hubiera sabido todo el tiempo, él me devolvió la sonrisa.

AGRADECIMIENTOS

Como siempre, a Joel, Ethan, Josiah, Finley y River. Sois el aceite de mi lámpara y nunca me quedo sin luz gracias a vosotros. También a mi familia, que llena mi vida de historias reales.

A mi compañera de escritura, Kristin Dwyer; sin ti, este libro no habría sido escrito, literalmente. Lo mucho que crees en mi voz y en mi narración me ha ayudado a superar incontables momentos, y mereces mucho más crédito del que podré darte nunca. Pero también eres lo peor.

A Eileen Rothschild, ¡eres increíble, una joya de editora! Gracias por confiar en mí para explorar lo desconocido con Tova y Halvard. Me siento muy afortunada de tenerte de mi lado. Y a mi agente, Barbara Poelle, eres la mujer más fantástica que conozco. Gracias por todo lo que se ve y lo que no se ve que has hecho por el camino.

Gracias a mi maravillosa editorial, Wednesday Books, y a mi equipo, Tiffany Shelton, DJ Desmyter y Jessica Preeg, por darme la mano durante el camino. Mis libros no llegarían a los lectores si no os tuviera conmigo. Se necesita todo un pueblo para lograrlo y la verdad es que adoro al mío. También envío un agradecimiento muy especial a Kerri Resnick, diseñadora de las preciosas portadas de *Después del deshielo* y *La chica que nos devolvió el mar*. ¡Eres pura magia!

A mis fieles lectoras beta, Natalie Faria e Isabel Ibáñez, ¡me siento muy agradecida por vuestra sabiduría! Gracias por ayudarme a encontrar la salida de entre los hierbajos.

A Stephanie Brubaker: amiga, compañera de crítica, compañera de comidas y creadora de la guía de pronunciación para los dos libros de este mundo. Gracias por estar ahí siempre, siempre, siempre, llueva o truene. Y a Lyndsay Wilkin, el retiro de escritura en Nevada City me salvó, literalmente. Gracias a ambas por uniros en un momento en el que me sentía tan perdida. Todo mi amor y gratitud por la brillante luz llena de optimismo y esperanza que constituye Stephanie Garber. Me siento muy feliz de que nuestros caminos se hayan cruzado. Tu aliento y tu apoyo a lo largo de este proceso han significado más para mí de lo que puedas imaginar.

A mi grupo de autoras locales, Shannon Dittemore, Jenny Lundquist, Joanna Rowland, Jessica Taylor, Kim Culbertson y Rose Cooper. No podría pedir una pandilla mejor de escritoras con las que beber un número no especificado de margaritas.

A Amy, Angela y Andrea, os quiero muchísimo, de verdad. Y a mis amores del instituto, Megwam, Cumulus Cloud y Lizzard, me proporcionáis una inspiración interminable con la forma en la que veis este mundo.